彷彿逍遙
恍惚縹緲

孜扶 著

序

　　近年迷上小說。小說引人入勝之處在於抽離，讓讀者暫且抽離現實。

　　小說中的現實，「悲歡離合、陰晴圓缺」由人主宰。現實中的小說，不一定逍遙自在，也許同樣淒淒慘慘。可是，讀者可以慶幸小說子虛烏有，從而置身事外，毋須戚戚。這就是小說與現實不一樣的地方。

　　筆者忽萌心志──寫小說，從文字、句子、段落、篇章去構思，轉化成點、線、面、立體的模式，建構一個又一個的四維空間。這本書共有十三篇小說，其中《琉璃》及《流離》兩篇情節相連，換言之，筆者創造出十二個人為時空。縱使箇中人物和情境都是虛擬，然而背景寫實，均源於民生時事及風土人情。《彷彿逍遙　恍惚縹緲》是現實生活的人文寫照，當中有喜有悲，有苦有樂，也有人生哲理。

　　地球在轉，時間在溜。天地間晝夜交替不息是常規，人生則無常態，不會天天順遂。盼望讀者在小說天地中：拋開恍惚，撥開縹緲，享受逍遙！

目錄

秋霖

一

　　秋霖蹲下，試圖用右手兩根手指拾起丟在地面的髮絲，然而他連一根也撿不起。轉用左手嘗試，仍然不能成功。頭髮輕飄飄卻無法撿拾，與秋霖的年紀其實無關，他還未夠半百。

　　秋霖蹲了良久，雙腳有點麻痺，無奈站起來，舒展酸痛的腰板。嘆息一聲後頹然倚着浴室門順勢滑下，兩腳一伸呆坐在濕漉漉的地上，凝視着縷縷髮絲。

　　秋霖做酒樓廚師接近三十年，手執大菜刀、拿起大鑊鏟甚至「拋鑊」都輕而易舉；可是，如今他一雙手幾乎完全乏力，連手握拳頭亦不成，單手去執拾輕巧的乒乓球也不成。

二

　　秋霖在廣東汕尾出生，父親捕魚，慣常沿海作業，偶爾漁船會獲批發文件予以駛入香港海域。趁船泊岸交收魚穫，霖父趁機登岸探訪親戚，吃頓晚飯後漏夜乘船離港。他有一趟在香港登岸短暫停留，適逢香港政府宣布取締「抵壘政策」，特赦 1980 年 10 月 23 日或之前非法入境的中國同胞，可以申領香港身分證。霖父原先顧念妻兒，從沒打算偷渡香港，卻機緣巧合之下成為香港市民。自此他留港謀生，先在親戚的雜貨店幹活，繼而外闖到餅店做學徒，後來成了麵包師傅。

　　父親十分疼愛獨子秋霖，教兒子游泳，又教他捕魚蝦，還教秋霖捉一種另類海產——鱟。鱟，又叫馬蹄蟹，有活化石的稱號。當霖父捕獲鱟，他會在兒子面前生劏，流出藍色的血。秋霖見怪不怪，自小喝鱟血湯長大。

　　沒有父親在身邊的日子，秋霖起初並不習慣，好像欠缺父愛的野孩子。及後發覺野孩子的生活原來更加自由，他可以隨意穿越山林、脫清光在溪澗游泳，又可以觀賞日出日落、月圓月缺的變化。鄉下盛產鹽，有時秋霖陪母親到鹽田工作，有時幫母親醃曬鹹魚。最開心就是陪母親到蔗糖工場探親戚，既可觀看蔗糖製作，更可品嚐新鮮出爐的蔗糖，味美無窮。此外，秋霖經常鑽進竹蔗園和蕉林，與好友捉迷藏；又或聆聽鄉親拉二胡，以及借表哥當兵用的槍枝來把玩。

　　霖父一年才回鄉一兩次，每次都攜帶不少糧油食品，又在經濟上提供接濟，故秋霖兒時家境倒算充裕，生活無憂無慮，過得蠻寫意。霖父表示在港工作挺忙碌，改為一兩年才回家一次，其間不時託付親戚帶金錢返鄉維持生計。當秋霖快將小學畢業，霖父回到老家，說要安排兒子前往香港，霖母不置可否。憑藉賄賂，霖父不消三個月就申請到秋霖去香港定居，遺下妻子獨守空幃。

三

秋霖到了父親的居所，方才知道其父已經另築愛巢，與共事的店員同居。多年來一直無兒無女，故從元配帶走親兒。秋霖因銜接不到中學課程而要留級唸小六。從鄉村移居城市，他覺得新奇，卻不習慣都市生活，更不適應與人相處。父子倆分隔多年，秋霖對其父感到生疏；共同生活半載也沒有拉近彼此關係，與後母的關係就加疏離。

一家人居住在深水埗區一個狹窄的唐樓單位，房間只得一個，大廳的長木椅就是秋霖起居的地方。日間坐在那兒用膳、做功課，晚上躺下睡覺。天還未發亮，霖父已經出門，徒步到餅店製作麵包；當曙光初現時，後母會趕到餅店開舖。老闆是同鄉，他對霖父和後母頗信任，每朝品茗後才回去巡舖。

初到香港，秋霖嚐到父親親手烘焙的麵包，覺得比鄉下任何糕點都好吃，款式又多，期望天天吃到。他得償所願，此後每天早餐都是免費麵包，甚至放學回家所吃的都是麵包。秋霖吃得膩了，一改初衷，認為世間最滋味的食物盡在鄉下，可惜遙不可及。他掛念鄉間美食，更惦念親母，記掛着故鄉林林總總。

雙親要出外謀生，離鄉別井換來舊樓斗室的生活。秋霖在一所小學上午校插班，面對陌生的同學，加上不懂廣東話和繁體字，學校生活並不愉快。放學後悶在家中看電視，解悶之餘

學習廣東話。

霖父一早上班，也早下班，回家總帶一大袋新鮮出爐的麵包給秋霖。霖父目不識丁，在功課上幫不了忙。他習慣用鄉下話與兒子溝通，固然親切卻無助秋霖在廣東話方面得以長進。後母比親母年輕足足十歲，比秋霖年長十歲，愛打扮而不善家務。霖父下班後要到街市買菜，回家燒飯、洗碗碟、洗晾衣服、掃地、倒垃圾等等；後母下班回來，只管吃飯、看電視，其他都不管；秋霖懂事，不時分擔家務。

四

趁學校假期，秋霖單獨回鄉探望母親，路途繁複，他輾轉才返抵家鄉。夕陽照到家門，霖母佇立守候多時，秋霖急不及待丟下行李，上前擁抱。

「媽！」

「秋霖，你長高了、胖了。」

「天天吃牛油麵包，不胖才怪。」

秋霖從背包取出一袋東西，「媽，給您品嚐爸做的麵包。」

「秋霖，你多幸福！每天吃着老爸做的包點。」

「我覺得還是您弄的糕點好吃。」

「以前你不曾讚賞過老媽，從香港歸來變得油腔滑調！我早就做好了糕點，你先休息一會，媽去蒸熱。」

　　吃到熱騰騰的家鄉美食，秋霖回味無窮。晚餐過後，與母親到屋外乘涼。晚風襲來，帶着山林的芳香，令人舒暢。相比市區舊樓的侷促鬱悶，恬靜的故鄉才是樂土。為何要捨棄家園、遺下慈母遠走他方？秋霖著實不解。淒冷的月光像在冷笑眾生自尋煩惱。

　　「你爸身體好嗎？」

　　「大清早摸黑出門，工時又長，回家總是疲累不堪。」

　　「算你長大，要學懂自立，莫讓老爸操心，兩父子互相照料。」

　　「媽，家裏還有嫻姨。」

　　「嫻姨？」

　　「爸的女人。」

　　「爸的女人！」霖母有點迷茫，眼珠浮游不定。

　　「對！她是爸的同事、餅店店員，比妳年輕卻不及您漂亮。」

　　霖母強顏歡笑，「我早料到你爸有此一著，倒不錯，父子倆有個女人照顧也好！」

　　「您弄錯了！她不懂做飯燒菜，日常家務都由爸和我負責。」

　　「嗯，她怎樣待你？」

　　「她少理我。」

　　「倒也不壞，沒有刻薄你就好。」

霖母有一副農村婦女逆來順受的德性，坦然面對一家分離、丈夫另結新歡的局面。全因她樂天知命，才不致抑鬱。

五

「你媽知道麼？」

「甚麼？」

「嫻姨的事？」

「媽當然知道，不過她沒興趣了解。」

「反正遲早要讓她知道，最好還是不用我親自交待。她的心情怎樣？」

「初時有點呆滯，後來接受了，還祝福您和嫻姨。她叮囑我抽時間回鄉探望，又叫您不必操心。」

霖父放下心頭大石，輕鬆走入廚房弄菜。

「秋霖，學校放長假要回來探媽媽！」母親的叮嚀仍然在腦際縈繞。

六

霖父出席朋友的晚宴，嫻姨帶秋霖出外。附近球場蓋搭戲棚上演神功戲，兩人閒逛，對大戲並不感興趣。一起到旁邊的大排檔吃方魚蠔仔粥、白灼東風螺和蜆蚶，饒富鄉土情懷的風

味食品令人大快朵頤。嫻姨怕秋霖不懂得吃，忙於撿取螺肉和蚶肉；秋霖卻享受親自挖取的樂趣，回敬嫻姨，「妳也吃。」

「乖孩子，再來一碟墨魚片？」

「好啊！」

兩口子鮮有單獨相處的機會，嫻姨結賬後挽着秋霖的臂彎到公園散步。

「秋霖，你媽好嗎？」

「身體挺壯健。」

「她責怪我？」

「為甚麼要責怪妳？」

「——我隨便問下，」嫻姨神不守舍，「你會陪我再來一次？」

「不會！」看到嫻姨失落驚訝的神情，秋霖偷笑，「怎會一次？至少十次八次呀！」

嫻姨喜上眉梢，「好！」

七

當年秋霖跟着父親初次踏入家門，嫻姨輕倚梳化盤腿而坐，視線停留在雜誌上，連眼角也沒斜向他。秋霖故意躲在父親背後，即使父親連番着他叫嫻姨一聲，秋霖始終不從，因他覺得這個女人好不友善，沒必要跟她打招呼。嫻姨對孩子的態度不

以為然，心裏暗忖：「這孩子年紀倒不少，連基本禮貌也不懂，真不知他娘怎教導？」嫻姨一開始就對秋霖漠不關心，而秋霖對嫻姨亦不瞅不睬。

秋霖跟父親去過荔園一趟，玩得挺開心。霖父陪伴兒子玩機動遊戲和攤位遊戲，秋霖玩樂時仍然思念母親，若一家三口吃喝玩樂多好，偏偏沒有她的份兒，獃在鄉間等他們歸去，多麼可惜！

霖父帶兒子去美孚新邨品嚐西餐。秋霖遷居香港一直穿著鄉下的裝束，未買過一件新衣服、一雙新鞋子。秋霖穿上發黃的背心汗衣和吊腳褲子，腳踏拖鞋，與中級食肆的一般食客在衣著上有顯著的差別。餐廳侍應狠狠地擱下餐牌，重重地投下水杯，態度惡劣，露出鄙視的眼神。秋霖初嚐西餐倍覺滋味，冰凍檸檬茶又清新舒暢，他飲得暢快，啜啜有聲，招來侍應白眼，但不以為意。結賬離開時，秋霖心不在焉，猛然撞落玻璃牆上，隆然一聲引發食客怪異的笑聲。霖父氣結，盛怒之下拉走秋霖，出門怒吼：「沒出息的孩子，老是混頭混腦，老爸的臉都給你丟啦！」秋霖的額頭又紅又腫，但他不覺得半點疼痛，心頭則酸溜溜，牽掛着父親嚴詞厲色的責罵。此後，霖父不再夥同兒子上街；秋霖長期留守家中，下課就回家，甚少在街頭流連。

去完球場光顧大排檔之後，嫻姨還趁休假帶秋霖買新衣服和鞋子，又到士多舖買汽水、雪條，生活變得溫馨。秋霖特別

喜歡喝可樂，因此嫻姨下班不時買可樂回家。秋霖對嫻姨開始改觀，覺得她比親母更可愛可親。

「我吃怕了老爸的麵包！」嫻姨十分在意秋霖的一句說話，經常提供不同款式的餅乾和街頭小吃。秋霖以前遇到功課問題會問文盲的父親，自從與嫻姨關係改善，如今愛問嫻姨，她有問必答，跟當初判若兩人。秋霖不解！

八

霖父和嫻姨在同一餅店幹活，顧客以附近街坊和學生為主。雖然朝夕相對，但各自忙碌，鮮有機會閒聊；即使清閒，也不便在店內談論家事。嫻姨從來不做家務，霖父回家後還要繼續忙碌。

霖父較早下班，回家時兒子已經放學開始做家課，父親例必在枱邊放下麵包，接着催促：「秋霖先吃麵點，再做功課。」

「爸，我剛吃完餅乾，不餓！」

「餅乾燥熱，不宜多吃。只怪嫻姨寵壞，有免費麵包不吃，偏要花錢去買些華而不實的東西。」

「我厭惡天天吃你做的麵包，現在連嗅到那味兒都噁心！」

「不吃也罷，不要批評你爸製作的麵包。附近家長特意來惠顧，小孩子大多吃我烘製的麵包長大，健健康康。你真是身在福中不知福，爸以後不會再帶麵包回來，屆時你想吃也沒份

兒。」

「我才不稀罕。」

「你越大越壞，上學也是徒然！」霖父氣憤之下隨手將桌上的書本掃到地上。

「你幹嗎？」

「既然不要我料理，你自己弄晚飯吃吧。」霖父説完，把大門「嘭」一聲關上，氣沖沖走了。

九

嫻姨甫抵家門，秋霖站在玄關侍候，迎上前靠攏。

「你爸呢？」

秋霖訴説經過。

「他説得也有道理，餅乾多吃無益。你爸氣量狹窄，最怕遭人批評，之前有街坊當着老闆面前評價其製包水平，他即怒不可遏與顧客對罵。幸而老闆明理，調解了糾紛，並沒有怪責你爸。秋霖，他工作辛苦，你日後對話要小心用詞，不要令他生氣。今晚由我下廚。」

「妳曉得下廚？」

嫻姨摸摸秋霖頭頂，走入廚房。她下廚之快和味道之美都令秋霖十分驚訝。

「好吃嗎？」

秋霖豎起拇指稱讚：「簡直是廚藝高手，妳怎麼一直不下廚？」

嫻姨笑而不答，又破例洗碗碟，還陪秋霖溫習以應付翌日的測驗。秋霖一直以為嫻姨不懂廚藝，竟然深藏不露，遠勝父親。

「為何她從不下廚？」秋霖不解！

＋

「你又賭輸錢，連家用也拿不出來！」

父親和嫻姨的口角聲此起彼落，秋霖在房間外清楚聽到。

「哪有賭錢？妳老是不相信我，我只是借錢幫助朋友。」

「我為甚麼還要相信你？之前就是錯信你才落得如斯地步。」

「算吧，不要借題發揮。」

「難道我說錯了麼？要不是你當初存心瞞騙，我怎會跟你一起過活？如果你一早老老實實交待有妻兒，我豈會做了人家的後母而不自知！」

「就算我錯了又如何？反正妳無生養！」

「你何止負心還沒良心，反怪責我沒有生養。」

「妳要講事實，我講的何嘗不是事實？」

「我從來沒想過拆散別人的家庭，因為你的自私以致我當

了第三者，對不起霖母和秋霖！」

「我又何曾想過離鄉別井另建家園？時勢使然，奈何！」

「你還在撒野，完全沒有一點悔意和歉疚！我怎能跟你這種品性的人生活下去？」

「妳和秋霖的感情不是很好嗎？」

「一概與你無關！一開始我就不想跟別人共侍一夫，何況當別人的後母？」

秋霖開始明白嫻姨的心情，怪不得當年他踏入家門，她會不瞅不睬又束手不沾家務。

嫻姨勃然大怒衝出房間，看到秋霖也視而不見，竄進浴室。秋霖聽到嫻姨的低泣聲，但他仍舊不解！

臨近中秋，餅店出售月餅，霖父和嫻姨都都要加班工作。

秋霖獨個兒在家裏苦悶，忽然想到弄一頓晚餐讓遲遲下班的家人享用。他年幼時在鄉間已經協助母親下廚，然而親自燒菜還未試過。秋霖從雪櫃找到食材，烹調了一煲花生雞腳湯。湯水已經煮好，秋霖打算試試味道，由於煲身太高，他舀湯時得站到矮橙上。秋霖用腳尖踏前以致橙子重心不穩，身子前傾撞倒湯煲。秋霖雙手撐在瀉滿灶頭的湯水裏，頓時嚎啕大哭。

霖父和嫻姨未及家門，已經在走廊聽到秋霖淒厲的哭叫聲，

立刻疾闖回家。看到兒子雙手通紅，霖父不禁破口大罵；霖父越焦燥，秋霖越加驚慌，放聲痛哭。嫻姨急不及待扭開水龍頭，抱起秋霖，將他雙手插入水流中。浸泡了好一段時間，秋霖仍然覺得手掌裏面發燙，手面皮膚亦嚴重破損。嫻姨著霖父馬上背兒子下樓，跑到私家診所治理，醫生表示，雙手需要用紗布包裹以免細菌感染。沿途秋霖窺探雙親，父親驚惶失措，嫻姨則淚汪汪、心酸酸。

　　診治後回家已經晚上十時，一家人還未吃飯。秋霖雙手不能動彈，起居飲食都無法自理，由嫻姨餵食，令他有點難為情，最終還是吃下。秋霖沒法洗澡，霖父煞有介事不肯襄助，嫻姨反不顧忌去幫秋霖一把。被嫻姨脫清光，秋霖十分尷尬，簡直無地自容；看到秋霖滿臉緋紅，嫻姨假裝不見。當嫻姨雙手在身上拭擦，秋霖禁不住閉上眼睛、僵直身子，完全不懂招架。連如廁也要嫻姨施以援手，秋霖自覺丟臉，自尊蕩然無存，真不知日後怎樣面對？

　　秋霖不但未能上學，而且每天要去洗傷口，嫻姨惟有利用用膳時間陪他前往。嫻姨為自己盡心盡力，秋霖著實過意不去。

十二

　　自從秋霖灼傷以來，沐浴更衣、吃飯、如廁都由嫻姨照料，肉體的痛楚遠不及尊嚴的折損，嫻姨輕描淡寫的反應令他不致

難堪。幾天過去，委屈的心情逐漸退卻，母子之間的感情變得更加親近。

初到香港，嫻姨是一個冷漠婦人，從不關心秋霖的起居，甚至連視綫也沒停留在他身上；她又不料理家務，連清洗內衣褲也要霖父代勞。在秋霖眼中，嫻姨只是一個養尊處優、要丈夫侍候的懶惰女子；對他不聞不問，就更加面目可憎，故此秋霖從來不會主動跟嫻姨打招呼。

原來一切都是錯覺！

嫻姨一直被霖父瞞騙，她一時之間接納不到突如其來的兒子。秋霖明白到自己的出現對嫻姨造成打擊，成為她內心一根拔不掉的刺，而一直以來不瞅不睬亦加深了彼此的芥蒂。秋霖認為兩父子都虧欠了嫻姨，她在其危難中不計前嫌又不避諱，義無反顧地長時間照顧他，令他徹底改觀，視嫻姨如同親母。

十三

霖父定期接濟元配，不時拜託親戚帶金錢回鄉，每逢節日例必匯款。嫻姨從不過問，因她不想知道，知道後也不會阻撓。她也是女人，明白到丈夫和兒子不在身邊的苦況，她體恤同情而且歉疚。嫻姨無辜介入別人家庭，她仍會自責；而霖母被遺棄，她會諒解。兩個都是失落的女人，有丈夫在旁的女人也不一定幸福，然而夫離子散的女人就肯定淒涼。

「秋霖，你媽在鄉下孤苦無依，你得多回去探望，以及帶些東西給她。」

在嫻姨鼓勵下，每逢暑假秋霖都會回鄉探望母親。

十四

「你要是回去探望老婆，請不要再碰我。」

「我何來時間返鄉？」霖父總是離不開餅店，一星期七天都要開工，始終沒有時間回家鄉探望妻子。嫻姨的叮嚀記在霖父心裏，成為了他背棄元配的有力藉口。霖父認為一個男人要養活兩家四口殊不容易，而他定期接濟髮妻已算盡了丈夫的道義。嫻姨向來不會苛索家用，對霖父抽煙飲酒兼好賭，她必定過問。

「你好幾個月連家用也拿不出來，還算男人嗎？」

「怎麼不是男人？我要兼顧兩個家庭免不了吃力，又不用妳幫補生計。」

「你無謂再拿霖母作藉口，秋霖告訴我其母已經半年得不到經濟支援，日子苦不堪言。再者，這個家庭的支出如今都由我來應付，以我微薄的工資去養活你們父子，倒太過份！」

「妳不要聽信秋霖的胡言亂語！」

「你連老婆兒子都隱瞞，難道我還要相信你？」

「妳老是借題發揮翻舊賬！」

「你喜歡怎麼説就怎麼説吧，總之『一次不忠，百次不用』！」

「我不跟妳一般見識。」

「你應該盡一家之主的本分，擔起這個家。」

「那當然，妳少操心。」

十五

霖父信守承諾，在月杪主動交家用予嫻姨，還以為他痛改前非。過不了半個月，有流氓闖進餅店工場，兇悍地揪起霖父衣襟，「欠債還錢！你到底何時還錢？」

「老兄，請寬限一兩天，我肯定會付清。」霖父嚇得臉色蒼白、額頭冒汗、渾身發抖，結結巴巴回答。

「好一家餅店，老子倒不怕你逃得掉。莫説不近人情，就通融你多一天，明天此刻必須連本帶利歸還。否則，休怪我不客氣！」説罷，鬆開霖父的脖子，隨手把工作枱上的蛋漿撥倒。

「當然、當然，慢走、慢走。」霖父聲音抖震拱手作揖。

「去你的！」流氓怒罵，離開時順手牽走了幾個大麵包和若干條瑞士卷。

十六

霖父舊債尚未清還，為了挽回一家之主的顏面和男人的尊嚴，他不惜借高利貸，拿取部分作家用，其餘都挪去賭場以求翻兩翻，只可惜事與願違，輸清光。老闆在場目睹流氓登門討債的經過，猶有餘悸；既顧念僱傭之情，亦恐事情鬧大影響生意，故主動借款給霖父還清債務。事件總算平息，家事未了。

嫻姨早已不值霖父不忠所為，悔不當初；債主派人臨門更令她難堪，認為霖父愚不可及，難以繼續相處。嫻姨死心，毅然撇下這個家，逕自到其胞姊寓所寄居。為免與霖父碰面，連餅店的工作也辭掉。

「秋霖，嫻姨要搬出去，不可以再照顧你。」

「嫻姨，妳給爸爸一次機會，留下來吧。」

「你爸傷透我心，不值得留戀，既然喪失了感情，幹嗎還要勉強相處？」

「我不捨得妳走！」

「我也不想捨你而去，但沒辦法！你快將中學畢業，算長大成人，是時候自立，有空來探訪我。」嫻姨倔強固執，一旦心意已決，沒法挽留。

嫻姨與秋霖相擁，兩人都捨不得分開，最終嫻姨告別秋霖，轉身頭也不回黯然離開，餘溫在大門口滯留不知進退。

十七

　　嫻姨離開之後，霖父戒除了賭癮，卻沉迷酗酒。他越飲越多越烈，試過宿醉不醒，誤了上班，招致老闆辱罵。以往霖父罵不還口，如今他不再忌憚，向老闆還以顏色，一次過吐出積累多年的怨憤：吝嗇、刻薄等云云。最終，老闆要辭掉霖父，而霖父則搶先自動引退。

　　失業令霖父更加沉溺酗酒。醉倒在家，每每遷怒秋霖，兩父子經常齟齬以致彼此關係日益惡劣；酒醉在外則不時與人結怨，曾被打至遍體鱗傷，送院治理；也曾借醉打人而鬧上警署。霖父長期意志消沉，最終變相提早退休，回鄉養老。霖父和霖母的關係早已疏離，霖父挽救不到婚姻，偏纏住霖母不放，勉強一起生活。

　　秋霖的會考成績並不理想，沒法升學，加上霖父遷回鄉間，他必須自食其力。秋霖初出茅廬，在酒樓廚房當「後鑊」。廚房悶熱、地面濕滑、食材腥膩，廚具、刀具、爐具沉重，致肌肉勞損、割傷、燙傷不計其數；還要長期站立，長遠會引致靜脈曲張；工作時間又長，沒時間進修。一般年輕人都好高騖遠，嚮往舒適的職場而厭惡惡劣的工作環境，充當廚房臨時工或兼職或許勉強接受得來，作為終生職業就敬而遠之。

　　偏偏秋霖喜歡廚房工作。他性格內向兼沉默寡言，又受原生家庭影響，相信埋首在廚房工作最合適不過。事實上，秋霖

自幼學習料理廚務，還有點心思和巧手，他對廚師工作充滿熱誠，加上不斤斤計較，可以刻苦耐勞及任勞任怨，因而獲得師傅提攜和老闆賞識，經過十多年的努力，年紀輕輕已經獲提拔晉升為大酒樓總廚。

十八

霖父自從被嬸姨及老闆捨棄，十多年以來沒有踏足過香港，由秋霖供養。

偶爾秋霖會回鄉探望父母。內地大城市拓展迅速，一年一小變，三年一中變，十年一大變；雖然鄉間發展滯後，但也有不少變化。兒時浪蕩的翠綠山丘現已蓋滿樓房，鱗光閃閃的魚塘及靜謐的鹽田均被填平，昔日伴隨成長的稻田連同林蔭的蔗園、竹林、蕉林都一概被剷除，改建為工業園。無疑，交通設施配合城鄉規劃，大大改善了道路網絡，創造不少就業機會，可惜並沒有拉近親人間的距離。眾多外省年輕人闊別家園到廣東謀生；秋霖同樣離鄉別井，習慣了香港的生活節奏，難以重投故鄉。

當年秋霖移居香港，並不喜歡都市的生活方式，不過勝在年少，容易適應陌生環境和融入新生活。長大之後，儘管是出生成長的地方也無法歸回，重新去調較生活模式和節奏，也再難賺取與香港水平相若的高工資。為了生計及供養父母，秋霖

不可能放棄高薪厚職，而共聚日子亦不可能維持長久。每次一家團圓只是偶然、短暫、匆促。

「秋霖，你年紀不輕了，讓媽幫你物色一個女孩子？」

「快趁年輕成家立室生兒育女。」

「下次回家要帶媳婦和孫兒，否則你也不用回來。」

霖母總是喋喋不休，嘮嘮叨叨直至秋霖離開家園。

霖父患腦退化，根本認不出兒子，更不知秋霖何時來、何時去。

十九

秋霖的生活圈子狹窄，由青年步入中年都離不開廚房範圍，欠缺結交異性的機會。雖然廚房人手不少，但秋霖身邊都是男子漢，至於洗碗和清潔女工，一般都上了年紀。鮮有年輕女同事在中式廚房出現，結識女孩子簡直遙不可及。他在廚房拜師學藝時，行內只得中年男伙計；時而勢易，很多女子加入酒樓行業擔當侍應，比秋霖年輕得多。

秋霖認為廚子為賤業，難以討得女孩子的歡心。他一直不敢追求異性，視結婚生子延續香燈為因循守舊的想法，旨在滿足父母親的慾望。即使不致於犧牲自己的幸福，卻葬送無辜女子的芳華。秋霖樂天知命，十分滿足現狀，完全沒有考慮過成家立室。

　　秋霖回鄉探望完雙親重返工作地方，一如既往在酒樓偏廳與員工一起午膳，同枱多了一張陌生的漂亮面孔。經主任介紹，方知是剛到職數天的接待員——蒨菁。蒨菁穿著中式旗袍制服，婀娜的體態冠絕全場，勝過歷任及現職其他「知客」。秋霖連忙向她點頭，蒨菁跟其他同事一樣喊他：「秋霖哥。」聲音輕柔而親切，聽得秋霖有點窘。看樣子蒨菁大概三十餘歲，五官長得十分標緻，有一雙鳳眼，下頦尖巧，薄施脂粉又塗上口紅，嬌媚動人。用膳時間短暫，閒聊數句已經要返回崗位繼續工作。蒨菁的出現頓時成為酒樓的焦點，男同事紛紛爭相向她示好，連帶食客都增加不少。

　　每逢週末秋霖都要設計下一週的菜式，經理批閱後交予蒨菁列印及分派，一個月內秋霖和蒨菁可以攀談的次數屈指可算。其餘時間各有各忙，各自在廚房及大門口把關，工作上交往的機會無多。

　　年近歲晚婚宴繁多，酒樓忙得不可開交，「曲終人散」時已經夜深。比慣常日子晚了下班的蒨菁仍在街角徘徊，似乎在等候的士出現。她換上便服、掛着皮袋，散發出爽朗的風姿；然而心神恍惚，看來有點焦躁。

　　秋霖駕車經過，「蒨菁，讓我送妳一程？」

　　「秋霖哥，遇着你多好，謝謝！」

　　「不用客氣，趕着回家？」

　　「對！女兒發燒，偏偏遲下班，有點着急。」

秋霖呆了一陣子，趕忙接上：「我得快駛點兒。」

「不！小心駕駛。」

秋霖腦子滿是疑團：她有女兒！丈夫呢？怎麼會早婚生子──奉子成婚？他知道不便發問，把蒨菁送到家門後若有所失，默然驅車遠離。

二十

「蒨菁，女兒退燒無恙吧？」翌日上班秋霖遇見蒨菁。

「多謝關心！她好多了。」

「今晚下班，我載妳回家？」

「不必了，謝謝！」

「反正順道而行。」

「那就勞駕。」

「榮幸之至！」

接連幾晚蒨菁都要夜深才下班，由秋霖接載。溝通的機會多了，秋霖對蒨菁的了解自然加深。正如秋霖所料，蒨菁果然是未婚媽媽；她意外懷孕誕下女兒後丈夫負擔不起生計，一走了之。女兒唸中學三年級，十多年以來由外婆撫養，去年蒨菁母親過世，剩下母女相依為命。

秋霖步入中年卻不懂追求異性，只是覺得投緣而對蒨菁特別關顧，不時把一些廚餘美食交給蒨菁帶回家與女兒分享，從

而建立起他們之間的交情。

農曆新年酒樓收爐，一連三天停止營業，期間蒨菁邀請秋霖到其府上作客。秋霖登門發覺居室雖小，但十分雅致整潔。蒨菁的女兒叫筱悠，臉頰飽滿、下頜圓潤，濃密而烏潤的眉毛下有一雙單眼皮小眼睛，個子與母親相若。

「秋霖叔叔，您好！新年快樂！」

「啊！筱悠？新年快樂！」

「媽常提起您呀。」

「説叔叔的壞話？」秋霖肯定比筱悠的生父年長得多，但他寧可被人叫叔叔，尤其是蒨菁的女兒。

「媽才不會，她從不在人家背後説人是非。」

「嗯，她説了甚麼好話？不妨講出來。」

「實在多不勝數，媽好像對您有好感！」

蒨菁羞怯：「筱悠，妳莫胡鬧！快入來廚房幫媽手。」

筱悠高呼：「叔叔才是廚神！幹嗎不叫他？」

秋霖急忙到廚房門口聽候吩咐。

「秋霖哥，你坐一會，晚飯即將弄好。」

不久，母女倆端出飯菜。

「試試味，味道遜色也要賞面多吃一點。」蒨菁拿起筷子撿了一大堆餸菜給秋霖。

「好！色香味俱全。要是給酒樓老闆知道，我肯定丟職。」秋霖豎起大拇指給予讚賞。

「別誇讚，合口味就要多吃。」

這頓家常便飯喚起了他與她及女兒的家庭溫暖。

二十一

三口子用膳完畢，還有湯圓吃，從沒打算成家立室的秋霖竟然一下子想擁有一個家。無拘無束地跟兩母女談天說地，秋霖好享受箇中樂趣，希望維持這份溫馨的感覺，奢望成為這個家庭的一員。

歡敍時刻過去，秋霖踏上歸途。一路上，他心情舒暢，仍然陶醉在早前的氛圍，又情不自禁地吹起口哨，忽然聽到背後傳來蒨菁的聲音。

「秋霖哥，你忘記帶走眼鏡了。」

秋霖摸一摸顴骨：「怎麼？連老花眼鏡都擱下，可真胡塗！」

正要伸手接過眼鏡，蒨菁已踏前腳尖給他擺上。

「謝謝！」

「你剛才吹口哨多動聽！」

「噢！」秋霖恐怕其得意忘形的怪相早給蒨菁看到，內心洶湧澎湃，連自己的心跳聲也聽見。

「你下次吹給我聽？」蒨菁若無其事地道。

「妳聽到？」

「聽到，這麼響亮，當然聽到。」

秋霖轉身用手按着左胸，想把心跳聲按下去，無奈心跳越來越急越響。

「你幹嗎？不吹就算了。」

秋霖即刻轉過身來，「妳説口哨聲？」

「你以為甚麼？」

「沒事。」

「古靈精怪！」

秋霖患得患失不懂應對，急不及待告辭。

「再見！」多麼悦耳動人的聲音依然在秋霖耳際迴盪，他想每天都聽得到。

翌日清早，秋霖致電蒨菁。

「妳今天有空嗎？」

「有。」

「可有興趣逛深圳？」

「很久沒到深圳，好啊！」從此展開了約會，上班、下班都出雙入對。

二十二

交往一年，秋霖知道蒨菁渴望找個伴侶以照料母女倆，他就是最佳人選。他也喜歡與對方相處，認為她平易近人，對自

己細心溫順，是理想的配偶。秋霖並不介意舊菁過去的感情生活，反而佩服她獨力供養母親、撫養女兒，並體察到一個柔弱女子的堅毅不屈，由憐生愛，更加想愛惜及照顧她和筱悠。

為了建立一個屬於自己和舊菁、筱悠的家庭，秋霖希望筱悠可以接納自己。他相約她們外遊，嘗試共同相處，於是三人前往廣州遊玩兩天。舊菁和筱悠初次踏足羊城，秋霖亦好幾年沒去過，然而名勝景點依舊。

秋霖仁先到「蓮香樓」。

「點心確實精緻味美，但小菜水準及不上秋霖叔叔。」筱悠品嚐羊城美食之餘不忘評價。

「多謝讚賞！」秋霖輕拍筱悠的肩膊，「只要妳喜歡，叔叔日後可以經常弄給妳們吃。」

「怎可能？」

「少說話，吃吧。」舊菁忙給女兒送上點心。

之後他們參觀「陳家祠」，筱悠對古老的祠堂充滿好奇，又對陶藝雕塑特別感興趣。

「它們的形態維肖維妙，而且十分生動。」筱悠牽動秋霖的衣袖，又勾住他的手肘，用指尖在櫥窗展品前比劃。看來筱悠並不抗拒叔叔，比母親還要親近。

「妳太不孝！丟下媽媽不顧而去。」

「媽媽乖！讓女兒來扶您。」筱悠用另一臂彎摟着母親，輕快地帶動兩人在祠堂內穿梭。

到了上、下九路，輪到秋霖挽着兩母女逛步行街，在「銀記」吃腸粉，又去「南信」吃雙皮奶，再往黃沙吃海鮮；逛完沙面、遊完珠江之後還去芳村酒吧街。在珠江河畔蒨菁移形換影，與女兒和秋霖把臂漫步。筱悠還未成年，沒有喝酒的份兒，倒已沉醉在浪漫醉人的江邊夜色之中，覺得「一家人」度過了歷來最溫馨的一天。

二十三

翌日在「畔溪酒家」品茗，然後三口子前往雲台花園，乘坐纜車登上廣州的高山——白雲山。從山上鳥瞰，無法看到遠景，因空氣混濁而致灰濛濛一片，連山腳的景物也不甚清晰。下山到沙河品嚐馳名的沙河粉，繼而前赴越秀公園遊覽五層樓和聞名的五羊塑像。一行三人無論去到哪兒，筱悠老是擾擾攘攘走在前頭引路，秋霖和蒨菁樂得清閒跟着走。黃昏在「陶陶居」用膳，小菜十分出色，連秋霖都讚不絕口。

「叔叔，這店的菜餚真的不錯。回去你教媽媽弄給我吃？」

「媽媽學不來，還是由叔叔親自弄好。」

「叔叔住得遠，不易吃到。」

「叔叔搬近好嗎？」

「當然好！」蒨菁的嘴角不自覺流露笑容，給秋霖發現，兩人含情對望。

二十四

　　旅遊過後,大家都要上早班。縱使意猶未盡也不得不返回香港,為了趕及直通巴士班次,三人都急忙橫過天橋到對面車站。天橋上秋霖忽然聽到筱悠在後面驚叫,回頭一看,有人在拔足奔逃。筱悠按着一道頸項上的血痕,而蒨菁則在旁高呼:「搶頸鍊呀!快捉賊!」

　　秋霖急忙折返,隨地卸下旅行袋並試圖追捕匪徒。當賊人穿越人群時,並沒有途人敢上前阻撓,反而退避到兩側;熙來攘往的天橋立時變得暢通,讓歹徒順利逃之夭夭。秋霖跑下天橋時,賊人已經失去影蹤。他返回原地,筱悠站在圍欄邊,蒨菁在旁安慰女兒,用紙巾按着傷口。

　　「對不起!給匪徒跑掉了!」秋霖氣喘吁吁交待。

　　「不要緊!金鍊被搶還可以買回,慶幸的是筱悠並無大礙。追不上也好,我怕你跟歹徒打作一團。」

　　「筱悠,妳覺得怎樣?」

　　「頸項輕微割傷而已。我也怕你因我而被賊人所傷。」筱悠的眼眶泛起淚光。

　　「叔叔沒事啊!」

　　「我們去報警、驗傷?」

　　「報警有何用?去醫院消毒傷口?」

「我的傷勢輕微，不用到醫院。您們明天還要一早起床，回港吧。」

「只怪叔叔守護不周，返香港賠妳。」

「媽太疏忽，妄顧內地治安，臨行前忘記提醒妳除下金鍊。」

「責怪也於事無補，況且此地不宜久留，還是盡快離開。」

開心旅程竟以掃興告終，三人都帶着幾分無奈離開廣州。

二十五

秋霖買了一條金頸鍊，託蒨菁送給筱悠。翌日，蒨菁把禮物歸還秋霖。

「筱悠説頸鏈太名貴，不敢收下，也不敢再配帶貴重飾物上街。」

「妳先保管，他日有機會再送給她。」

「我才不保管，又不是送給我！」

「要是送妳的話，我要另外準備。」

「送一條更加名貴的頸鏈？」

「妳妄想！送妳一條羽毛吧。」

「甚麼？用黃金製造？」

「羽毛就是羽毛。千里送鵝毛，物輕情意重！」

「誰希罕你的鵝毛？」

「那就送給他人好了。」

「你敢？」蒨菁跟秋霖打情罵悄，他慣了打不還手、罵不還口。

二十六

秋霖接載蒨菁下班回家，把車停在住所附近，從車上抽屜取出一份小禮物，「送妳金鵝毛。」

「謝謝！」

「打開來看看。」

蒨菁揭開禮物盒，「噢！戒指！」

「蒨菁，嫁給我？」

「太突然，給我一點時間考慮。」

「我是『廚房佬』，不善辭令，妳知道我是真心的。嫁給我，給我一個機會去照顧妳和筱悠。」

蒨菁哽咽，有點淒美動人，依偎在秋霖的肩膀上。

她執着小拳頭，在秋霖的胸膛上連續鎚打數下，「怎麼不下跪就求婚？沒有半點誠意！」

「我怕跪下會壓着油門！」

「老是藉口多多，連一束花也沒有？」

「西蘭花、椰菜花和葱花都準備好，下班匆匆，一時忘記拿走。」

「你發花癲？」

「愛妳愛到瘋癲！」

「一把年紀還説傻話！」

「傻人有傻福。」

「傻婆才會嫁您！」蒨菁忸怩，假裝嚴肅不來，由暗笑轉為明笑。

秋霖以笑臉奉陪，「不嫁，妳就笨！」接着幫蒨菁穿戴戒指，她卻之不恭。

「尺碼剛好！」蒨菁笑得甜絲絲，眼睛與鑽石戒指同樣明亮閃爍。

「廚師的基本功，一看便知分寸。」

蒨菁發怒，「當鳳爪、豬手般來看我！我乾脆嫁給裁縫罷了。」

「當然是玉手。」

「甚麼肉手？還在佔老娘的便宜！」

「不是老娘而是老婆！」

「誰是您的老婆？」

「戴上婚戒還不算老婆？」

蒨菁點點頭，前傾在秋霖額頭上情深一吻。

「尚未和筱悠商量！」

「好，妳上去跟她説。」

「怎説？説媽要去嫁人？這麼尷尬，不如你去提親。」

「我去？倒不如我們一起去。」

「好！可惜太晚了，另行安排吧。」

「嗯。」

二十七

　　秋霖是蒨菁家的常客，而她卻是他家的稀客，筱悠更從未踏足過秋霖叔家。秋霖托詞「破財擋災」，認為要為廣州之行能夠安然無恙而慶祝，邀請她倆作客吃頓家常便飯。

　　秋霖的住所座落在深水埗區唐樓內，無論是屋內屋外都相當破舊。嫻姨離家出走、霖父告老還鄉，遺下秋霖留守。三十多年來過慣孤寂生活，連傢俬都未換過，未曾想過為個人居所而花費大筆金錢修葺。

　　「筱悠，叔叔家很殘舊？」

　　「比想像中殘舊得多。」

　　「筱悠，住嘴！太失禮了。」

　　「這兒一直沒有裝修，是時候大翻新。」

　　「叔叔，您裝修完讓我再來參觀？」

　　「筱悠，叔叔希望翻新後妳們可以搬來一起生活。」

　　筱悠大惑不解，「媽，不明叔叔的心意！」

　　蒨菁急忙把雙手藏在身後，暗中脫下戒指，「叔叔想和我們成為一家人。」

「哦，他想娶妳？」

「嗯！」蒨菁毅然拿出戒指來，「妳贊成嗎？」

筱悠環顧四周家具狼藉，定睛看着秋霖叔，「叔叔，您的確需要一個溫柔體貼的女人來照料，而我媽當然是最適合人選。您獨具慧眼！」她連隨上前為媽戴上戒指，「挺漂亮！」

蒨菁摟着愛女，秋霖加入擁抱，他記起燒好幾道菜尚未捧出卻不捨得鬆開雙手，他們緊抱在一起。蒨菁喜極而泣，女兒和秋霖都忙為她拭淚。他親一親蒨菁的臉頰，她親暱地吻着女兒的額角，筱悠情不自禁吻一吻叔叔的頸項。循環的親吻衍生出濃濃的愛意，將三人維繫連結成一個完整的家，而家庭生活由接踵而來的晚飯開始。

二十八

經過連月裝修及重置家具，加上母女倆的悉心佈置，家居煥然一新。簡單的婚盟和宴席過後，他們仨開始了新生活。夫婦日出而作、日入而息，筱悠專注學業，生活縱然平淡，卻不失安穩。度過好幾年平靜的日子，筱悠已經升上大學。雖然蒨菁並沒有添孩子，秋霖早把筱悠視為己出，每天享受着和諧家庭的溫暖。

八號颱風高懸，酒樓提早關門，秋霖夫婦可以提前下班。筱悠已經預備好飯菜，等候叔叔和母親回家用膳。由於刮颱風

的緣故，秋霖沒有駕車，夫婦乘地鐵回家。兩人步出地鐵站，完全不像風臨城下，天清氣朗，連雨傘也不用張開。途中他倆需要橫過馬路，正當行到馬路中間，忽然狂風大作。強勁的旋風捲起一大堆沙石，疾撲臉龐。勉強睜開眼縫，刺眼的風沙狠狠入侵，迫不得已要緊緊閉目。兩人被吹得晃動，連站立都不穩，聽到和感覺到四周的雜物都被吹起。為了保護妻子，秋霖抱蒨菁入懷，並且齊齊蹲下，以減少承受風阻的接觸面積及降低重心。勁風沒有停下而且越加猛烈，秋霖擔心蹲在馬路遲早被汽車撞倒，又或給被風吹起的雜物所傷，不再等候疾風減弱，急不及待拉起蒨菁衝過馬路。

　　胡亂闖到對面，怪風還在嘶叫，令人震懾。兩人搖搖欲墜，都伸直雙手去抓緊路旁的欄柵。正以為越過馬路又有欄可握，經已度過危險關頭，平安的氣息剛剛湧上心頭的時候，驀然有黑影從高處掠下。秋霖來不及反應，瞬即縮回雙手擋駕。未幾轟隆一聲，一座流動巴士站牌翻倒在地上，連帶蒨菁亦應聲倒下，秋霖隨即跪下察看妻子的傷勢。蒨菁倒臥在血泊中，她的頭部滲血，失去知覺。秋霖試圖叫她搖她始終一絲不動，而自己雙手一搖動就劇痛，而且痛得厲害。狂風終於止息，有途人走近遞上紙巾、手帕以至報紙給秋霖為蒨菁止血，並協助致電報警求助。

　　鮮血從秋霖雙手淌下，他勉力致電回家。筱悠接電後棄下滿枱飯餸，急急忙忙拿起雨傘奪門而出趕到肇事地點。她比救護車早到現場，看見叔叔木訥地跪在母親身旁。除了風吹，還

下起雨來，雨勢越加兇狠。雨水沖洗不掉斑斑血迹，鮮血繼續從母親頭顱及叔叔雙手溢出，血流披臉令筱悠慘不忍睹，內心痛苦難受，良久才醒起打傘遮蓋家人，蹲下來默默守護。

天雨路滑加上颱風，救護車徐徐而至。救護員先為傷者初步檢查傷勢，馬上為蒨菁止血及戴上氧氣罩，隨即抬入車廂量度血壓；秋霖自行上車，坐在一旁等候救援。他同樣要掛上氧氣罩及量度血壓，同時要簡單消毒傷口及止血。筱悠憂心忡忡陪伴在側，隨救護車趕赴急症室。縱使道路暢通，救護車偏偏緩慢行駛，或許刮颱風要顧及安全而快不了。沿途上蒨菁一直昏迷不醒，聽不到秋霖和筱悠的叫喚及哀號，一點反應也沒有。

二十九

明愛醫院急症室尚有其他颱風中的傷者，蒨菁情況危殆立即被搶救。至於秋霖，除了割傷之外，估計手部還有骨折，因為非觸及性命安危，列為半緊急和非緊急之間的類別。縱然雙手劇痛難當，短時間內都不會獲得安排診治；由於未作診斷，也就不作治理，連先行止痛的安排也沒有。期間秋霖無視傷勢有多嚴重，亦不在意痛楚煎熬，只管和筱悠在候診室守候。他們焦慮蒨菁的安危，完全不知所措。在徬徨無助的時候，筱悠建議一同祈禱。其實她沒有任何信仰，不過她曾到過禮拜堂，接觸過教會，她盼望天地間有神靈可以庇佑慈愛的母親。她按

着叔叔的手背、閉上眼簾、開聲禱告。筱悠想以懇切的心靈打動眾生的主宰，給母親一條生路。張開眼，情景仍舊一樣，可是心境卻緩和平靜許多。

一息間，心情被院方廣播所牽動以致忐忑不安。每一秒的守望都伴隨着一分沉痛，時間好像停滯不前，一分一秒地過去，累積成無止境的等待。心急如焚，卻燒不掉心中的哀慟、焦躁和憤慨。遲遲未有院方的召喚，到底是喜是悲？

「叔叔，您雙手疼嗎？」

「沒事，我擔心妳媽……」

「沒消息便是好消息！醫生在努力搶救，媽會安然無恙的。」

秋霖說不出安慰的說話，反而要筱悠來慰解，著實有點慚愧。他疏理不通內心的糾結，只得來回踱步，越行越亂，越亂越行。不知來來回回踱了多少遍，忽然傳來院方的廣播，召集葉蒨菁的家人到急症室。

「醫生已盡全力搶救，可惜她腦幹死亡，始終救不了！你們過去看她最後一面吧。」護士向家屬平和地交待後先行迴避。

原先平靜的筱悠立時撲向母親，歇斯底里地喊叫：「媽，不要走，不要走啊！妳不要丟下我們！」握着母親的手腕嗚嗚咽咽。

秋霖霎時渾身冰冷，抖顫不已，緩慢地移近妻子，呆滯地俯視着蒨菁，喪失地靠着床沿。他呼喊蒨菁，明知道無法喚醒，還在不停哀號。他希望逝去的妻子仍然聽到他的吶喊、他心底

的呼喚。

　　父女倆倚偎蒨菁，畢竟未喊夠，還未哭停，病房護理員已經過來處理屍首。秋霖不捨地輕撫妻子的臉蛋，嚎啕大哭的筱悠也捨不得鬆開緊握母親的手。她發覺母親的體溫開始退減、變冷，確實是要放開手的時候。兩人互相倚傍，想要離去卻又裹足不前，眼白白看着蒨菁的俏臉被白布覆蓋。再不忍看下去，加速步伐求去。

三十

　　送別蒨菁，父女瑟縮一隅。秋霖強忍不住男兒淚，奪眶落淚；筱悠被帶動，抽泣哽咽。痛哭令他倆稍為舒暢，彼此還未拭乾淚水，一位姑娘走上前來。

　　「你們好！請問是葉蒨菁的家屬嗎？」

　　「是。」

　　「我姓黃，是醫院的器官移植聯絡主任。得知你們有家屬離世，實在令人傷感，希望你們可以節哀順變。」

　　「謝謝關心。」

　　「你們可知蒨菁生前的遺願？」

　　「妳的意思？」

　　「她有沒有考慮過死後捐贈器官？」

　　秋霖大發雷霆，「她意外身亡，哪會料到這麼早死？怎會

想過死後捐贈？」

「對不起！我並非要刺激你們，亦為到蒨菁的不幸而難過。只不過我想告訴你們一個鐵一般的事實，目前有很多病人同樣遭逢不幸，例如器官衰竭的病人正在死亡邊緣，希望有心人可以捐出過身親人的器官以造福其他病人。」

「黃姑娘，不好意思！我不想在這個時候跟妳談論器官捐贈的問題。」

「真對不起！在你們的艱難時刻提出不情之請。可是，為了垂死的病人，我不得不再次央求你們認真考慮，透過器官捐贈去挽救他人性命。」

「黃姑娘，恕我缺乏同情心，我不想太太慘死後還要再受痛苦。」

「先生，我明白你的心情，但仍然請你再認真考慮，幫助一些危在旦夕的病人。」

「叔叔，媽生前熱心助人，何妨考慮一下。」

「筱悠，不要插嘴。不能，絕對不能！我不會讓妳媽再度受到傷害。」

「叔叔——」

「先生——」

「不必多講！」

院方廣播，輪到秋霖見醫生，由筱悠陪同，捨下失望的黃姑娘。

三十一

　　經醫生診斷，秋霖雙手合共有四處骨折，傷口需要縫針及打破傷風針，而骨折則即時轉介職業治療部以製作手部支架固定及承托。完成診療及接受輔助治理安排已經凌晨二時，因為毋須留院醫治，秋霖和筱悠要自行回家。

　　八號颱風仍在懸掛，醫院的士站沒有的士出沒。偶然出現一輛接載醫護人員的車輛，以及往來醫院的救護車，車站一片死寂。橫風橫雨繼續橫掃，他倆呆站在車站迎接凜冽的風雨，苦候遙遙無期的的士來臨；他們不曾想過退到大堂迴避，只因兩人的心頭比寒風冷雨更淒涼，茫然不知自己下一步的方向，只想藉着雨絲洗滌心靈，讓涼意驅散內在鬱悶。其間，秋霖著筱悠嘗試致電聯絡電召的士台，但沒有的士接受召喚。守候逾半小時終於有的士駛至，司機開天索價，秋霖並無異議。

　　半夜回到家中，晚飯仍然閒置在桌上，引來蟑螂垂涎。秋霖和筱悠都沒有饑餓的感覺，乾脆倒掉飯餸。他倆都很疲倦卻沒有睡意，獃在梳化靜候天亮。半睡半醒的秋霖被倒下的筱悠頭部壓住有傷患的手而痛醒，他不想打擾倦透的女兒，故悄悄縮起手掌，讓她安詳地枕在大腿上。蒨菁走了，女主人不見了，從此剩得他倆相依為命。

　　秋霖思前想後，重組事發經過。一大塊圓型巴士站牌被強風吹倒，不早也不遲，恰巧是他和蒨菁手握欄柵的時候。他驀

眼頭上有一道黑影即連隨縮手，否則雙手已被像斧頭的站牌齊手砍斷，割傷、單單破開手掌、劈斷手骨已算幸運。可惜蒨菁閃避不及，被站牌猛然砸落頭顱，幸虧沒有削開腦袋，倒已頭破血流。醫生尚未詳細交待具體死亡原因，但初步診斷確定其頭骨爆裂，腦部嚴重出血、腦幹死亡。他不解市區內常設的固定巴士站亭怎麼可以沒有巴士路線標示，而要在旁邊置放流動站牌？再者，天文台早已預告會懸掛八號或更高颱風，何以巴士公司事前不做任何防風措施？至少派遣工作隊去放平及固定所有流動站牌，從而大大減低市民在風暴中遇害的風險。

　　颱風來得快、去得亦快，翌朝改掛三號颱風。秋霖喪妻及受傷，短期內不能上班，急忙通知酒樓經理早作安排。在下班回家途中遇上意外受傷可以列為工傷處理，至於妻子的意外身亡可循民事索償，這些勞工及法律問題，秋霖既不懂亦懶得理會。通宵未吃過東西，秋霖想烹煮早餐，偏偏雙手掛着手托又綁上繃帶而致無法動彈，結果由筱悠代勞，秋霖利用手指間縫隙夾住長柄湯匙狼狼進食。

三十二

　　筱悠拜託同學告假，陪同叔叔返回醫院領取死因證明書，以及排期接受物理治療和職業治療。短期內秋霖要定期清洗傷口，而在骨折未遇合前要靠手托固定，日後安排手部治療。離

開醫院，秋霖和筱悠還要去辦理死亡證及殯葬事宜，忙了一整天才回到家中。

　　連日來的忙碌和傷痛，秋霖自顧不下，猶幸筱悠伴隨，互相安慰和支持，由筱悠料理家務。面對如廁和沐浴，秋霖真的束手無策，雙手纏住繃帶和手托，十指都不能屈伸收合，根本沒法自理；他只管惆悵，可惜求助無門。

　　「叔叔，您雙手受傷不能沾水，怎樣上廁所和洗澡？」

　　「不必擔心！叔叔會想辦法解決。」

　　「怎麼解決？」

　　「總之叔叔自有分寸。」

　　「讓我來幫您？」

　　「不行！」

　　「一兩天不洗澡勉強還可以，但骨折癒合不可能一朝一夕達成，期間總要靠人協助，就讓我幫手。」

　　秋霖不置可否，無可奈何地接受了筱悠的好意。

　　他要如廁，由她協助洗理。

　　他要解帶寬衣，由她動手。

　　他要沐浴更衣，由她洗抹乾淨。

　　筱悠畢竟年少未婚，難用平常心看待成年異性，而且他是親人，她惶恐的目光、游離的視線、慌張的神色和錯亂的手部協調動作等異常反應都令秋霖叔感到萬分尷尬和自慚形穢。

　　跟秋霖昔日年輕時雙手燙傷由後母幫手洗澡相比，更覺此

舉與倫理、道理、禮教相違，簡且無地自容！他難以想像同樣的不幸事件竟然一再發生在自已身上，嗟嘆喪盡自尊，日後如何在筱悠面前抬頭做人？同時思念起蒨菁，若她尚在人間多好，至少不至落得如斯景況。夜深，他手疼心痛致徹夜難眠。

筱悠何嘗不是失眠？她一入睡就夢見和靄的母親與她及叔叔一起回鄉探望家人。叔叔從池塘撈起一隻奇型怪狀、似蟹非蟹的生物，她好奇撫摸牠身上的甲殼時不慎被長尾巴戳到左邊臉頰，母親非常緊張，擔心她破相。

「不必擔憂！」叔叔從旁安慰，折下半塊蘆薈葉，把汁液塗在筱悠傷口，「過一會兒就沒事。」

接着秋霖叔叔的母親在面前拆開似蟹非蟹的甲殼，傾倒出藍色的血漿，「筱悠，嫲嫲拿去煲湯，給妳報仇！」

「奶奶，讓我來煮。」蒨菁急忙趨前，在崎嶇不平的地上跌了一交，哎吔一聲昏倒。

「媽媽，媽媽！」無論女兒在旁喊叫多少遍，血流披面的母親伏在地上，痛苦呻吟不醒。一家人呼天搶地都喚不醒蒨菁，筱悠鍥而不捨吶喊：「媽，媽呀！」

「筱悠——」

她一瞪眼便看到叔叔坐在床沿。

「發惡夢？」

筱悠額角還在冒汗，「我夢見媽媽。」

「她怎樣？」

「生活得很好！」

「哪喊甚麼？」

「我惦記着她。」筱悠俯伏在秋霖叔身邊，他不敢妄動，陪伴直至夜深。

三十三

筱悠要繼續學業，秋霖則要開展康復療程。逢星期一至五上午做物理治療運動，下午做職業治療運動。由於明愛醫院物理治療額滿，需要輪候一段長時間，將其個案轉介到九龍醫院。故此，他上午到九龍醫院物理治療部，下午轉到明愛醫院職業治療部；獨個兒往來醫院不成問題，然而在路上跌跌撞撞、冒失的途人着實不易應付。在治療初期的測試中，秋霖雙手只得零磅力，換言之，他雙手根本不能發力；更糟糕的是他雙手因長期掛上繃帶和手托，欠缺運動，以致不能動彈，手指僵直無法彎曲。因為聽從治療師所言：不可輕舉妄動，以免骨折地方移位，待斷骨癒合好才進行康復運動調節不遲，結果十指變得僵實無比，扳直的指節完全不可向內稍微靠攏。眼見自己一雙廚師巧手不再，秋霖不禁垂頭喪氣。

三十四

　　蒨菁生前並沒有親朋好友，殮葬一切從簡。滿以為由醫院殮房直接出殯，送到火葬場火化就一了百了。殯殮當日下起傾盆大雨，在雷暴和風雨飄搖下出殯倍令家屬神傷、感覺堪憐。筱悠捧着母親的遺照泣不成聲，秋霖叔沒再掉男兒淚，心酸鼻酸卻哭不出來。秋霖叔是筱悠唯一的親人，面對落難的叔叔當然不離不棄。母親走了，落寞的日子還得要過，家庭事務一概由她擔負。

　　秋霖雙手仍舊挺直，絲毫不能屈曲，起居生活都無法自理。筱悠繼續天天為叔叔如廁善後，以及協助沐浴更衣。秋霖恐怕筱悠誤以為他假裝未康復，故意要她服侍，討她便宜。創傷後的男人總愛胡思亂想，筱悠本着純真的心行事，不避嫌、心甘樂意為至親的叔叔効勞。習已為常之後，叔叔生理上起了明顯的變化，由當初被筱悠觸碰到身上敏感部位時的莫名興奮逐漸變得麻木。秋霖為冷感而快慰，免得彼此尷尬。

三十五

　　秋霖希望加強訓練後可以早日康復，可惜事與願違。他無懼艱辛痛苦，拼命重覆練習，手指始終筆直，指尖勉勉強強才屈曲到少許，他開始心灰意冷。

　　經朋友介紹，秋霖去看著名的骨科醫生。名醫診斷後神色凝重地宣告，手筋黏連致無藥可醫，康復運動也徒勞無功，催促秋霖盡快做鬆筋手術。彷彿被判死刑，他離開診所時一臉蒼白。再經同事介紹，秋霖去找跌打師傅打救。跌打師傅評估其傷勢後聲稱，他雙手的終極治療結果只會得到有限度復原，手指能夠向內屈成「C」型已屬萬幸。屢醫無效令秋霖意志消沉和氣餒。

　　在筱悠的鼓勵和陪同下，他訪尋了多位中醫。歸納醫師們的意見，純粹手部治療並不足以令雙手康復，而要從手的根基出發，全面治理。透過肩頭、手臂及手掌針灸，加上手腕的按摩推拿，再配以中藥的舒筋活絡調理，並且與治療運動雙管齊下，傷手仍然有望復原。中醫認為秋霖錯過了治療的黃金時期，不過只要肯多花時日，縱然未能徹底康復，也勝過現狀，促使秋霖再度燃起一線生機。

　　為了不再拖累筱悠，以及重返職場賺錢養家，秋霖加倍努力，日以繼夜活動雙手的每個關節和筋絡，經過三個多月的磨練，終於有顯著的進步。屈曲手指時突破了「C」型的桎梏，拇指勉強觸及食指尖，呈現「O」型。在屈曲及張開手指的交替動作之中，秋霖尋得一絲樂趣。他感覺到手掌開合之間猶如懸浮着磁場一樣會同性相斥，所有指尖活像磁浮列車浮浮游游，一旦拇指觸碰其他指尖就互相排斥，確實妙不可言。秋霖與筱悠分享箇中樂趣，她發覺叔叔自從懂得苦中作樂之後，開朗不少。

喪妻及手患的陰霾陸續退卻，秋霖開始面對復職的問題。由於他和太太下班回家時遇上意外而傷亡，列作因工死亡及工傷處理。賠償是較長遠的事，他並不操心，反而擔心飯碗不保。在受傷期間，他的職位由另一同事頂替；正因為工傷，僱主不能將他辭退。雖然醫生繼續批出工傷假期給秋霖休息，但他婉拒醫生的好意，連康復治療都放棄。畢竟休養了四個多月，他急於重投工作，復工之後才覆診。

三十六

回到酒樓廚房，秋霖覺得很陌生。偶有同事上前慰問其傷勢，其餘都十分忙碌，工作應接不下，無暇去關心他。重返工作崗位，他始知應付不來。雙手仍然未能完全合攏，握拳頭也軟弱無力，根本無能力握鑊、拋鑊，連操控鑊鏟都力有不逮。經理一開始就刻意安排難度高的菜餚給秋霖烹煮，以測試其工作能力，看到他表現不濟就馬上喝止。

「阿霖，你一把年紀，不為自己設想，不怕傷上加傷，也得顧及酒樓的利益，不要來添煩添亂。你得記住，酒樓不會因為少你一個人而倒閉，反而增添工傷個案就連累到酒樓日後要大大加重勞工保險的支出，虧你還回來獻世！」經理責難後轉向陶師傅：「阿陶，由你安排阿霖做一些瑣碎工作。」

經理走遠了，秋霖仍然聽到他唸唸有詞：「雙手不幹活自

然沒有力氣，竟然可以白白領取幾個月工傷津貼，如今又可以做閒人閒事支取高薪。實在太不公平！」秋霖忍氣吞聲，任由投閒置散，認為只要做好本份便心安理得。

秋霖發覺自己連簡單的廚房工作也做不來，他的手掌和手指生硬，握小刀和摘菜等輕省工作亦不能操控自如，經常抓不緊東西、開蓋子都吃力，根本無法應付酒樓忙碌的作業。他仍然堅持苦幹下去，冀盼工多藝熟後可以逆轉際遇。

下班回家，筱悠總愛問：「叔叔，辛苦嗎？工作可應付得來？」

「還可以，不必擔心。」

三十七

秋霖力有不逮，一個木桶從他雙手中墮下，令大堂地氈上散滿稀爛的豆腐花。

經理揚眉瞪眼當眾怒吼：「阿霖，你連簡單活兒都幹不成，枉你還有顏面在這兒立足！」

「對不起！經理。只怪我雙手不中用，求你給我稍長時間去適應。」

「你既然當不回廚師，就當雜役吧。」

「——經理，我確實不應負累你們，妨礙酒樓的正常運作。我——我決定辭職。」秋霖情緒激動，聲音抖顫地當場宣告。

「好！請便。你早些想通就更好！」經理冷淡回應、狠狠拍掌。掌聲疏落卻響亮，令秋霖聽得刺耳而且落魄。在場同事裝作若無其事，如常工作，唯獨秋霖黯然步出廚房，離開這個曾經奉獻半生的地方。對他而言，廚房不再悶熱，變得冰冷淒涼。

三十八

一般人撿拾脫落的頭髮簡直輕而易舉，對於秋霖卻是另一回事。他賦閒在家，經常蹲下逐一執起散落地面的髮絲。雖然頭髮輕飄飄，但秋霖難以輕易用拇指尖配合其餘指尖拿起來。秋霖始終握不到拳頭，掌心永遠留空，握廁紙筒尚可，卻握不緊牙刷，執拾髮絲往往未能成事。幸而熟能生巧，久經訓練後秋霖手指比前靈活得多，可以拾獲不少「煩惱絲」。可是他的手指只顧及練習向內屈曲，沒有同時兼顧逆向訓練，靈活程度畢竟有限，連嗜好的笛子和結他都彈奏不了，至於「就地執髮」卻不自覺成為了他的癖好。

三十九

經過長年累月訓練及藥物調理，秋霖雙手的靈活程度和力度都沒有進一步改善，他終於向現實低頭，明白到失卻巧手和

腕力的廚師不再勝任其工作，加上一把年紀難以投身其他行業，毅然決定回鄉居住。闊別故鄉數十年，算是提早退休，落葉歸根吧。

　　筱悠剛好成年而且快將畢業，秋霖把舊菁的死亡賠償、保險賠償、生前積蓄以至住所都留給筱悠，獨個兒返回鄉間。踏出家門時他對筱悠依依不捨，彷彿當年片段在面前重演，切身感受到嫻姨對自己難捨難離的心懷意念。

　　秋霖與筱悠相擁，兩人都捨不得分開，最終秋霖吻別筱悠，轉身頭也不回逕自走了，餘溫在大門口滯留不知進退。

四十

狂妄的颱風狂妄的舞
迷惘的途人迷惘的路
無妄的橫禍無妄的災
慌忙的傷者慌忙的逃

變天

一

過慣營營役役的生活，一旦放假就不知如何打發。一直如是，生日如是，今年生日亦如是。明知生日沒有甚麼好高興，可能生活得不怎麼愜意、平淡無奇，生日只會令自己傷感，根本不值得慶祝。話雖如此，倒不想平白度過一年一度的生日，於是趁昂平 360 免費接待香港的壽星，專程去到東涌。向來形單隻影，不時獨個兒到處闖蕩，但乘搭纜車到昂平還是首次。

8 月 31 日燦爛的陽光肆意竄進房來，刺得眼目難以張開，起床迎接耀目的朗日青天，視天晴為最佳的生日禮物，可以披衣外遊。東涌站熙來攘往，當中不乏內地遊客，而我逕直步往纜車站。沿途看到一個有關雷暴警告的告示，倒不以為意。如貫登上纜車，同一車廂內尚有一對母女似的乘客，她們很友善，一坐下就主動跟我點頭微笑。中年婦人和少女交談用的並不是英語，看外貌長相，加上外語的發音，就像電影《情迷巴塞隆拿》中的女主角，故我猜她們來自西班牙。少女輪廓分明，棕色的嫩滑秀髮、柔情似水的藍眼睛，穿上一襲鬆身的上衣及貼身牛仔褲，展現出綽約的風姿，再加上迷人的笑容、動人的姿態，令人不禁神魂顛倒。

令人着迷的尚有當前美景，由纜車俯瞰可以看到東涌市中心，又可遙望青山綠水，更可飽覽機場。感覺到大地深海就在腳下，飛機猶如小鳥地在面前起飛降落，垂首可看盡海、陸、

空攝人的景致，以及如鯽的遊人，彷彿超然物外。

纜車徐徐爬升，跨越大海，登上高峯，然後在山峯之間穿梭。沿途天朗氣清，正當遠眺天壇大佛，發覺到面前的天空跟後頭的天空截然不同。遠處漫天烏雲以驚人的速度移動，起初還在遠方，轉瞬之間已經飄來，而且越來越接近，就在眼前、就在上空。伴隨而來的是凌厲的風雨，疾風吹得纜車猛烈晃動，左搖右擺，烏雲迅速降臨，雨接着簌簌而下，狠狠打在車廂身上。外藉少女嘩然，不過叫天不應、叫地不聞，惟有與婦人摟在一起，互相依偎。起初竊竊私語，繼而平靜下來默默無言。臨近終站纜車緩緩行駛，將至未至，忽地停頓下來。雖然少女少了驚惶失措，但喪失了笑容而且臉色蒼白。

天空在頃刻之間分成兩截，黑白分明。近東涌的半邊天仍舊放晴，鄰近昂平的半邊天則陰霾密布。猶如乘坐飛機由東半球飛往西半球，片刻之間穿越白晝，進入黑夜時空。平生未曾經歷過這般奇觀，縱有兩女子相伴在旁，仍然覺得淒冷，彷彿跌入另一度空間。車廂內空氣似停滯了，大夥兒都屏氣凝神，任由車廂雨打風吹，而時間彷似隨纜車停駛而靜止。思緒並沒有停頓，相反異常活躍，以為跨進黑暗國度。面前充滿變數，令人徬徨不安。高懸在半空，一分鐘也變得漫長。既想纜車前進，又怕鑽往黑洞；偏又苦無退路，心情隨着風雲色變而跌宕。

一分鐘過去，蓋頂的烏雲在上空疾撲，湧向東涌；纜車郤逆風而行，勇闖昂平。不用五分鐘，纜車終於抵達終站。昂平

的白晝已經變成黑夜，站頭的燈火始終無法驅走天昏，毗鄰的天壇大佛隱沒於深沉的晦暗之中。

　　乘客陸續下車，外籍母女點頭道別後便舉起雨傘揚長離去，我目送她們而自己則在車站留守。本打算折返東涌，然而纜車因暴雷而停駛，連站務員都不知所蹤，紀念品店也杳無顧客。纜車終站冷冷清清，並沒有心情流連，信步闖入一處無人之境。棲身之處是一張帳篷下的長椅，面向昂平市集。市集無復攘鬧，儼如九霄雲外的死城，完全沒有人煙。

<h2 style="text-align:center">二</h2>

　　原先到東涌趕市集、湊湊熱鬧，旨在為平淡的生日留下一點美好回憶，殊不知竟然身陷孤清的境地。一時感懷身世，慨嘆命運不滯，情不自禁地淒然落淚。也好！此地無人，正好痛痛快快大哭一場，舒解多年以來的鬱結。風雨飄搖下我痛哭，同時放聲高唱生日歌。心靈被雨水洗滌，滿腔鬱結隨風逝去。

　　哭過了，正想拭走淚兒，身邊傳來一把溫柔的聲音，一包紙巾在我眼前出現。

　　「小姐，有甚麼可以効勞？」

　　抬頭一看，一名年輕漢子站在身旁。他個子不高，透過緊身碎花恤衫展露出其健碩的體態；肩膊上掛着相機袋，看來是前來旅遊攝影。

「沒事，多謝關心。」

他遞上紙巾。

「不用了，謝謝！」我急忙轉身拭掉淚痕。

悄悄回望，他還站在旁邊。我佯裝觀望前面淒迷的雨「夜」，他才識趣走遠。忽然刮起一陣橫風，我來不及走避橫飛的雨點，襲得衣衫盡濕。急急忙忙後退，躲到簷篷深處。碰巧遇上那青年，他又遞上紙巾。

「噢！濕得多厲害，趕快抹乾。」

「謝謝！」我不假思索接過紙巾，拭抹臉面髮絲。儘管他故意迴避，我總不能當着他抹身吧。

「還你，謝謝！」

他領回紙巾，「不要客氣！」

雨勢不減，風勢加劇。

「快披上，不要着涼。」他語氣著緊，急忙把掛在相機袋的鮮紅色外套借給我。

我楞住，不敢伸手去接。

「妳嫌它色彩不夠艷麗？」

明知他説反話，我不懂得回應。

「怕甚麼？它只不過十天沒清洗，比起我從來沒洗過的牛仔褲要清純千百倍。」

我語塞，他為我披衣。

雨勢很大，雨聲更響，卻蓋不過自己的心跳聲，我怕他聽

見。

雷聲乍鳴，轟得天崩地裂，心暗喜來得及時。

閃電交錯，棚底忽明忽暗，有點駭人。

「妳吃驚？」

「壞天氣有甚麼好驚怕？風雷雨電令我覺得好像置身 4D 電影院，光影世界配合環迴立體聲，再加上襲人的風雨，無比享受啊！」

「其實，想問妳是否害怕我搭訕？」

「搭傘？大家都沒有雨傘，怎麼搭？」

彼此傻笑，對視了一會兒，自覺靦腆，把視線迅速轉移到遠方市集。

三

「妳好！還未自我介紹，我叫詹天右。」

「久仰大名！詹天佑。」

「不！並非中國鐵路之父詹天佑，我的名字是左右的右。」

「那麼『左』呢？」

「左？無『咗』！」

「我明白：無『咗』即是無『左』。嗯，我叫蘇淅淅。」

「幸會幸會。」

「可不是大名鼎鼎的蘇軾，而是淅淅瀝瀝的淅淅呀！」

「可真是菂菂 『式式』！」

正當彼此失笑，傳來廣播聲，通知乘客因雷暴關係，纜車維持停駛。期間將會安排穿梭巴士，接載乘客前往梅窩。之前無影無蹤的遊客突然湧現，擠得纜車站候車區水洩不通。穿梭巴士班次疏落，短時間內疏導不了大批遊人。

「妳會輪候穿梭巴士嗎？」

「不想擠在局促的人堆之中，怕呼吸困難。況且心存僥倖：輪候到巴士的時候，纜車可能已經又或即將恢復行駛，故此犯不着苦候巴士，兼且錯失了寶貴的纜車觀賞機會。如果你趕忙要先走的話，倒不用理會我。」

「反正有空，不妨在這裏一同守候。」

看到手機訊息，方知雷暴警告還會維持多一兩個小時。儘管如此，大家都不想敗興乘巴士落荒而逃。雨勢不減，雷聲不絕，生日被困在昂平纜車站，真不知如何打發？

「我有雨傘，我倆到市集逛逛？」

「嗯。」

他張開雨傘，肩並肩邁出車站。古雅的市集冷冷清清，遊客稀疏，相比擠擁的候車大堂，有天壤之別。暴雨中漫步並非想像中的詩情畫意，而是狼狽不堪的落難景況。初時褲管、鞋襪盡濕，繼而連上身衣服也濕透，我們立時衝進一家雪糕店。

「算了，既然注定無法遊覽，也就不要逆天而行吧。」

「倒不如坐多會兒，吃雪糕嗎？」

「好！黑芝麻雪糕，勞駕。」

他負責購買，同樣口味，給我一杯。

「謝謝！吃完才付錢。」

「不用了，反正買一送一，賞面吃吧。」

「多謝！我不客氣了。」

「真的相請不如偶遇！」

「可不是不打不相識嗎？」

他愕然，我補充：「打雷啊。」

畢竟萍水相逢，大家説説笑笑，説話不涉及彼此身世。

閒聊一小時，終於聽到好消息，纜車服務將於十五分鐘之後恢復運作。天色開始清朗，倒沒繼續遊覽，因為經已耽擱太久，混身沾滿雨水，再熬不下去。我倆隨後乘纜車下山，面對放晴的清新景象都興奮不已。安然順利返回東涌確實值得高興，有彷如隔世的感覺。我還他外套並跟他話別：「有緣再見！」

「再見！」

相識只是偶然，何來緣份？

相信各奔前程，後會無期。

四

平常不過的生日不平凡地過去了。太平山頂蠟像館仍可免費接待生日翌日的香港市民，趁着尚有一天假期，把握機會去

參觀一下。初次踏足蠟像館感覺新鮮，有不少中外名人駐場任
君獵影。與昨天不同，能夠怡然自得在館內穿梭，不停自拍。
正當陶醉與奇勒基保合照，聽到一把熟悉的聲音：「淅淅，需
要幫忙嗎？」他又在面前出現。

「怎麼——怎麼又遇上你？天右。」

「言下之意，不想再見面吧！好，我走。」

「當然不是這意思。」

「說笑而已，不必太認真。」

「你為何會在這兒出現？」

「哪妳呢？」

「噢！你何時生日？」

「8 月 31 日，莫非妳——」

「真巧合！和我同月同日出生。」

「怎一樣？妳——年輕得多。」

我開心不已：「理所當然！」

昨天相處半天，連一幀合照也沒有拍過，因他不敢開口。
今天不一樣，似他鄉遇故知，他的相機和我的手機都滿載而歸。
為了方便輸送相片，大家都留下聯絡電話號碼。離開蠟像館，
我們順道往山頂流連。他曾經請我吃雪糕，我打算回贈一頓下
午茶，最終還是由他結賬，說要補祝我生日。

原來天右是全職攝影師，喜歡到處獵影，而我成了他的獵
物。我也淺談一下身世，我是護士，閒來獨來獨往，自得其樂。

我倆生日相同，年份倒不想知、不想問，也不想答。他愛好攝影娛人，而我熱愛自拍娛己。

五

　　自從認識了天右，不時收到他傳來的沙龍照片。除了欣賞他的攝影造藝予以讚譽之外，找不到其他話題。慣於在手術室工作，不懂得與人溝通，連病人都甚少對話，何況和異性相處。相反，天右愛聊天，愛分享其作品，也愛分享生活趣事以至個人的感受。

　　臨近中秋節，天右邀請我去賞月。適逢當夜更，又怕單獨約會，無論提前迎月還是押後追月，我都一概婉拒。他鍥而不捨，約我去觀賞國慶煙花，向來不善社交辭令，難以再找藉口退卻，惟有首肯。

　　國慶日當晚，我應約赴會，他帶我去到灣仔海旁某大廈天台。那裏豎立着一個巨型的霓虹招牌，剩餘空地就只得我倆，還有早已擺放好的相機支架。他引領我到中間的石壆坐下，送上飲品，閒聊至煙花在當空盛放。天右不慌不忙，既投入拍攝，又保持與我暢談。

　　「妳喜歡在這兒觀賞煙花？」

　　「有生以來，初次這麼近距離欣賞煙花，感覺好震撼！」

　　煙花燃放的聲響不絕於耳，頭上的煙花時而綻放、時而跌

墜，光影連聲浪此起彼落，令夜空閃耀璀璨，依稀嗅到消散的煙霧，情景扣人心弦。

「嘩——嘩——嘩！」除了喧嘩叫嚷，我不懂得如何表達無比興奮的心情。

「看妳多高興，轉過來跟煙花一起拍照。」

接連拍過不停，我提議：「不如自拍？」

「好！等我一會。」

天右馬上設定相機，然後過來合照；將近結束時，他還拍下一段短片。煙花已經落幕，我們仍不願散去。經歷完一段浪漫情節，覺得蠻有意思，意猶未盡之際，天右讓我重溫剛剛逝去的光影情懷。天際回復寂靜，寒夜只剩寒星。

六

打破隔膜之後，與天右交往多了，加深了認識，發覺他挺有愛心。每逢在街上遇到乞丐，天右定必襄助；我擔心他受騙，他反而語重心長地說：「不要緊，人講求互信，少猜疑，多開心。」天右閱報得悉救助個案，他也義不容辭，樂善好施。天右坦誠，連收入都可以公開，他認為行善不僅限於富豪，平民百姓只要量入為出，也可以助人。他會定期捐血，有時為了響應呼籲，更專程去到旺角捐血。天右試過找我去捐血，還揚言這是護士救人的天職。確實慚愧，我不曾捐過一滴血，後來亦

沒有破例奉陪他去捐血。雖然我的薪金遠高過天右，但我不捨得捐獻，因為一分一毫都是捱更抵夜用血汗換取回來。我視護理行業為穩定職業，既可服務社群，又可養活自己，以及相依為命的妹妹。

七

我們在長洲岸邊漫步，攀上一塊巨石，享受落日餘暉。

天右奇怪我沒有知心朋友，「為何妳老是獨來獨往又不夥同妹妹？」

「我的妹妹因長期病患而休學，面對惡疾纏身，身心都受到嚴重打擊。除了覆診，她幾乎足不出戶。」

「她得了重病？」

「妹妹一直健健康康，而且學業名列前茅。升上中六忙於考試的時候，身體開始出現毛病。她持續發燒、體重大跌、虛弱無力，頸項和手臂都長皮疹，臉頰和鼻子出現蝴蝶斑。受到猛烈陽光照射會加劇皮疹情況，以致妹妹外出時要以衣服包裹全身。天冷時，她的手指和腳趾甚至變成藍紫色，皮膚及關節一直飽受紅、腫、熱和痛的煎熬。此外，肌肉酸痛、淋巴結腫大、食慾不振、體溫過低、毛髮脫落、噁心和嘔吐等都長期困擾着妹妹。診斷結果為紅斑狼瘡症，起初學業還勉強可以應付，及後承受不了連番嚴重折騰而被迫停學。加上長期服用重劑量

類固醇導致眼臉浮腫，影響了自信，覺得儀容受損，此後不想上學，並且謝絕老師和同學的探訪。」

「我可否去探訪她？」

「她連好友都疏遠，何況陌生人！」

「妹妹近來有好轉嗎？」

「反而更加惡劣。她的腎出現衰竭，定時定候要做腹膜透析。由於長期『洗肚』以致導管口發炎，又因為併發腹膜炎，引發肚脹、間中抽搐，以及經常性的頭痛，生活大受打擊。」

「倒難為她！」

「我是護士，偏偏幫不了胞妹！」一時哽咽，説不下去。

夕陽照耀下，天右抽泣，默默無言。

「噢，不好了！水漲淹蓋鄰近石頭，怎樣返回岸邊？」

乾脆躍下去涉水而行，怕生危險。我倆束手無策，然而日落西山，夜色漸濃，水位只會升得更高，得趕快想法子解決。

我無計可思，天右則建議：「我拉着妳手順勢而下，轉身跨到最近的石面，然後妳蹲下抓緊石頭，伸手牽我過去。」

兩石相距數尺，我無信心可以跨過，心情異常緊張。可是開始入黑，又沒有旁人可以提供援手，也就姑且一試。

「放心，我會拉緊妳。」

天右捉緊我雙手，讓我俯伏石面緩緩下降，雙腳懸在水面上，卻伸不到另一石頭之上。

「淅淅，妳先用腳在石面用力一蹬吧。」

　　我按指示，右腳尖向前一踩，左腳跟往後一伸，再收起右腳，脫手轉身撲下，居然可以踏足到偏遠的石頭。站穩之後，我弓身向前用右手抓石，向天右伸長左手，嚴陣以待。他倚在大石傾斜一側徐徐而下，單手捉住大石棱角，另一隻手向我晃動，屏氣凝神高呼：「三、二、一，接我。」

　　我盡展手臂，手指僅僅扣到他的手指，而他隨即縱身過來。我吃力拉扯，他順勢撲下把我牢牢抱緊。天右輕拍我的肩頭，患難與共的興奮感覺油然湧上心頭。

八

　　逃離險境，為生命增添了一段難忘的片段。天右建議好好吃一頓，我十分同意。在海旁排檔品嚐過海鮮，又喝過啤酒，仍然意猶未盡，漫步沙灘。他乘着酒意向我傾訴了一段獨特的經歷。

　　「初見面時自我介紹名字叫天右，妳問我：『左』呢？」

　　「當時只是衝口而出，別放在心上。」

　　天右仰望半邊朗月，笑說：「月亮只剩右邊，跟我身世一樣。」

　　我愕然，他怎麼看到月亮而扯到自己的身世？

　　「告訴妳一個秘密。我出生時與弟弟的肢體相連，我的媽媽因難產而過身。」

我呆望着天右，不曉得如何反應。

「一出世就是連體嬰，我先露出頭顱，弟弟長在另一邊。雖然我倆四肢齊全，但身軀只得一副，共用心肺等器官。當時爸爸面對喪妻及一雙連體嬰兒非常徬徨無助，聽從了醫生團隊的指引，安排做肢體分離手術。結果選取保留我的性命，弟弟則無辜犧牲！」

我握着天右的手問：「你一直都耿耿於懷？」

「兩個只能活一個，我倖存卻一生帶着歉疚，褫奪了弟弟的器官而保命的滋味從來不好受！」

我用力緊握天右雙手，希望他會意：我默默支持他。

「世伯怎樣？」

「他由迎接兒子新生命來臨的喜悅，變成喪妻失子之痛，落得半生哀慟。遺憾令他一蹶不振，打擊了事業發展，獨力把我撫養成人後，早年業已返回內地生活。」

「這事件對你們造成了很大傷害？」

「倒不是，反而令我更加熱愛生命，珍惜身邊人。」

夜深了，翌日還要上早班，要急步趕乘尾班船離去。我只管向碼頭疾走，天右卻停下來拾起路邊一個濕漉漉的塑膠袋。

「很髒啊。」

「不怕，最怕滑倒人。」

天右的出生際遇影響其日後成長和性格發展，讓他認識到生命得來不易，亦令他培育出豁達大方的品德，以及關顧他人

的情操。

九

　　足足十天沒有與天右見面，因為他應廣告商要求到外國實地拍攝，有時他也會義務為慈善機構擔當攝影師。天右返港後找我分享新作，去到他的工作室，照片琳琅滿目。

　　我好奇，「為何你只找我而甚少提及身邊好友？」

　　「當然有。」

　　「不如下次約出來交個朋友。」

　　「摯友只得一個，我早期的作品，他幾乎都看過，可是——可是他已經不在人世了。」

　　「真對不起！」

　　「沒事，他是我的同學兼好友，為人隨和、開朗。他是么子兼獨子，而且是運動健將，深受家人疼愛。由於我沒有兄弟，我視他如同弟弟。大家志趣相投，經常往來。」

　　「可惜他英年早逝？」

　　「不錯，真的英年早逝。他已經順利考入香港大學，只唸了一個學期就發現患上急性白血病，治療了半年並無起色。檢查證實我的骨髓適合移植，於是我毫不猶豫，同意進行手術。滿以為他很快就會康復，豈料事與願違。」

　　「到底怎樣？」

「由於急性排斥，引致肺部受到無可挽救的破壞，令他呼吸困難，急需肺臟移植。雖然我想捐贈肺葉給他，但礙於肺部不接受活體移植，又等不及屍肺捐贈，不消三日便離世。」

天右找來一輯好友的照片讓我見證他倆昔日的情誼，為免他觸景傷情，我嚷着要看其新作。天右的攝影作品並非徒然賣弄卓越的攝影技巧，而是充分顯露出獨特而細緻的心思意念。

「從作品之中體現出你的人生哲學。」

「可真誇獎，有何人生哲學？」

「我感受到照片中有一股扣人心絃的魅力，卻不懂得如何形容。」

「等到妳領會到、組織好才告訴我吧。」

剛下班電話就響起，妹妹留醫的院方來電稱她失蹤了。上星期，妹妹腦部微血管一度爆裂以致抽筋昏迷，幸好及時延醫診治才保得住性命。可是休養期間，病情不但沒有好轉，反而急劇惡化。由於她自身產生抗體攻擊全身系統和器官，導致心、肺和腎臟產生發炎反應及嚴重受損。她可能抵受不了艱苦而漫長的醫治療程，悄悄逃出醫院。

消息令我嚇了一跳，偏偏未能接通她的手提電話，致電回家又無人接聽，恐怕她做出傻事，一直忐忑不安。我馬上趕回

家，找不到她的蹤影，越焦急就越想不到辦法，於是我找天右幫忙，他教曉我到父母的墓地逛一趟。

　　天右陪我同往，妹妹果然在墓前，身穿病人衣服呆頭呆腦獨坐。我坐在她身旁，她沒有抬頭，也沒有答話。我輕輕摟抱妹妹，她借勢躺下，肢體表達勝過千言萬語，兩姊妹的溝通盡在不言中。她察覺到天右的出現，坐起來挺直腰板。

　　「他是天右，我的朋友。」

　　「瀝瀝，妳好！」 天右行近。

　　妹妹點頭示好。

　　「惦記爸媽？」

　　她點點頭。

　　「累嗎？」

　　她又點點頭。

　　「回去吧？」

　　她卻搖搖頭。

　　「這兒寒冷，不要着涼啊！妳們上車休息一會。」

　　我扶起妹妹，一同登上天右的車廂。

　　「姐姐，我倦透了，身心乏力，只剩下一個軀殼。」

　　「不，沒事！有姐姐陪妳。」

　　「要不是怕令妳傷心難過，我真想放棄生命。」

　　「並非絕症，只要堅持下去，明天會更好的。」

　　「我每每認為明天不再，也好，連病痛也一併結束。早些

與爸媽相聚。」

「爸媽會看顧守護我們，要好好生活下去。」

「活得太辛苦了！」

「不錯，存活並不輕易，有疾病哀傷。可是生病可得醫治，哀慟可得憐恤，危難可得扶持，活過去才會懂得珍惜，領悟到健康成長和幸福喜樂的可貴。放心交託予醫護團隊，縱使疾病未能治癒，也維持在控制之內。姐姐也是醫護人員，妳要對我們有信心，更重要是妳要保持盼望，姐姐會支持妳去面對。」

妹妹不置可否，只表示想多看爸媽一眼，然後到墳前輕撫爸媽的照片，黯然離去。

十一

天右接載妹妹返回醫院，然後陪伴我到餐廳。

「謝謝！謝謝你！」

「不用客氣！」

「職員有優惠，讓我請你！」

吃罷，天右欲言又止。

「怕甚麼？有話不妨直說。」

「剛才看到妳雙親的照片及碑文，為他們英年早逝而感到無限婉惜！」

「嗯，我還在唸護理系時，他倆遇上交通意外，從此遺下

我和妹妹。幸好我接着當上護士，兩姊妹的生活才不致拮据。可惜瀝瀝罹患重病，難以向他們交待！」

「她的病情怎樣？」

「紅斑狼瘡引發自身產生抗體，攻擊重要器官，腎臟已經衰竭，需要『洗肚』；而長期『洗肚』又弄致妹妹疤痕纍纍，以及腹膜炎。」

「換腎不就可以解決？」

「談何容易！現時香港輪候屍腎的洗腎病人接近二千名，然而每年得到捐贈為數不足一百人，輪候時間可以長達三十年，不少病人趕不及移植就已經撒手塵寰，所以我好擔心瀝瀝。」

「聽聞到內地換腎是一個折衷方法？」

「我當然知道，但內地黑市買賣腎臟猖獗，腎臟的來源、手術的醫療水平和衛生情況，以至合法性和法例保障等都得不到保證。有病人可以順利過度，也有病人因感染而令病情惡化，我怎能送上妹妹當白老鼠？」

「妳是護士，寧可放棄當前輕而易得的換腎機會，亦決不讓她冒險，看來妳經過深思熟慮，內心經歷過一場掙扎。」

「心情的確矛盾，經濟能力所及卻不敢嘗試，委屈妹妹繼續受病痛折磨，還要看不到康復的前景。」

「那麼活體捐腎呢？」

「我早就想過，可惜我跟瀝瀝的血型不符。由於香港對非血親器官捐贈措施非常嚴格，在確保沒有商業交易的情況下方

可移植，故此活體器官捐贈比死後捐贈的機會更加渺茫，試問有多少人會活生生去捐腎給一個莫不相干的病人？」

「相比外國人，中國人對於捐出逝去親人的器官抗拒得多。」

「中國文化重視孝道，未能供養侍奉至親長輩至終老視為不孝，如親人遺體受到任何傷害更視為大逆不道、罪無可恕。自古以來，中國人無法接受至親『死無全屍』，自幼灌輸的觀念已經根深蒂固。捐贈遺體器官簡直是忤逆不孝，肯定遭受親朋戚友指罵，一般人都不敢僭越。試問誰敢衝擊中國的傳統文化，離經叛道去為非親非故的病人作出重大犧牲？簡直連想都不敢想，更何況先人本身也不想死後被動分毫，誰敢冒犯？」

「想問妳一個私人問題，有點難以啟齒。」

「事無不可對人言，看在與你的交情份上，儘管問吧。」

「其實妳的雙親當年過身，可曾考慮過捐出器官以挽救他人？」

「你可真不客氣！爸媽寵愛我和妹妹，正當我快要投身社會回饋父母時，他們就遇上橫禍。臨終前有器官移植聯絡主任游說過我，被我一口拒絕。我覺得人世間極不公平，爸媽仁慈善良，不但養育我們，而且樂於助人，卻遺下自己的孩子，誰來幫我家？交通意外令他們只剩殘軀，我不想他們死後還要『任人魚肉』！」

「確實是人之常情。一旦遭逢巨變，自家都難保，哪有心

思去理會人家的生死，以及探討捨身成仁的大道理？」

「當瀝瀝生病，等待善心人士捐贈腎臟續命的時候，我方才體會到病人的徬徨無助，以及家人的落寞心情。」

「悔不當初？」

「的確有點後悔和內疚！有機會救人而沒有好好把握，枉我作為護士。妹妹出事，竟然厚顏妄想他人施以援手，自覺不可理喻。既然諒解死者家屬的心境，就更加不敢對器官捐贈寄予厚望。」

「生命著實太脆弱！即使現今有先進的醫療設施和技術可以進行器官移植手術，然而沒有憐憫的心腸、豁達的胸懷，以及可循環再用的器官，器官衰竭病人的家庭悲劇仍舊會陸續重演。」

十二

瀝瀝的腎衰竭已經無可救藥，惟有換腎才有轉機。每天我都渴望醫院來電通知安排移植，可惜總是空等一場。我在手術室工作，歷盡不少生死場面，病人麻醉過後，躺臥在手術枱上任由醫生宰割。我看過朽壞的器官被摘掉，也看過折斷的肢體被接連，縱使情景血淋淋，然而腥風過後，病人大都甦醒過來，揭開生命新一頁。

相比其他病房，手術室所接觸的病人感覺上份外密切，只

因我見識過也觸碰過他們活生生的內臟。為病人縫合傷口是一項光榮的任務，每一道傷痕都在述説着一個故事，而疤痕越長越深，故事同樣越長越深；疤痕越多，故事也就越多。由於工作關係異常親密，多少有點切膚之痛。然而傷痕屬於病人，故事亦屬於他們，我可置諸度外，偏偏凡事總有例外。

共事多年的同事突然腦中風，證實腦幹已經死亡，返魂乏術。她生前簽下器官捐贈卡，家人都尊重及支持其意願，希望遺愛人間。由於摘取器官刻不容緩，手術正正安排在她生前工作過的醫院。她與我素有交情，我本想撤出，但礙於當天人手特別緊張，院方無法臨時抽調同事接替，故騎虎難下。該次記憶至今難以磨滅，比起任何一次手術都哀慟。不單止見證合作過的同事在面前喪失生命氣息，還要眼巴巴目睹她被摘取器官，更要雙手捧着其暖洋洋的心、肺、肝、腎，還有眼角膜，苦澀的滋味從眼角和鼻孔一直湧到心頭，酸溜的感覺長期揮之不去，感到手術過程緩慢到喘不過氣來。

事後新聞報道，有關的器官捐助改寫了多名病人的生命，得以重生，並且擺脫長年累月承受疾病所帶來的痛苦煎熬；而他們的家庭亦避過了破滅的厄運，齊齊全全，相信離世的同事也會因而欣慰。藉着器官捐贈，同事的生命氣息並沒有隨着死亡而終結，反而可以保留在世間祝福他人。事實上她的心肺等器官還在活潑跳動，跟若干出死入生的康復者一起共存，開朗地活下去。

十三

　　同事過身，家人舉行追思會，我去弔唁，悼念這位偉大的
舊同事。靈堂上看到她的遺照，勾起了一幕幕手術室內的情景。
我目擊過她被剖開的胸腔、坦蕩的心臟，還有一連串淒酸的畫
面。

　　當宣讀生平事蹟，讓我重溫她短暫的一生。她一直在醫護
前線盡忠職守，對病人都愛護有加，而且生前許下遺願，要藉
其嬌軀造福病人，延續他人的生命。她有愛心和願景，生前死
後都身體力行，貫徹其關顧體恤的宏志，著實令賴以護理為生
的我慚愧不已，心悅誠服地向她躹躬致以崇高的敬意。

　　置身靈堂，自覺十分渺小，我沒有勇氣效法她的善行。我
只會加倍用心投入護理工作，卻並無大志於死後捐出器官，只
因我仍心存恐懼，擔心自己的遺體任人魚肉，害怕器官落入舊
同事的手中，我更怕軀體殘缺不全而未能徹底安息。再者，早
前摘取器官手術的動盪不安仍然揮之不去，長期困擾着我。自
從親眼見證同事被宰割之後，心緒一直不寧，每晚都發噩夢，
驚醒過後猶有餘悸。

十四

　　天右得悉我的近況，認為我工作上吊詭的地方在於要經常

面對死亡，卻不懂得卸下死亡的陰影。護士除了專注護理事務之外，並無灌輸過生命教育，也不會對形而上學有深厚的認識。老是以為看慣生死就能夠抵受一切工作帶來的壓力、超脫困惑。事實上，人生觀影響着個人的心理狀態，而社會文化和宗教信仰都會教人另眼看待生死，故此天右刻意帶我去觀看一個展覽。

展覽廳陳列着各式西藏物品，包括：傳統服裝飾物、手工藝品、唐卡、手搖轉經筒、法器和藏文典籍等。天右陪我欣賞完西藏風光和風俗的攝影展後，繼續去觀看一齣有關「天葬」的紀錄片。

在西藏蔚藍的天空下，遼闊的草原上有一大群白氂牛和灰綿羊在放牧。寥落的佛塔矗立在山坡上老遠的地方，懸垂在半空的經幡隨風飄揚。天葬臺如同蒙着面紗的少女充滿着濃厚的神祕色彩，背屍人及送葬者相繼離去，剩下一具屍骸在大石台上。天葬師燃點火堆，桑煙裊裊上升，引來一大群禿鷲在山巒伺候。天葬師頌經後解開用作包裹的白布，在石柱上固定了屍首，手執利刀率先戳破背部，然後熟練地肢解和切割肌肉。接着砍開胸骨，挖出內臟。

禿鷲早已在天空盤旋，向天賜的糧食投以貪婪的目光，並監察着天葬師的一舉一動。當天葬師撒放血肉和骨架，禿鷲隨即紛紛滑翔而下，爭相啄食屍骨和腐肉。天葬師繼而用大鎚砸碎骨頭，揉合糌粑，沾乾地上的血水，讓禿鷲吃個清光。轉瞬間，肢離破碎的肉身都落入禿鷲肚腹，地面剩得斑斑血跡。

　　凶殘背後帶出西藏人所推崇的信念，就是死後用「臭皮囊」來作終極布施，靈魂才可以升天。雖然我在手術室久經血腥訓練，但初次看到天葬的駭人場面仍然不寒而慄，慘不忍睹的驚嚇場面令我噁心，匆匆離開展館。

　　天右追上前，「淅淅，後悔跟我來參觀？」

　　「不！只不過你沒有預先提示，令我欠缺心理準備。」

　　「我怕妳膽小不來。」

　　「騙我來，嚇死怎辦？」

　　「給妳安排天葬？」

　　「我才不要！」

　　「哪樣安葬方式才好？」

　　「換着你，土葬、火葬、海葬、還是天葬？」

　　「既然人都死了，軀殼沒必要留在世上，甚麼喪葬都無所謂。」

　　「連天葬也接受？」

　　「妳抗拒，認為天葬殘忍？」

　　「當然，死無全屍啊！」

　　「難道妳認為土葬、火葬、海葬就不殘忍？」

　　「至少可以接受。」

　　「試想想，曾經相伴一生的肉身長埋地下，真的入土為安嗎？其實只不過成為腐肉蛀蟲下的骷髏；至於被丟進烈焰火爐，不就是浴火焚身；若化成灰燼還要給魚吃，繼而落入別人肚腹，

豈不是同樣令人嘔心？」

「只要看不到蟲蛀、火燒、魚吞就無妨，反正人都死了。」

「天葬習俗規定送葬者不可回頭張望，他們同樣看不到鳥獸吃掉親人，也就無妨？反正人都死了。」

「確實人都死了，甚麼形式的喪葬都無所謂。」

「換句話，人一死，連主人都喪失自理能力，軀殼便失去了自身價值。既然先人管不得其身後事，儘管軀體保管得再好也沒用。我認為死後捐贈器官比喪葬肉身更有意義和『保值』。」

「話雖如此，倒要顧全死者的尊嚴。解剖屍體和摘取器官被視為不敬，而死無全屍更是終極遺憾，令其親人受到傷害。」

「如果明白到人死後只剩下毫無價值的屍骸，是否全屍便不再重要，何況摘取器官並不影響遺體外觀。反之，有些人生下來就不健全，終生與不健全的身體並存。既然可以包容身體有缺憾的人生，為何軀殼反而要追求完美？」

「倒有道理。我見識過不少病人，臨終前一直被病痛折騰，早剩半副殘軀。」

「既然如此，與其任肉身被蟲蛀、被細菌腐朽、被猛火燒焦、被魚吞噬，何不趁臨終豪爽一次，把尚有價值的器官捐出？既可避過蟲蛀火燒，又可讓寶貴的器官延續他人的生命，更可幫到徬徨無助的病人免受不必要的病痛折磨，以及挽救瀕臨失卻至親的家庭。」

「我十分同意，但知易行難。對於不少人包括我在內，捐

贈器官都是忌諱，不願觸及的話題，生前不去想，死後不去談。」

十五

　　相比天葬儀式，舊同事的器官摘取手術算是溫和的拯救行動，對死者亦十分尊重。今時今日外科手術十分普遍，生前死後手術都是一樣，分別在於醫生去挽救的另有其人。從遺體中挪走器官給其他器官衰竭的病人，在醫學上是無辦法中的辦法，也是飽受病困者唯一的出路。外科醫生並不是屠夫，不會肆意宰割屍首，反而對捐贈器官者特別重視、加倍小心，非常珍惜其心肝等寶貝，並妥善處理遺體，令外觀不致受損。自從看完展覽，我不再受早前哀傷的事件困擾，而噩夢也隨之遠去。

　　天葬衝擊我固有的思想，重新考慮到器官捐贈的意義和可行性，更利用工餘時間去多加了解。面對器官衰竭的疾患，醫學上除了器官移植之外，別無他法可以解決。香港目前輪候器官捐贈的病人數以千計，但每年各項器官移植的受惠者寥寥可數，總數只以百算，近年捐贈屍腎數目更連年下降。病人經年累月飽受病痛煎熬，我的妹妹亦是其中一員，其康復之路崎嶇漫長而且黯淡，未出現過曙光。

　　香港每年有數萬人死亡，但器官捐贈率一直偏低，大幅落後輪候人數，相信與中國傳統思想總有關連。中國人歷來都是「各家自掃門前雪，休管他人瓦上霜」，一旦遇上疾患，惟有

各安天命，看各人的造化。

　　即使特區政府的中央器官捐贈登記名冊累計超過二十萬名，但當中不少登記者從來沒有向家人透露過捐贈意願，以致其家人每以「不知其意願」為由拒絕有關安排，令實際捐出器官宗數持續偏低。以每百萬人數計，只得 5 名港人會死後捐出器官；而英國和美國捐贈者則分別有 20 多人；西班牙是全球器官捐贈率最高的國家，訂立「器官捐獻法」，除非公民生前提出反對，否則死後捐出器官供移植之用，年度捐贈者有 30 多人。香港尊重病人權益及鼓勵自發捐助，並不會仿傚外國立法強制器官捐贈。傳統保守思想已經窒礙器官捐贈，而公民教育又著力不足；偶爾傳媒會大幅報道求助器官捐贈的新聞個案，一度喚起市民的關注，但無助解決移植器官長期不足的民生疾苦。

十六

　　嗟嘆可憐的瀝瀝不活在西班牙，縱然器官衰竭，移植機會高得多。作為香港人，沒有這份福氣；若需要器官捐贈，如同大海撈針，機會渺茫，只有渴望奇蹟降臨。雖然香港也有奇蹟發生，但幸運兒始終不是我的妹妹。

　　城中曾經出現一位捐肝英雄，無私地捐出自己過半個肝臟去拯救並不相熟的同僚。捐肝者急病人所急，為救同僚一命而自告奮勇，不惜被送上手術枱，捱刀剖、割走三分二肝臟，經

歷超過十個小時的麻醉手術，以及在深切治療病房留醫數天。
甦醒後他先問及受肝者的康復情況，為非親非故而甘冒高風險
進行活體捐贈，肚腹上又留下永久的長長疤痕，令我不禁汗顏！

　　世間的確有不少奇蹟，但捨己救人的大英雄寥寥無幾。我
深信，這樁新聞廣泛流傳後，市民或多或少會有所感動、反思
和覺醒，從而超越牢不可破的狹隘思想。縱使不應鼓勵市民爭
相效尤去冒險作活動捐贈，然而顧念到身邊眾多亟待援手的病
人，能夠認真思考死後捐贈器官的人生哲理，把「死無全屍」
觀念改變為「死無存屍」，相信將會有更多人士樂於加入器官
捐贈者的行列。

十七

　　「如果適合移植的話，我想捐腎給瀟瀟。」天右突如其來
的一句話、一個舉足輕重的諾言嚇得我不識應對；當時我們正
在遠足，我馬上止住腳步。

　　「別開玩笑！」我一時接受不了，並不相信有奇蹟出現。

　　「不是玩笑而是真心話。」

　　「為甚麼你要為我——為我的妹妹作出如此大的犧牲？」

　　「怎算犧牲？捐出一個腎，還有一個呀！妳看我多麼高大
威猛，一個腎已經綽綽有餘。」日光之下，天右驟然長大起來
變得魁宏，彷似在平地冒起的一尊巨型雕像，傲視眾生，令人

咋舌。

「當然，當然。你好偉大！」我喜極而泣愣着回應。

天右遞上紙巾，拍拍我的肩膀，「沒事，尚未檢查，還未知是否合用？」

「天右，姑勿論合適與否，我十分感謝你的美意！甚麼事令你作出這重大決定？」

「上星期新聞報道中的捐肝英雄打動了我。」

「對我和瀝瀝而言，無疑是天大喜訊，但我不想你去冒險。」

「我早把瀝瀝看成自己妹妹，為妹妹付出少許，算不上甚麼。何況我單身又沒有家庭負累。」

「意想不到這椿新聞竟然打動了你，算奇蹟麼？」

「我信有天意。我早有捐贈器官的念頭，又讓我認識到妳姊妹倆。」

十八

提到天右毅然捐出腎臟，瀝瀝的反應令我意外。

「他是妳的朋友，為我作活體捐腎，實在過意不去。反正多年以來習慣了洗肚、洗血，真不想一個不相熟的人為我活受罪。我寧可繼續等候屍腎，無論一年、十年，甚至到死也等不着又何妨？始終不想領他的人情，妳幫我道謝兼婉拒吧。」

「天右生性豁達，向來不計較金錢、物質以至自身利益，重視別人多於自身，何況他視妳如同親妹。為了幫助妳擺脫危難，他真的樂意赴湯蹈火。」

「我就不想別人為我捨身！」

「妳的病情越來越嚴重，而且會引起併發症。姐姐怕拖延下去，妳遲早承受不了。難得有機會，先讓天右去作檢查，容後再說。現時醫學進步，即使活體移植，成功率很高，毋須捨身。」

「——見步行步吧。」

十九

醫生經過詳細檢查，認為天右的腎臟適合移植給瀝瀝。可是妹妹十分頑固，堅持要輪候屍腎，除非病情有變，直至生死存亡的緊急關頭才會考慮接受天右的好意。

反而天右更加著緊，他跟我去探望妹妹。

「瀝瀝，淅淅和我都想妳盡快康復，移植腎臟之後再不用受洗肚困擾，而且可以到處旅遊。」

「我明白，但我實在不想連累您。」

「怕甚麼？我心甘情願，姑勿論結果怎樣，我都不會埋怨妳。」

「天右哥，讓我再考慮一下。」妹妹倔強，遲疑不決。

「妳姐姐是護士，基於專業操守，維護病人的私隱，相信妳並不知道我的兒時經歷。我生下來便是連體嬰，弟弟犧牲了，將體內所有器官給我，才得以活到今時今日。我只不過是捐出一個腎，根本微不足道。如果我少了一個腎，卻換來一個健健康康的妹妹，多好！」

「好是好！不過——」

妹妹沒有再推卻，抿着嘴默默接受了天右的美意。她摟着我，淚水沾濕了我的衣襟；我也喜極而泣，冷落了身邊的天右。

二十

正值腎臟移植的大日子，遇上寒流襲港，氣溫急劇下降，我在和暖的手術室外守候。天右和妹妹的手術同步進行，一股寒意湧上我的心頭。我長期在外科工作，不同醫院的手術室其實相差無幾，慣常而熟識的地方一下子變得陌生。我在門外聯想當時當刻的手術過程，天右怎樣？妹妹又如何？手術室門外的燈箱仍舊亮着，覺得時間流逝得非常緩慢，何以手術遲遲仍未完成？究竟手術發生了甚麼阻滯？手術時間越長就越多疑問、越加擔心。

終於看到天右和妹妹先後從手術室護送出來，醫生表示移植手術算成功，有待未來數天觀察兩人的情況，著我不必太過擔憂。作為醫護人員，我當然明白憂慮無助病人的康復進展；

然而作為家人和朋友，我壓抑不了內心的惶恐。我同時牽掛着兩個人的安危，感覺到雙倍壓力。任何一刻、任何一個未甦醒過來，我都會坐立不安，憂心戚戚在病榻凝神守望。

天右睜開眼，劈頭就問身旁護士受腎者的情況。

瀝瀝睜開眼，開口就問身旁護士捐腎者的情況。

他倆終於甦醒，而且情況穩定，總算能夠暫時放下心頭大石。看到他們開腔，聽到他們的嗓音，彷如隔世重生，心靈上的充實滿足激盪着胸懷，起伏的心情觸動着咽喉，一時哽咽而説不出話來。

天右疲憊地躺在床上仍舊笑臉迎人，他本想斜臥，忽然咬了一口牙關，按着左腹。

「你的傷口疼痛？」

「可能剛才擺動身子以致有點兒不適。」

「不要亂動，好好休息。」

「沒事，現在好得多。妳去照顧瀝瀝吧。」

「嗯，一會兒再來探望你。」

休養過後，我安排天右和妹妹會面。

瀝瀝一見到天右，迎上前擁抱，「多謝你！天右哥。」

「Hi，瀝瀝！別來無恙吧？」

「嗯，so far so good 啊。」

「Me too ！」

寒暄一輪，兩人異常熟絡，有說有笑，昔日的悲情不脛而走。作為病人家屬，我百感交集，曾經為天右捨身而哀傷，亦為妹妹所經歷的劫難而痛切心扉；如今兩人神態自若，我欣喜興奮，學懂感恩。

天右的左腎存活在妹妹的肚腹內，令我覺得很其妙。那個腎救活了妹妹，而妹妹也代天右及他的亡弟保管着。難怪他倆一見如故，原來移植器官可以將兩人拉近，關係密不可分。

二十二

天右並不是初次救人，他曾經捐贈骨髓去救好友，可惜朋友後來因急性排斥而致肺部壞死，最終拯救不了。天右受先前陰影所困惑，捐腎給妹妹時患得患失，他擔心移植為瀝瀝帶來致命風險。值得慶幸的是妹妹身體並沒有出現嚴重排斥，但初期因藥物敏感而致時暈時嘔、肚脹、便秘。經醫生治理後，妹妹消除浮腫，連容貌都清癯了，康復得不錯。

天右初時無礙，後來情況惡化，臉色蒼白、暈眩、腳踝腫脹、食慾不振、疲累不堪。醫生表示只有少數捐贈者會出現不良反應，個案比較特殊，腹腔及腸臟受細菌嚴重感染。天右病情急轉直下，被送往加護病房，意識模糊，渾身腫脹，四肢像吹脹

的汽球，卻又不像汽球般富有彈性。看到天右發脹變色的手指，我的眼淚奪眶而出，又不敢哭出來，怕他在昏睡中聽見。

妹妹的守護天使身陷險境，可有誰來守護？我沒有告知仍在留院的妹妹，怕她自責連累了天右。同時我懊悔接受天右的好意，為了胞妹而不惜任由一個正常健康的好人平白無辜地活受罪，我唏噓嘆息和內疚。天右的反應比一般捐贈者來得大，連日來昏昏沉沉，接受不同高劑量的抗生素治療後仍然沒有起色。我一直留在他身邊，祈求他振作，康復後可以與我們兩姊妹一起遠足。我擔心他一睡不醒，卻深信好心會有好報。天右果然是硬漢，體現出頑強的生命力，醒來問我：「何時我們仁去遠足？」

二十三

天右和瀝瀝相繼康復出院。他謝絕了我和妹妹的再三答謝，還打趣：「不要以身相許啊！」

我向來不善辭令，木訥當場；妹妹乾脆回應：「我已懷下您的『骨肉』，您賴賬不成！」

天右和我異口同聲喊道：「天呀！」

妹妹插嘴：「看來您倆才是天生一對！」

「別胡鬧！」我和天右一再異口同聲喝道。

瀝瀝瞪眼失笑，指着我們罵不還口。

天右煞有介事，「幸而我只捐腎臟給妳，要是捐心臟就甚麼心事都保守不了。」

「我可不是『喪心病狂』，才不要您的心肝！」

「瀝瀝，看妳一好轉就胡說八道，枉天右為妳抵上性命！」

「言重了，靈巧的瀝瀝妹妹肯接受我的殘舊配件，算我走運。」

「明明是割愛，偏要謙讓。」

「不！我真的認為若有人不嫌棄的話，又何樂而不為？」

「留下傷疤也甘之如飴？」

「當然，疤痕是一道彩虹、榮耀的印記。」

二十四

天右助人從來不求回報，有幸認識算是我和瀝瀝的福氣，改寫了妹妹的生命，也鞏固了我們一家人的整全。

天右期望日後舉辦攝影展，透過光影紀錄去印證人寰的哀困，從而呼籲社會大眾關注民間疾苦，認真考慮生後事的處理問題。如能看重遺愛人間過於「死無全屍」的因循觀念，藉着死後捐贈器官造福蒼生。

相識正好一年，天右在外地公幹，而我又趁生日免費優惠獨個兒乘搭昂平360纜車。從晴空下的東涌起程，緩緩攀升，翻山越嶺邁向昂平。當遠眺到天壇大佛的時候，發覺大佛背後

烏雲密佈，像萬馬奔騰過來。剎那間烏雲已經蓋頂，連串纜車陷入黑漆漆的境地。

白晝一下子變天，昂平和東涌的上空截然不同，經已入黑。除了風雲色變，還有狂雷和暴雨，不遠的「夜」空寒光連綿閃爍，乍明乍晦；震耳的雷聲似哀鳴曲調，時奏時竭。纜車抵受不了地動山搖，木然停駛。終站可望而不可及，纜車掛在半空，任教風吹雨打。纜車搖擺不定，凜冽的疾風和淒迷的冷雨都從窗縫襲入來，令我抖震。

多麼恐怖的處境、多麼駭人的回憶，怎麼事隔一年又重臨我的身上？雖曾經歷過一模一樣的情景，但陰影猶在。我心難安，只因身陷囹圄、前景不明。之後心隨意轉，想到一年前陰霾中與天右邂逅，挽救了絕望中的妹妹；繼而相信絕境中自有天意，相遇、襄助並非偶然。於是我不再為面前的景況憂慮，也不為隨後的禍福而焦躁，反而氣定神閑去想像：異象盡頭有一道七色彩虹——榮耀的印記。

再坐一會，盡情投入醉人的迷離異境，好好享受難得的獨處時刻。

再過一會，在那不遠處有誰在守候？

問今是何世

一

轟隆！轟隆！

天光發亮，維修地下管道的工人正在鑽破路面。路旁邊、天橋下涂滄海剛被如雷貫耳的掘路聲喚醒，坐起來在「床」沿抽着一根無可再短又無可再抽的的煙蒂，故作吞雲吐霧狀。抖擻精神之後，他起「床」舒展一下胳膊、伸兩下腿，算做完早操。睡床是用來架起貨物用的木方墊板，上面以紙皮覆蓋當作床褥，爛被單和破毛毯則多不勝數，不然怎年復年風餐露宿！

滄海叔不乏左鄰右里卻無甚交往，偶爾才跟個別鄰居點點頭。既沒有相熟鄰舍，也不會守望相助，大夥兒同是天涯淪落人、相逢何必曾相識的陌路客旅。各有各故事，各不過問身世，各不相干行事，因彼此知道同是落難過客，前塵往事不消提。

天橋底群雄各據一方，滄海叔有幸獨霸近橋墩東南面一方，開揚通爽又不怕落日斜照。霸主用木箱或爛椅等分隔領土，到處堆滿紙盒、鋁罐、雜物和垃圾，雨淋之後日曬氤氳，酸臭無比。橋底常吹東南風，滄海叔的風水地鮮被臭氣所熏；縱使空氣污染嚴重，隨時都可以離「家」出走。

滄海叔兒時家貧沒有玩具，最愛鑽進紙皮箱中扮划艇；有時掀起箱底，托住紙箱扮驅車四處闖蕩。時至今日，年過半百，承傳了原生家庭的貧困卻沒有家。每天目睹兒時玩物，並沒有喚起興奮的感覺，人變得麻木。

二

日上三竿，徐可祿依然沉溺在夢鄉。睡房的厚窗簾拉得密密麻麻，不容許一絲光線擅闖；窗子也關得密不透風，置身黑漆密室中，形式上與世隔絕、自我放逐，名義上叫隱蔽。將自身匿藏在黑暗空間，不再理會時間流逝、室外陰晴、雨打風吹、人間冷暖，感覺上存留着一點私人空間，保留幾分安全感。

盛夏暑熱難消，沒有啟動電風扇的房間特別翳侷悶熱，睡夢中散發出來的體汗，以及久未更換的衣被都酸臭難奈，加上房內一片凌亂，東西橫七八豎，景象和味道與瑟縮橋底的霸主不遑多讓。

可祿長期睡不安寢，要不是晚晚通宵達旦把玩手機，盡情瀏覽劇集、肆意投入電子遊戲世界弄致倦透，否則無法入睡。他存活了四分一個世紀已經厭世，好像生無可戀。在思想和情感上都沒有依托，意志消沉、精神渾噩萎靡，過着混沌的日子。適應了孤寂而空虛無聊的生活，習慣了無所事事，凡事都提不起勁。自我隔離並非隱居世外桃源般逍遙自在，可以謝絕凡囂而不問世事，實則只可姑且逃避一時，因為黑暗從來埋沒不了靈魂深處的隱患。當光明驅走黑暗，人終須回歸現實和面對實況。

三

　　滄海叔習慣早上洗澡。露宿生涯改變了他的生活模式和節奏，起床伸完懶腰、執拾好被窩就前往附近體育館如廁，順道在更衣室刷牙漱口、沐浴更衣。在云云露宿者中，滄海叔算乾淨，多少顧念一下個人衛生，梳洗過後還要潔淨衣服，然後返回借來的「私人空間」。他缺的是錢，多的是時間，習慣慢條斯理，一直找不出要乾淨俐落行事的動機，也不知怎麼打發空白滿滿的餘生。在灰塵廢氣充斥的公共空間徐徐晾曬衣物，打發一下時間，才施施然出發，慢慢消磨一個早上。

　　滄海叔注重儀容，每天刮鬍子，衣著鞋襪雖破舊但不失整潔，至少不致一身寒酸相。纏上腰包、掛上環保袋便瀟灑來去。他先閒逛公園，搖頭壓腿、甩手晃臂，三兩下動作就做完早操。對於園內的鳥語和花香以至樹下弈棋，他一概沒有雅興去賞玩，抽身離去。他愛流連麥當奴餐廳，帶備一包新鮮出爐的麵包進去，並從旁隨手執起一個食客棄置的飲品杯去櫃檯「添飲」。免費喝咖啡和奶茶只是上午生活的一部分，另一部分是免費瀏覽食客棄置的報章。

　　露宿伙伴大多執拾有循環再造價值的東西去變賣，滄海叔當年加入露宿大軍時也曾考慮去拾荒、淘寶。當他落泊街頭，目睹過一羣野狗在垃圾堆中鑽挖東西，令他極度抗拒拾荒所為，不想跟狗黨一樣去翻箱倒籠。為了顧全僅有的半點尊嚴，滄海

叔寧可窮盡一生，也勢不折腰沾手這行業。

四

如果要用沙漏去斗量可祿在斗室內所虛耗的光陰，沙粒肯定可以載滿一個偌大的糧倉還綽綽有餘。經年累月、日以繼夜蜷縮依偎在床角，孕育出難捨難離的感覺，可祿彷似成為了睡床的一部分。為睡而睡，睡覺時間長卻睡得不好，明明睡醒偏要眷戀纏綿，睡不着也要賴床。當初煩惱自困、噩夢頻仍，如今渾渾噩噩，連噩夢都沒有了。

可祿甘於一隅。起床後不知如何打發，每每落得悵惘，能夠逃避一時且一時。他認為社會遺棄了可祿，而他也放棄了社會，正如先有雞還是先有蛋的老問題，始終找不到正確答案。

五

昔日滄海叔是東莞市莞城中心小學老師，滿腹經綸，移居香港卻謀不到教席，惟有到工廠賺取生計。時移世易，廠商北移東莞，保不住飯碗，不禁慨嘆時不我與。即使重返東莞生活，工資不再一樣，況且工廠和學校都不會續聘。當初以為香港遍地黃金才南下，竟然踏上窮途末路，臨老要倚仗綜援金為生。幸好沒有妻兒，孑然一身，才不致連累家人。他務實，欠缺浪

漫主義者的灑脱情懷，從未想過浪跡天涯，也心不甘、情不願去當落泊街頭的流浪漢。也曾想要有瓦遮頭，可惜事與願違，勞碌半生連棲身之所都欠奉，落難成為眾多露宿者中一員。樂觀的滄海叔仍然慶幸自己不用寄人籬下，與所有市民生活在同一天空下。他在內地唸過師範學院，算是知識分子，關心社會如昔，儘管已被社會淘汰。每逢下午，他都去公共圖書館閱讀雜誌、書籍和上網，風雨不改。

六

　　可祿不理晨昏日暮，起床每每中午過後。時間失去了價值，剃鬚亦毫無意義，反正毋須與人交往。誰説隱世之徒要保持整潔端莊？衣冠楚楚給誰看？似乎與世隔絕，不修邊幅才正常不過。連日來都沒有洗澡，身軀蘊含着一股酸臭；內衣褲也沒有更換，尿酸味濃烈得驚人。隱蔽改變了生活模式和節奏，可祿習慣下午洗澡，而且要隔好幾天、迫不得已的時候。

　　即食麵和罐頭成了他的 brunch 不可或缺的東西，聽音樂和看電視也少不了。沒有閒情的日子，連音樂都聽不入耳，電視節目亦令人乏味，然而音響和電視老是亮着，旨在打破空屋的寂靜無聲。

　　全屋的窗簾都沒有掛起，陽光長期照射不到，屋內散發霉味，房間餿臭薰天。可祿賴理家務，撲上床倚臥在床頭上網。

他從不關心天下事，埋頭埋腦在動漫和電影世界裏。

可祿中學畢業後修讀「物流」副學士課程，中途輟學。他自知不是唸書材料，既唸不下去，也不想從事物流。社會競爭激烈，人浮於事，擁有學位也無用武之地，而他並無學歷又嫌辛苦，連散工都當不來，最終惟有靠母親繼續撫養。

母親在老人院任職護理員，時間長、工資低，每天朝七晚七要工作十二小時，艱辛勞累六天才得一天休假。下班回家還要燒飯弄菜，疲倦得懶去過問兒子的景況，反正干涉不來。高不成、低不就不僅是兒子的處境，彼彼皆是，她可以理解。可是她無法接受兒子意志消沉、不思進取的處世態度，她自身擺脫不了勞苦重擔，也不希望兒子跟她一樣當社會低層的奴僕，任人勞役。她姑且讓他放任，因為孩子長大之後管教不來，只要他不出去作惡，姑且讓他龜縮。

可祿的父親是建築工人，在他孩提時一場地盤意外中死亡，由母親養育成人。名字是算命先生起的，寄語將來邁向仕途；天意弄人，他竟然有幸當上「量地官」。

七

涂滄海原名涂夫，由其父命名，取自父親崇拜的俄國著名作家屠格涅夫。滄海叔不喜歡稱作「屠夫」，不屑淪為屠狗輩，故易名滄海。人到中年，名字饒有意思，藉滄海一粟以示生命

渺小，微不足道。其實叫孤島叔可能更加貼切，意謂孤島歸宿。他每天總踱不出其孤島，除了天橋底、體育館、麥當奴餐廳和公共圖書館，就只得附近商場的快餐店和酒樓。後兩者都有下午茶優惠，吃份簡單的下午茶餐或特價燒味湯米價錢相宜，尚且可以負擔得來。他未屆長者之齡，享受不到交通優惠，為了節省開支，幾乎不出遠門，連「八達通」卡也沒有。

八

　　可祿的同學有的繼續升學，有部分投入社會工作。像他失學兼失業，有是有的，不過他們都家境不俗，不算紈絝子弟，倒也過着無拘無束的寫意生活。他無法與富裕同學相比，他們將來可以繼承家族生意、物業或財產，而可祿承傳的是單親草根家庭的貧窮，還不加把勁，前路自然黯淡無光。可祿老是抱怨生不逢時，責怪社會欠缺上游機會，恨透生於平凡百姓家。他相信命運主宰人生，並且認為人生無法逆轉，既然困局早已命定，惟有接受現實、維持現狀。容讓晚餐由體力透支的母親預備，碗碟連同 brunch 的器皿以至所有家務都由她負責，日子就這樣過去。一天復一天，一年復一年。

九

　　沒地方可以煮食，滄海叔又負擔不起晚晚出外用膳，故多年來不單止節衣而且縮食，長期不吃晚飯，廉價啤酒卻晚晚奉陪當作充饑。最近有義工探訪，方才知道附近有慈善機構一直提供廉價甚至免費的飯菜和湯水給露宿者。此後，滄海叔到該機構的食堂用膳，解決了三餐不繼的問題。有時機構還會發放水果、燒味飯待用券，以至日常用品；臨近節日還有慶祝活動，加餸之餘更大派應節食品，如：糉子和月餅等，讓他及一眾露宿者飽嚐口福，感受到人間溫暖。

　　在食堂「同枱吃飯、各自修行」，滄海叔並未擴闊社交圈子，露宿者之間保持疏離，彼此互不查問對方身世，算是江湖規矩。飯後滄海叔沒有娛樂，在街上拐個大彎返回孤島，抽完煙蒂便睡覺。隨遇而安也許是普天下露宿者的信條，滄海叔賴理四周光污染，蒙頭轉瞬就已酣睡。一夜復一夜，一年復一年。

#

　　日間，可祿與世隔絕，無社交圈子可言；入夜，他投入網絡世界，在電子遊戲中盡情跟人比拼，又肆意與網絡中人聊天，過着晝夜顛倒的糜爛生活。

十一

露宿的生態特色是夜不閉戶。無房無門又無貴重東西是客觀事實，但主觀意願以為沒有小偷出沒則不然；相反，治安不靖、盜竊頻仍。滄海叔的身分證、綜援豁免證明書、銀行存摺及零用錢等每晚貼身而睡，試過睡醒發現腰包被割破，現金被盜取，估計是附近露宿的吸毒者所為。脫離不了露宿生涯，固然要與鼠輩為伍。

十二

母親回鄉數天，可祿的起居生活要自理。晚上致電茶餐廳購買外賣，晚餐自然不成問題。清早餓醒，即食麵和罐頭食品恰巧用罄。可祿怪責母親照顧不周，無可奈何下踏出家門，逕自到麥當奴餐廳。他不習慣吃早餐，吃完包還剩薯餅原封不動已急不及待離開。

臨走前可祿回頭一望，發現一個白髮蒼蒼、衣冠楚楚的中年漢坐在他原先的位置有所圖謀。可祿馬上折返，白了漢子一眼，氣沖沖將盛着剩食和半杯子飲品的托盤取走，一股腦兒倒入垃圾箱才離開。可祿不憤他人貪婪，將他的食物據為己有，更不滿堂堂男人竟然要覬覦他的剩食，慨嘆漢子窮得沒骨氣。

接着可祿購買了一大袋快熟食品、乾糧和零食，在街頭再度

遇上白頭漢。他看到一名身穿校服的中學生走到漢子面前，訴説
丟了錢包，身上沒錢也沒八達通，又找不到同學，要求施以援手，
資助交通費以返回將軍澳住所。可祿心想：學生找錯對象了。出
乎意料，白頭漢掏出二十元予年輕人，拍拍他的肩頭，著他拿去
應急、努力學習。本來江湖救急不以為然，然而可祿看在眼裏嘖
嘖稱奇，漢子不捨得購買早餐，卻肯仗義疏財，源於他有一顆惻
隱之心、憐憫之情。相比之下，自己剛才寧可扔掉食物也不施捨
他人的態度，不禁感到慚愧，甚至無地自容。

十三

翌日，可祿破例上午起床，刻意再赴麥當奴餐廳。如他所
料，白頭漢在餐廳流連，可祿趨前跟漢子打招呼。

白頭漢笑臉迎人，「早晨！」

「我請你吃早餐？」可祿建議。

「謝謝你的好意！你以為我連早餐也買不起？」

「當然不是，那我只買一份早餐，你幫忙吃些？」

「好！謝謝！」

可祿多買一杯飲品回去，「怎麼稱呼大叔？」

「涂滄海。」

「啊！滄海叔。我叫徐可祿，福祿的祿。」

「可祿，幸會，幸會！你唸書還是工作？」

可祿察看四周沒有其他顧客，苦笑低訴：「哈哈，暫且雙失。」

「怕甚麼？我提早下崗，你只不過一時待業。」

「你可當提早退休，而我就提早滅亡！你之前從事哪行業？」

「在內地小學教書，來港後『執大毛筆』。」

「甚麼大毛筆？」

「在工廠當雜役，跟掃把談談情、跳跳舞。」

「不愧為老師，除了學識高，還精通書法和舞蹈。」

可祿豎起大拇指誇讚，令滄海叔沾沾自喜。

「你住哪兒？」

「附近天橋底。」

「跟你去參觀？」

「沒甚麼好看！」

「好想實地考察，如你不引路，我可要自行去見識一下。」

「嗯，你請我吃早餐，我帶你去開下眼界。」

十四

「真抱歉！來寒舍參觀，茶水欠奉。」滄海叔坐到床上，可祿則坐在床側破爛的旋轉櫈上。

「剛喝完，不必客氣！」可祿蠻寫意地轉動椅子，「環境

挺好，旺中帶靜。最好是不用交租，住一世也願意。」

「別説風涼話，年輕人一晚也住不下去。」

「我才不會，讓我試住一晚？」

「你看哪有餘地？怎容得下你！」

「在你床邊寄居？」

「跟你倒算有緣，隨便。」

「趁母親回鄉，今晚來度假。」

「度假？有家不歸，有福不享，來活受罪！」滄海叔詫異。

「一言為定，今晚見。」

「今晚見。」

十五

城中富豪名人及成功人物肯去體驗一下低下層的處境算是紆尊降貴，而可祿出身草根，街頭露宿並不算苦差。習慣了多年隱蔽生活，轉到空曠場所住宿，大有突破牢籠、破繭而出的快感。滄海叔已為可祿張羅紙皮，鋪墊在床外，可祿亦自備睡袋，視作野外露營，緬懷昔日當童軍的愉快日子。

有新丁加入滄海叔陣營，隔鄰的老翁視而不見，沒有過來歡迎，事實上年輕人加入露宿行列壓根兒不值得慶賀。在老翁眼中，可祿不修邊幅，外觀比滄海叔更落泊，為他淪落街頭，老翁暗嘆唏噓。

「滄海叔，這兒有蛇蟲鼠蟻嗎？」

「鄰近大排檔，老鼠和蟑螂都司空見慣。老鼠吃飽廚餘後不會咬人，蚊患卻嚴重，有時會在耳邊盤旋飛舞，不單止針到紅腫痕癢，而且嘈到睡不着覺。你的血型？」

「B型。」

「好！我的血屬於O型，有你在旁，蚊會揀B型血來針，我可以放心安睡。」

「滄海叔好狠心！」

「蚊要吻你，我也管不得。」

「可有科學根據？」

「不曉得，但有不少實例足以證明，你試下便知道。大夥兒習慣早睡，聊天會騷擾鄰里入睡。入鄉隨俗，早些休息吧。」

「晚安，滄海叔。」

十六

可祿把街頭風餐露宿當作磨練，藉以令空虛生活變得充實、考驗個人的適應能力、釋放壓抑已久的低落情懷，以及激發沉寂多時的鬥志。為了入鄉隨俗，他毅然放棄沉迷的「打機」玩意，全情投入露宿生涯。入夜後他無法入睡，街燈光芒四射，耀眼刺目，車聲不絕於耳，蚊子也來欺負。滿以為鑽進睡袋就可蒙頭大睡，結果徹夜輾轉難眠。習慣日夜顛倒，一夜之間未能即

時調節作息規律，又不敢「打機」擾人清夢，反遭肆無忌憚的
鼠輩所滋擾。

夜半方才入睡，天未放亮可祿便被吵醒，街道擾擾攘攘，
掘路轟轟隆隆，此起彼落、不絕於耳，非起床不可。他張開惺
忪睡眼，滄海叔坐在床沿吸煙。

「昨晚睡得好嗎？」

「聽到老鼠在旁吱吱叫，毛骨都悚然，怎敢睡覺？」

「在家千日好，出外半朝難。始終都是家中高床暖枕好。」

十七

可祿發覺背後有人在偷偷拍攝，急忙轉身叫嚷：「不要拍，
不要拍！」

對方沒有理會，繼續拍攝，可祿未及上前阻止，一名女子
攔腰出現。

「……現場直擊露宿生涯日與夜……」她手持掛着電視台
標誌的麥克風，伸往可祿嘴邊發問：「請問你多少歲？露宿多
久？」

可祿盛怒斥喝：「關機！即刻關機！」

對方仍然不加理會，還追問：「你叫甚麼名字？為何淪落
街頭？」

可祿手足無措，慌忙背向鏡頭，用睡袋蒙頭遮掩。

「我不是露宿者，只是過客，僅僅在此體驗一晚。不信的話，可向大叔求證。」連忙指向滄海叔。

記者注視滄海叔，著攝影師轉移拍攝對象。

「他是我的朋友，昨晚來探望，順道住一晚。」滄海叔回應，無懼拍攝也要幫可祿澄清。

「看樣子，他比你更像露宿者！」記者揶揄一番後散去。

「算罷，清者自清。露宿者只是無殼蝸牛，並不丟臉；要丟臉的應該是香港特區政府！經濟、勞工、房屋和養老等施政都失當，致令部分市民要流落街頭，政府無能，無能力使全民安居樂業。」

「關鍵是我並非真正露宿者，無謂招人誤會。難道要站出來當眾自我澄清：我不是露宿者而是隱蔽青年，跟太監脫下褲子以證清白一樣令人尷尬！」

「露宿抑或隱蔽，其實都是時勢使然。成王敗寇，世間有多少王者？失敗在競爭激烈的社會是等閒事，問題在於失敗是否真的勢所難免？還是自己一手做成？香港不是福利主義城市，被社會淘汰和遺忘的群體惟有自生自滅，如同草芥。世道如此，不要奢望政府打救，自強不息才是唯一的出路。」

十八

事隔一週，可祿在一個有關露宿問題的時事節目中目睹自

己亮相。攝影師暗中偷拍，將他當晚及翌日的露宿情況一一拍下，旁白聲稱露宿者有年輕化的趨勢，從畫面可以清晰看到其容貌及潦倒的寒酸相。可祿氣憤難平，去找滄海叔呼冤。

「電視台誣蔑我是露宿者，弄虛作假，誤導觀眾。」

「難道你要興訟，控告電視台誹謗？」

「實在不值電視台所為，卻不方便當面澄清。」

「須知道，一夜露宿也是露宿，電視台錯不了。」

「我擔心親戚、朋友、鄰居、舊同學和同事看到，誤以為我淪落街頭，甚至散播我落難的消息給沒收看的熟人知道，招惹非議。」

「難道你認為隱蔽比露宿好？」

「寧給人知，莫給人看。失意的樣子給相熟的人看見，令人難堪，日後抬不起頭來。」

「隱蔽等同自我埋葬，埋藏自己在隱沒的角落，與社會隔絕。」

「我終日上網，足不出戶能知天下事，怎會與世隔絕？」

「不要再自欺欺人！生活並非只收發資訊，而是活在群體之中，要有互動交流。露宿可以保持與外間接觸，享受和風、日照、雨灑，感受到城市的朝氣和污染，與風沙、塵埃、廢氣共存於天地之間。關在家裏會平白流失時光，兼且喪失時間意識；露宿不一樣，每天體會到日有升降、月有圓缺、天有陰晴，露宿海旁更可早晚見證海有浮沉。」

「你繞個大圈來勸我放棄隱蔽生活？」

「我自身難保，根本沒資格勸喻。個人認為，與其改變不了社會，不如改變自己去適應社會。隱蔽是消極逃避的方法，露宿卻積極面對逆境，光明正大得多。」

「話雖如此，但露宿違法！」

「露宿並不一定阻街，只是善用屬於普羅大眾的公共空間。反之，政府未能令全民安居樂業，有負所託。」

「滄海叔所言有理，反正經傳媒報道後被當作露宿者，索性跟你露宿。可是，我怕風吹雨打？」

「風雲幻變在乎天意，而天意，不可違！颱風、雷暴、寒冷和酷熱都不可怕，大不了入住社區中心避風、避寒、避暑，總會熬過去。反而人為事端更加可怕，露宿者身無長物，家當都是至寶，但政府往往視為垃圾，怕影響市容而強硬執法肅清，藉口清洗太平地，令露宿者的所有家當毀於一旦。露宿者本已無家可歸，政府不施援手，還落井下石，令露宿不容於繁榮鬧市，以免成為國際笑柄。事實上，政府的扶貧和安老等劣政就是天大笑話。集高官及學者研究之大成的方案始終無濟於事，窮人脫不了貧，只會窮上加窮；人口老化而政策僵化，無依的長者從來不祈求政府，也不祈求長壽。」

「憑藉弱勢政府去扶弱，着實貽笑大方，所以我從不奢望政府扶我一把。」

「教育學額和就業機會不成正比，結果只會造成高學歷、

低收入的局面。知識改變不了命運，還不莊敬自強就更無立錐之地。」

「真可悲！」

「可悲的是弱者永遠都是弱者，有生命而沒有生活，或者有生活而沒有生命。」

「惟有庸庸碌碌終此一生。」

「事實比比皆是。」

十九

滄海叔體會不到政府的眷顧和憐憫，但他省吃儉用，堅持不乞討、不拾荒。由於終日流連街頭，與衣衫襤褸的同道中人為伍，盤踞市井街頭巷尾，經常被人當作乞丐看待。仁慈博愛的途人會送上食物、投下零錢，甚至趨前噓寒問暖；一般市民都謹慎防騙，習慣視而不見、不聞不問；自以為尊貴、高人一等的紳士淑女則喜歡投以白眼兼走遠路；更惡劣的是無辜遭人輕蔑、冷嘲熱諷。曾經有陌生人路過對他呼喝：「你隨地吃喝也罷，千萬不要隨地便溺啊！」露宿者用不着別人憐恤，自有其生存之道。無恥之徒把他視為流浪豬狗，當時經歷的冷眼和嘲弄一直揮之不去。滄海叔覺得露宿者受盡社會歧視，不時有家長當他是反面教材，教導孩子用心讀書，否則將來如同叔叔一樣折墮、淪落街頭。

　　有議員表面上關心露宿者的生活，向傳媒表示長期關注區
內露宿問題，以及為露宿者爭取編配房屋。其實很多議員都煞
有介事，站得老遠、挺直腰板與躺臥的露宿者隔空對話，充分
流露出其內在對露宿者的戒心和恐懼作祟的心態。固然也有個
別議員願與露宿者席地平起平坐，但採訪過後，議員給選民窩
心的感覺往往只能從傳媒報道的照片中回味。探訪之後政策一
成不變，補救措施亦欠奉，高官和議員保持其尊貴身分，而露
宿者得到一時溫飽後仍舊窮極潦倒。

　　剎那關心不代表永恆。露宿者從不依戀與高官、議員的一
面之緣，也明白到名人只懂握手而不施援手。與骯髒的露宿者
握手倒也不是輕而易舉之事，故此在高官和議員落區前例必清
理地方，而且嚴選握手對象，個人要整潔衛生，立場不可與政
府對立，切忌在眾傳媒面前貶低政府。探訪任務充分反映出高
官、議員甘願紆尊降貴，深入草根以了解民間疾苦，市民都明
知是公關技倆多於實際幫忙。

　　相比高官和議員的態度和熱誠，善長和義工卻大相逕庭。
不用傳媒報道也主動探訪露宿者，利用工餘時間去派發食物和
日用品，尤其在天寒地凍時出現，送上禦寒物品。透過探訪，
關注露宿者的身體和近況，了解他們的處境和所需，親切慰問
和真摯祝福。活動由慈善機構、教會、網絡群組等發動，召集
人手和募捐物資，讓露宿者感受到一絲溫暖和無限關懷。滄海
叔也是當中的受惠者，不但得到物資支援日常生活，而且獲得

非親非故的有心人士來看顧和守望，深切感覺到冷漠人間仍然有情。

二十

「可祿，你竟然趁我回鄉走去『瞓街』？」

「一晚而已。」

「人家當你是露宿者，真丟臉！」

「電視台硬要偷拍又斷章取義，我制止不了。」

「你留在家中就沒事。」

「露宿其實比隱蔽好。」

「歪理！寧給人知，莫給人看。失意的樣子給相熟的人看見，令人難堪，日後抬不起頭來。」

「隱蔽等同自我埋葬，埋藏自己在隱沒的角落，與社會隔絕。」

「你終日上網，足不出戶能知天下事，怎會與世隔絕？」

「不想再自欺欺人！生活並非只收發資訊，而是活在群體之中，要有互動交流。露宿可以保持與外間接觸。」

「你想放棄隱蔽生活？」

「隱蔽是消極逃避的方法，露宿卻積極面對逆境，光明正大得多。」

「話雖如此，但露宿違法！」

「露宿並不一定阻街，只是善用屬於普羅大眾的公共空間。反之，政府未能令全民安居樂業，有負所託。」

「無論隱蔽抑或露宿，同樣可悲！」

二十一

可祿左思右想，探究失學兼失業的青年尚有何出路？大學學位氾濫，投身不到個別專業行列就更加人浮於事。唸書不成的可祿反而問心無愧，認為知識既然改變不了命運，本着「他朝君體也相同」的信念，毋須再為強求學歷而枉費心機。上一代憑藉一門手藝足以養妻活兒，只可惜時移世易，今時今日不能老調重彈，並不是肯刻苦耐勞便可謀生，更令可祿理直氣壯，一概跟其消極躲懶的性格無關，相信是時勢使然。當下大商家壟斷市場，無本錢又沒創業頭腦的可祿心安理得，斷言雙失並非個人能力所致而是勢所難免，惟有慨嘆生不逢時。

聽過滄海叔的一席話，可祿想重新規劃人生，先試圖露宿。他的母親不置可否，不會支持及鼓勵兒子離家到街頭生活。她日漸年邁，得不到成年兒子供養，反要持續養育兒子，內心倦透，怕日後有心無力，兒子餓死家中亦無人問津。她認同兒子剛才的「偉論」，因為隱蔽真的會使人失掉生活節奏，露宿至少起居有時，聊勝日夜顛倒，與外間保持接觸。

畢竟露宿需要勇氣，可祿最後還是打消了露宿的念頭。在

蒼茫天地之間、隱蔽和露宿的狹縫之中，似乎不存在另一線生機。無法改變社會又無法改變自己，也就無法擺脫隱蔽生活。可祿開始關注露宿者，尤其是滄海叔，然而可祿自身難保，生活水平並不比露宿者好，還有甚麼資格去過問人家的處境？

二十二

滄海叔改變不了可祿的隱蔽生活，也改變不了自身的露宿生涯。

表面上，滄海叔露宿；事實上，他隱蔽於社會角落。試問誰會留意滄海一粟？在繁華都市中，露宿者並非稀有而是通街都有，香港有，內地有，外國也有。一樁蜚聲國際的新聞發生在英國，有社會企業刻意聘請露宿者每朝派發報紙，從而幫助他們重投勞工市場，自力更生，賺取生計之餘奪回自尊。可是，同類型的幸福並沒有降臨香港的露宿者。

在香港，不同團體對露宿者的援手都以供應物資為主。探訪者不約而同在晚上到街頭派發餐盒，又不約而同在寒流襲港時派發禦寒衣物，結果同一露宿者在同一晚接獲三、四盒飯，又在同一寒夜領取數件禦寒衣物、毛毯和睡袋。諷刺的是，露宿者平日三餐不繼，一時間食物卻多到吃不消，連衣物也多到穿不下。香港沒有扶助露宿者的政策，又欠缺統籌，資源自然會重疊。除了解決燃眉之急外，長遠無助露宿者擺脫困境。

　　滄海叔生活安穩，每天日出而「酢」，日入而息，日間借酒消愁，晚間休養生息。可惜好景不常，有鄰居在床尾生火煮食，爐頭失火燒着了被鋪，火乘風勢漫延至左右隔鄰。露宿勝在方便逃生，又沒有值錢家當，可以安心逃命，無甚損失。

　　天橋下所有露宿者都能保命，但政府不會作出任何安置。臨時收容所可供應急之用，災民都嫌地方偏遠、簡陋，及不上「瞓街」而放棄入住。

　　雖說露宿者可以隨時隨地以天為蓋、以地為廬，轉移「紮營」的根據地，但他們不是流浪貓狗，短暫遷居尚可，長遠還是需要固定的安身立命之所。可是，過往居住的天橋底被政府趁機全面清場，收復官地。失火維修之後，在原地佈滿大型花槽，令露宿者有「家」歸不得，境況堪憐。

二十三

　　有社區組織知道事件，紛紛在網上公開聲討政府的惡行，同時呼籲市民某夜某時前往某地聲援落難的露宿朋友。不少熱心市民不恥政府乘人之危到場響應以示不滿，並為露宿者爭取居住權益。政府並沒有委派代表出席，區議員則承諾會全力協助跟進有關訴求。三位站台的組織代表認為解決露宿者的住宿刻不容緩，一齊即場削髮剃頭，明嘲政府無法無天，又召集參與人士加入馬拉松式絕食抗議行動，迫使政府回應及提出切實

可行而又合乎情理的解決方案。該區露宿者大多出席，當中有受影響人士應組織要求講述其流離失所的辛酸，涕淚俱下哀求政府憂民所憂、急民所急，還原原居地給他們寄居。

居住是生存的基本需要，偏偏政府和個別議員認為露宿有損市容、有辱國際都會的美譽，不單止沒有協助他們改善居住環境，反而設法驅逐露宿者。無疑是採取掩耳盜鈴的手法，以為充耳不聞、眼不見為乾淨，無視低下層的惡劣境況，妄顧人的尊嚴和居住權利。

翌日展開抗爭行動，參與人士前仆後繼，中途有議員加入，接踵絕食抗議，其間相繼有絕食者體力不支昏倒。一個涼薄的政府不容露宿者有片地棲身，又怎會重視民間疾苦？對於連日來傳媒報道，政府代表出來苦口婆心勸導抗爭者放棄絕食，但未有回應有關訴求。誠如坊間俚語「意見接受，態度照舊」，市民除了失望，還可如何自處？

二十四

滄海叔慨嘆時不我與兼老來無依，只求兩餐一宿終其一生。怎料勞苦半生為社會作出貢獻後晚景會如斯淒涼！政府視他們如同過街老鼠，驅趕滅絕。他一直在旁見證熱血群眾不惜腸胃破損也要為他們逞命，按捺不住淌下老淚。

四十八小時絕食行動喚不起政府高官的惻隱之心，抗爭者

堅持下去挑戰七十二小時，奢望政府可以軟化。滄海叔內心傷透，不忍絕食者長此下去餓壞了身體、誤了美好前程。

二十五

　　可祿依舊躲在家裏觀看電視的直播新聞，正在報道為露宿者無家可歸而引發的抗爭事件。絕食行動已經進入第三天，期間有莘莘學子為響應支持而不惜罷課，並有部分絕食者暈倒被送往醫院檢查。

　　可祿惦記滄海叔，因而特別關注該則新聞，留意現場有沒有滄海叔的身影。忽然在螢光幕上出現一團火光熊熊的身影，在絕食者面前倒下，繼而在地上輾轉翻側痛苦呻吟，旁人立即蜂擁而上，嘗試用外套和飲用水去撲救烈火焚身的男子。單從輪廓判斷，可祿認出滄海叔，但他不敢相信眼前一刻，張大了口哎吔了一聲，他實在慘不忍睹，只管嚎啕大哭。可祿希望自己眼花看錯，即使真有其事，也冀望滄海叔安然無恙。

　　可祿憂心如焚，不敢再收看電視，改看其他媒體新聞，得悉自焚者為當地露宿者涂滄海，送院後證實傷重死亡。警方其後找到他的遺書，聲稱涂在港無處容身，已生無可戀，多謝熱心群眾為弱勢社群請命，並勸喻他們即時放棄絕食，保重身體；同時請求政府認真解決長期以來的露宿問題。最後，藉「窮在路邊無人問」及「路有凍死骨」等諺語以鄭重乞求政府體恤窮

途末路的「人」。報道指遺書語重心長，連警方發言人在交待事件時亦黯然飲泣。新聞報道中尚有一幀照片，展示滄海叔被火燒傷的身軀左邊脅下有一道紋身，依稀見到「生死有命　富貴由天」，算是死者一生的寫照。

余

一

藍天綠水
天光雲影
且共逍遙十六湖
我，是一尾魚
忘卻時間
悠然慢活
她，竟把憂慮放進湖泊

　　我明明是一尾魚，怎麼會活在這兒？自從她把俗世的煩憂傾注下來，我便不再快活。陷入了人間混沌的網羅，悵然若失。

　　一身引以為傲的閃耀鱗甲不知哪裏去？還有英武的魚鰭、活潑的魚腮和變幻的魚鰾等都不翼而飛，連尾巴亦一掃而空。不知何時伸展出頸項，架起一個插着幾棵海藻的腦袋；又長出四肢，下肢不由自主撐起身子，頭頂向天。一下子面目全非，喪失原本流線型的體態，究竟我在進化還是退化為人？

　　一開始，我感到震驚，無法接受及難以相信眼前種種，否認既定的事實。繼而我無比憤怒，怨天尤人，質疑經歷的事情根本不合常理。無奈之餘，試圖重新詮釋事件的來龍去脈，尋求折衷辦法，減輕內在的心理衝擊。心底始終接納不了，因鬱結難舒而寢食難安，反應變得遲鈍、麻木，對任何事情都冷冷

淡淡、漠不關心。沮喪了好一段日子，方才明白到生命的改變是無法逆轉的人生際遇，惟有放下心頭桎梏，認受命運安排，重新投入新生活，拾回生活樂趣。

二

　　腳下是踏踏實實的陸地，脫離水世界依然在世卻活活受罪。皮膚乾癟、部分更龜裂，長滿熱痱和紅疹。嚴重濕疹令我痕癢得要命，連一刻鐘不搔癢也不成，越癢就越搔抓，弄得全身體無完膚。我不戀慕水嫩若凝脂的嬌膚，卻對粗糙如麻的皮膚生厭，我寧可還原為魚兒。

　　既然天命不可違，只得勤加沐浴，畢竟我是一尾魚。我鍾愛游泳，也渴求雨露，天氣越潮濕越好。縱然渾身洗擦潔淨，老是沖不掉身上的腥氣，混和着濕濕鹹鹹的海水味，自覺清新自然，令我精神爽朗，回味前半生優哉悠哉的歲月。現今生活充斥歧視，從身邊擦身而過的路人往往退避三舍、故作掩鼻狀，又或刻意高調與身邊人耳語，向我指指點點，一齊用極不友善的目光來評頭品足，教余十分難堪！

三

「子非魚，安知魚之樂？」

　　余本來是魚，自然知道魚之樂，在湖泊中舒暢游走、載浮載沉，可以樂而忘憂。在水世界，毋須交通規劃也沒有擠塞。在水世界，可以聯群結隊闖蕩、肆意縱橫馳騁；又可無拘無束地獨來獨往，悠然在珊瑚一隅棲息。臨近水面，光明溫暖；鑽進水底，晦暗清涼，浮浮沉沉升升降降，真的樂此不疲。在水世界，神秘奇幻叵測，可以遇見七彩艷麗的珊瑚礁、撞上活潑跳脫的水母，又或與聰明躍動的海豚並肩穿梭，實在快活極了。余相信，余婀娜多姿的媚態亦足以令海洋朋友賞心悅目。

　　余原本無憂無慮、自由自在竟然化身為人，失去應有的「魚」樂。人世間的娛樂算甚麼？逛街、吃飯、看電影？逍遙嗎？寫意嗎？稱心嗎？魚可以到處游、鳥可以通處飛，人固然可以周遊列國。雖然不少人可以穿州過省、上山下海，享受海、陸、空的遊歷，但不一定人人享有自由，也不一定人人平等。受制於國家規限，不一定人人享有平等的出入境自由；窮國子民也沒有財力外遊；留在國內也不保證有人權和自由，特別是鐵幕國家和個別閉關自守的國度。

　　城市人植根於三合土森林，日常作息不外棲身居所、辦公地方或校園，不及游魚和飛鳥般自由舒泰，難怪古人臨淵羨魚。現今城市人未必會羨慕魚兒，精神上也許會嚮往鄉間的靜謐自在，以及清新空氣，思想上和現實中卻擺脫不了城市的起居模式，也融入不了田園生活，再不能反樸歸真，復歸自然。在紛亂混濁的世道中渾噩一生，不單止心肝脾肺腎，就連腦袋都被

嚴重污染。

　　有人辭官歸故里，有人漏夜趕科場。在另一邊廂，部分鄉下人覬覦城市人的繁華生活，不惜離鄉別井，甚至遺下老嫩留守家門，去到城鎮以至海外幹活，編織一個又一個異鄉夢寐，以及眾多留守兒童的淒楚故事。

　　儘管魚兒一絲不掛，身上沒有帶備行裝及家財上路卻不愁生計。在水世界，衣、食、住、行都不成問題，又或根本不是問題。魚類從來毋須倚賴人類養活，自食其力足以存活。相反，漁夫、魚販、運魚工人和海鮮食肆老闆、廚師、伙計及其家人等都要靠魚兒營生。相比之下，人有甚麼了不起？

四

　　余似乎沒有思想，或者從思想中忘掉了自己。魚腦畢竟比人腦遜色，在水世界，簡單的腦袋已經足以掌管自身。水世界也有爭競，然而生存倚仗的不僅是腦袋，要活用的反而是保護色、體型、利齒、尖鰭、粗壯尾巴以至釋放毒液。在水世界，沒有僱傭、科層和從屬關係，食物就在四周，覓食總比人間輕易，自力更生的話，何愁生計？活在弱肉強食的境界中，隨時會被吞沒吃掉，人世間何嘗不是如此！

　　看到漁翁垂釣，魚鈎戮破同胞的上顎，令余感同身受以致叫苦連天，兇殘的場面實在慘不忍睹。雖說大魚吃小魚，但余

戒吃魚，討厭自相殘殺而從不進食刺身和各式烹魚，以及一切用魚肉製成的食品。當看到同類被蒸、煎、炆、燉、炸，余不期然毛髮直豎、冒冷汗及納悶暈眩，有一回親眼目睹鰻魚被活生生剝皮，然後放上鐵板上燒至扭來扭去、不斷抽搐掙扎，余彷彿聽到牠在痛苦呻吟，不禁嘔吐大作甚至瘋癲。即使大白鯊和食人鯧等都有凶殘傷人及吃人的前科，然而牠們並沒有行使人類卑劣虐待的花招。

五

余習慣沉默，嘴巴通常只用來進食；余習慣鼓起兩腮，令別人誤以為悶悶不樂，因為他們不了解余的習性；余的嘴巴習慣時開時合，始終無法合攏。起初，他人猜測余精神不足才不停打呵欠，後來他們估算余的面部肌腱發炎，以致臉皮失控，甚至懷疑余思覺失調，每每自言自語。余反而覺得他們妄自臆測、胡思亂想，簡直一派胡言。

再者，余習慣不停晃動身體以保持平衡，因而又被人誤會患上過度活躍症併發強迫症。事實上，人同魚一樣有硬骨和軟骨之分，前者天性倔強硬朗，後者依賴攀附。余天生軟骨，體態輕柔而矯健，既是運動健將，更是水中游龍，肯定勝人一籌。

縱使魚兒天生視力強差人意，老是看不清遠方，卻不需要架上眼鏡；欠缺眼簾也用不着潛水鏡，所以由先祖開始無用的

鼻樑骨和耳窩早已退化剩盡。余雙眼本來廣角、視野遼闊，可惜嵌在人的頭顱內，視野變得狹窄、目光變得短淺，而且有不少盲點，還增添了淚腺，為傷悲留下印證。魚平生不用照鏡，一輩子都不知自己的容貌美醜，免卻愁煩和妒忌。魚兒也不需要耳窩收集聲音，只管在水中享受寧靜，沒有語言的溝通講求心靈誠實互通。魚何曾吵架？人就不一樣，天天在吵鬧、辱罵以至誹謗。

六

魚兒從來沒求診、有病也不會去看醫生，不曾吃藥；即使受傷，也不曾消毒傷口，仍舊浸在含菌的水裏；至於做手術、放射治療、化療和物理治療，都是天方夜談。自古以來，魚兒自生自滅，水世界不單止沒有醫療設施，亦沒有法律、政制、會計和工程等等專業，連福利制度和社會保障的「安全網」都闕如。在無政府管治的狀態之下，沒有特區首長、沒有官僚架構、沒有議會制度，「魚民」的生活保持安穩。雖然沒有民主，但也沒有專政獨裁，在一個立法、司法、執法、治安、退休保障和養老計劃都欠奉的水域裏，未試過天下大亂、魚不聊生，依然維持和諧的生態環境。正因為沒有政府，魚兒沒必要聚眾請願、遊行、示威，反正天下本無事，庸人自擾之。

余十分同情魚缸中的朋輩，亦為海洋公園水族館的同胞哀

慟，牠們如同籠中鳥、獄中囚徒，喪失了應有的自由。究竟牠們犯了甚麼彌天大罪以致身陷囹圄、囚困終生？余擔心牠們遲早患上抑鬱症，最終失救反肚葬沒。

古往今來有幾許英雄豪傑、騷人墨客及蒼生葬身在海洋湖泊江河中，也許偶有疑似水怪出沒，卻未聞過鬧鬼。即使有鬧過水鬼抓腳之謠言，亦只存留於人世間；魚兒向來不迷信，從不求神問卜，欣然面對前路。除了三文魚之類喜愛舉家移民之外，其他皆安身立命。魚類一生沒有接受教育，一律是文盲，牠們不懂甚麼德智體群美善、甚麼仁義禮智信，但水世界秩序井然。體、群方面特別超卓，既有群體精神，而且體育優越，盡皆游泳精英，無人能及。

人類吊詭的是，無時無刻講求人權，偏偏爭取不到人權。余當然知道，無人權才去爭取的本義，然而自古以來爭取過後沒有得着。相反，魚類從未爭取魚權，倒沒有喪失過魚權。

正如聖經所言：「因為多有智慧，就多有愁煩；加增知識的，就加增憂愁。」人類擁有智慧和學識，同時帶來憂慮愁煩。看看智障和失智症人士，生活無憂無慮、與人無仇無怨，不用去爭取甚麼人權反而活得輕鬆自在。同樣地，魚兒不栽種、不收割、不積聚糧食，也不擔心溫飽，還能悠然自得度過每一天，從不為明天憂慮。故此，余不時緬懷過去，為失卻無窮魚樂而耿耿於懷。

七

文明社會毫不文明，人性本身充斥着性和暴力。無論社會如何演變，由原始族群發展成為文明古國以至現今的文明都會，人性仍舊是被性和暴力本能所駕馭。普及教育並不注重德育，而德育也規範不到人類的劣根性；至於法制，始終打壓不到性和暴力的罪行，在文明社會中暴行無日無之，就以電視劇集及電影為例，毋須精心部署情節發展，單憑連串性和暴力的畫面足以震撼心靈，座無虛席。

魚兒繁衍憑藉體外受精，因而魚類之間強姦、非禮、偷窺、色誘、亂倫等性暴力惡行都蕩然無存，相比人類社會文明得多。

物競天擇，適者生存。水世界的食物鏈、食物網中自然免不了弱肉強食，大魚吃小魚是天然定律。在殘酷現實中展開角力，牠們習慣鯨吞獵物，鮮會血腥肉搏和肆虐，相比人類的粗暴行為、奸狡陰險和荼毒生靈的社會氛圍，魚類實在文明得多。

八

人世間太多紛擾糾葛，從未享受過一個無夢的夜晚。夢中我的肩胛骨起了遽變，左右兩塊骨頭隆了起來，而且越益擴張延展，背後立時多了一雙翅膀。在燦爛的陽光下，我揚起閃耀的翅翼，藉以向眾生炫耀異能。我振翅高飛，越過萬丈高樓，

俯視觀賞維多利亞港兩岸景致。當我在鑲嵌着玻璃幕牆的商廈之間穿梭，目睹自己的身影時不禁吃了一驚，我所引以為傲的翅膀沒有為自身帶來天使一樣的嬌姿，而是夢魘一般的醜態。我覺得自己變為兩不像的異類，非人非鳥的怪物；無論在人在鳥面前都會自慚形穢，無法自恃。我瞬間衝上雲霄、沒入雲端，試圖迴避世俗的眼光。思前想後，我逕自疾飛直插沒入汪洋，回歸水世界，還原為一尾魚。

　　湖泊江河才是余真正的安樂窩，連心靈都可以徹底洗滌潔淨。做魚最好，做鳥也不錯，總勝過做人——營營役役勞碌一生，到頭來要下一代承接勞苦重擔。魚不一樣，超然物外，從沒把愁煩苦惱傳給下一代。來不及欣慰，慘被晨間的喧鬧聲搗破夢縈，好不情願地折返人間，真的插翼也難飛！

九

　　大部分中國人在兩岸三地生活，而我習慣在水中和陸上作息，我妄想久而久之可以變種。反正人不似人、魚不像魚，倒不如蛻變成水陸兩棲動物，來得堂堂正正。做青蛙也好，入水能游、出水能跳，皮膚又滑溜，保濕得宜，不再飽受皮膚病折騰之苦。格林兄弟曾經帶給想做青蛙的我一個純真而浪漫溫馨的童話，夢想有朝一日娶得顛倒眾生的公主。可惜的是，青蛙王子原來是一個遙不可及的幻象，充其量我只是一隻蛤蟆，皮

膚長滿疙瘩又散發惡臭，連仁慈憐憫的公主都對我敬而遠之，僅留下一大甕皮膚藥便捨我而去。

公主始終非我族類，又出身自皇室貴族，當下社會破殘守缺，破除了所謂封建思想，卻仍舊持守着強烈的階級觀念。既然是門不當、戶不對，還勉強結合的話，最終只會落得《羅密歐與茱麗葉》的悲劇收場。

在人來人往的街道上，總會有人擦身而過，儘管互不相干，卻遺留一絲絲生命氣息在彼此身上。嗅覺靈敏的狗兒固然嗅到，而我在陸上生活久了，嗅覺也機靈起來，開始嗅到臭男人的汗臭，也聞到馨香女士的芬芳。有一會，我發覺到一位帶有海水般鹹味的少女經過，她伴隨着一條搖曳生姿的尾巴，姿態婀娜動人。與她邂逅，不期然有結婚和約會的衝動；不！先約會後結婚。由此可見，我真的心如鹿撞，有點神不守舍。

她是美人魚而我只是凡人，未免有點滑稽；倒過來，她是美人而余是一尾魚，又未免荒唐。人魚結合確實乖謬絕倫，偏偏眼前以至腦海中不停浮現如此這般的錯配情景。試想像，一個體外射精而另一個要體內受精，怎樣才可繁衍後代？

十一

古語有云：「水至清則無魚，人至察則無徒。」既然清水養不了大魚，魚就不能奢望沐浴於俗世清流中可養活得到。同樣，人太過講求完美又不肯吃虧，終會因欠缺寬容而令夥伴朋友疏離。換言之，魚和人都迫不得已要某程度上同流合污。在鄉間溪澗河流以至著名的印度恆河，不但用來洗澡、洗衣服、洗菜，還用作火葬場所，骨灰散落水中，等同海葬。此外，林立的工廠肆意排污，令到處水質都被嚴重污染，魚兒長年累月在濁水中成長，豐腴之餘，不生癌才怪。

魚兒上不了岸又登不了天，惟有活受罪。人呢？吃下患癌的病魚，健康自然好不了多少。生態環境中蘊含因果報應、天理循環的奧妙，人類所作的孽不但禍及自己，也留給子孫後人承受。

地球以外還有合乎居住的星體尚可考慮移民，不過劣根的人性還是會在另一顆星宿延續。作為人，無可奈何！作為魚，簡單得多，不必為明天憂慮，自生自滅；同人一樣，歸於塵土、歸於無有。

十二

　　轉念間，媽媽在旁催促：「快起床，吃完魚粥後到皮膚科覆診，以及精神科求診。」一嗅到魚味，余心悸得厲害、全身軟弱乏力。畢竟余是一尾魚。

琉璃

一

　　經過一片歐陸式園林，掠過玻璃樹，穿越玻璃雅致的池中小橋，進入玻璃世界。美術館內七彩晶瑩的玻璃製品琳瑯滿目，美不勝收。場館中央圓拱型樓頂下正舉行一場小提琴演奏，西洋琴師揮灑地奏着樂曲。悅耳動聽的琴聲在小型演奏廳迴旋激盪，浪漫醉人。我不期然邁向琴師前面的座位，享受片刻悠揚樂韻。

　　陶醉之際，察覺到對面首排座位中一名穿著碎花長裙的少女並非注目於琴師的精湛演出，而是不停張望過來，將視線長時間投放在我身上，令我腼覥不安。我倆素未謀面，她卻含情脈脈凝望，讓我重拾年少滋味，心神迷惑得蠢蠢欲動。演奏完畢，我不敢朝向她，拍掌後若無其事離去。心想她還在看着我的背影，一把年紀尚自作多情，投入一段忘年戀的思慕之中，貽笑！

　　在展館、銷售攤檔和園區都不時看到她裊娜娉婷的蹤影，眼神仍舊情意綿綿，我慌張失措下竄進餐廳迴避。萬料不到她也來光顧，坐在毗鄰座位，餐廳歌手在演唱，我故作鎮定欣賞歌曲。悄悄從眼鏡框邊偷看，她正凝望着我。我不敢跟她搭訕，連點頭也不敢，以免正中下懷，猜她也不敢莽撞。可是她為何點選的下午茶款式跟我一模一樣，她到底想對我怎樣？

　　為免胡思亂想，聽完歌、喝完咖啡，匆匆結賬離開日本箱

根玻璃之森美術館，趕上穿梭巴士返回下榻酒店。在房間歇息一會，然後去日式餐廳晚膳，途中我發現一隻鞋子遺留在大堂地上。奇怪的是它不屬於孩童，而是成年女裝鞋，成年人走路丟下一隻鞋子，好像有點匪夷所思；更奇怪的是鞋款和顏色都很熟識。想起剛才在演奏廳少女踮起腳、掛在腳尖的鞋子不就是這樣，她到底想對我怎樣？

她居然跟蹤我到酒店，還刻意遺下鞋子來引我注目，未免太張狂，為何不直接趨前搭訕而要故弄玄虛？一方面，我怪責她不識時務；另一方面，我心暗喜，人到中年還能令少女傾慕，不禁佩服自己魅力非凡。驚喜之餘，我撿起鞋子等待她出現領取，然而佇候了十五分鐘也未見其踪影。我不捨得向禮賓部交出失物，怕錯失異地情緣，後來不得已到前台放下鞋子，順道打聽一下事前少女可曾報失。無論在大堂、餐廳、內園，我鍥而不捨尋覓她的芳蹤，只可惜緣慳一面。

二

翌日繼續郊遊，我打算先乘巴士。滂沱大雨驟然落下，巴士站並沒有設置上蓋，以致衣衫盡濕，惟有衝入附近的便利店避雨。正在找手帕抹掉雨水，忽然身旁有人遞上紙巾，而白皙玉手的主人正正是她。我有點失魂落魄，怕被她洞悉我的心思意念，我強笑、點頭、慌忙接過紙巾，連聲道謝，她竟然拿起

紙巾替我拭抹。畢竟我倆萍水相逢，心亂暗忖，她到底想對我怎樣？我有點膽怯卻又十分享受莫名的溫柔厚待。便利店內散發着芳香濃郁的咖啡氣味，而少女的情意好像比咖啡更濃烈，我聞得到卻猜不透。

「謝謝，謝謝！讓我自己抹吧。」

「不要緊，讓我幫您，夏 sir ！」少女輕柔地用紙巾拭抹我外套上的雨點。

「噢！妳認識我，妳是——妳是？」

「劉莉。唸小學六年級時，您是我的班主任。」

「喔！説起來開始有點印象——妳暱稱：琉璃？」

「對！真開心，老師還記得我。」

「教書數十年，學生眾多，老師一時認不出妳來，抱歉啊！」

「當然明白，何況我不出眾。」

「不，只怪老師老人癡呆。」

「老師面容沒多大改變，仍舊帥氣！只不過多了十根八根白頭髮而已。」

「妳真的會説笑！幸而身邊都是日本人，聽不懂。」

莉隨即蹦蹦跳跳到櫃面問店員：「他很帥？」她指向我。

店員望過來對着我，「他很帥！」

忽然聽到連串笑聲，原來身後有兩個女孩子，雖然雙眼都是單眼簾，但看來不是日本人！她們只管嗤笑，而我平生最怕

被當眾譏笑，尷尬得無地自容，難道要跟前香港廣播處長一樣，因桃色緣故而狼狽瑟縮在緋聞女子身後？莉連拖帶拉把我扯走，算是脫身，也是遺憾！旁人看到她牽着我的手，會如何猜想？肯定誤會，以為我倆忘年戀，我尚未當眾澄清。

急於撤離，外面仍在下雨，然而雨勢減弱，我們折返酒店咖啡室。

我喜歡特濃咖啡，莉點選又跟我一樣。

「莉，昨晚我在那兒拾獲一隻女裝鞋，是妳丟失？」我把視線落在地上不遠處。

「是這隻鞋子嗎？」她向我抬起左腳，還故意越抬越高。

「不，是右邊鞋子；不是運動鞋，是涼鞋。」

「怎麼會有成年人丟了鞋子還懵然不知？」莉轉而抬起右腳，索性雙腳一併向我一伸，嚇得我目瞪口呆。

「夏 sir，夏 sir！您沒事吧？」

我木訥，來不及應對，作勢拿起咖啡杯，施施然回答：「雨停了，我們到內園逛逛？」

「好！」

三

一到內園，莉忽然雀躍起來，不管滿地泥濘，獨個兒加快腳步奔往櫻花樹叢。園中有小橋流水、亭台，以及一系列用石

頭和木塊製成的日式園景，四周還有盛放的櫻花。我不知浪漫為何物，但在櫻花樹下、少女當前，我感受到浪漫的氣息。莉興奮地欣賞迷人的櫻花，無論是粉紅色抑或白色，一樣引人注目；我也在旁觀賞，焦點並不是放在令人心馳神往、慕名來一睹的櫻花，而落在莉身上。她從不同位置和角度去認識和了解櫻花；我何嘗不是一樣，從不同位置和角度去認識和了解她。莉全情投入，而我亦然。

莉輪廓分明，水汪汪大眼睛、纖巧的下巴、小嘴，連鼻孔也特別纖細，呼吸到空氣嗎？我倒看得有點窒息！她突然跑過來投入我懷內，我情不自禁摟着她，盡情感受她的體溫；我輕撫她的秀髮，彷彿嗅到櫻花的芬芳；我患得患失地湊近她的耳窩，試圖尋找芳香的源頭，她並沒有抗拒，把臉龐迎上前來，用嬌媚的眼目深深地吸啜住我，又用修長的髮絲纏繞着我的頸項……冷不及防！莉狠狠地拍打我雙肩，驚嚇得跳了起來。回頭一看，她竟然站在身後。

「夏 sir，您沒事吧？」懷中的小莉怎麼會竄到後面？還在回味，未及應對。

「夏 sir，您呆想甚麼？那邊櫻花份外艷麗，快陪我拍照。」

我傻傻戇戇跟她過去，她乘機把持着我的臂彎，令我思緒紛亂、意亂情迷，因而找不出真相。迷惑之中驀然覺悟：「夏」sir 和「劉」同學糾結一起，陷入「下流」的網羅，枉我為人師表！

四

靈機一觸，應該讓 lady first，我倆是「劉夏」組合，天意叫我們「留下」，又怎會「下流」呢？也就放心跟莉在園林內漫遊，幫她拍下不少照片，還自拍合照。過程中我刻意保持距離，畢竟我們是師生關係，真的要檢點一下，無奈她太熱情！

莉引領我到小橋旁石櫈歇息，她呷了一口番茄汁，把飲料遞給我，「很美味，您也來品嚐。」

「我不渴，妳喝吧。」我避忌。

「不渴也要喝一口，陪我喝啊！」她太糾纏。

我決意推辭，「不太好吧？」

「怕我生病？」

「不！我是妳的老師。」

「不錯，不過是十年前。」

「一日為師，一世為師。」

莉禁不住笑起來，「那麼一日為妻，我就要一輩子做您的妻子？」

「妳胡説甚麼？」

「還不及老師一派胡言，我才不要做您一世的學生。」

「好了，好了。老師請妳吃午餐。」

「您再左一聲右一聲：老師，我就不去了。」

「那怎麼叫？」

「就叫大叔，不！叫 Summer 好。」

「隨妳喜歡。」

五

　　我們乘搭海盜船到元箱根港一家食肆，享受一頓饒富風味的和式美食。

　　「妳畢業後，大家從未相遇過，昨午到玻璃之森美術館反而可以邂逅，真巧！」

　　「Dear Summer，您忘記我叫琉璃？我自少愛好及收藏玻璃製品，在玻璃美術館出現一點也不稀奇。」

　　「昨天重逢，妳為何不上前跟我打招呼？」

　　「跟您相認這麼老套，我才不幹。」

　　「那麼妳之後又──」

　　「Summer，您長篇大論，真後悔和您相認！」莉拉長了嘴角，眼睛向上翻。

　　我還有連串問題尚未開口，被她一語堵塞，一時語結說不出話來。

　　「喲，很鮮味，」莉夾起一件海膽壽司，「Summer，您也嚐嚐。」

　　來不及婉拒，壽司已送到嘴邊，勉強領受。

　　「對，鮮甜味美。」

「再來一塊和牛。」

「不必客氣,自便吧。」

「怕甚麼?Summer,我來餵您。」

再度失守,又被餵食殘廢餐,有違師徒之間的社會規範,超越了長幼之間的情感界線,道德觀念即時淪陷、瓦解。

我彷彿聽到萬世師表暗中召喚,叮囑我好自為之,令我吞不下咽。

「吃完之後我們去桃源台,乘坐吊車到大涌谷,沿途觀賞聞名不如見面的富士山?」

「富士山不會跑掉的,吃飽才起行。Come on,bady Summer!」

富士山就在箱根附近,在晴朗天空下,想必盡入眼簾。

「妳説富士山不會跑掉,它偏要失蹤。」

「您責怪我?」莉假裝嚎啕。

「當然!」

莉破涕為笑,「Summer 也懂得開玩笑!」她落力鼓掌。

能夠得到少女青睞,我沾沾自喜,「要怪足妳一世!」莉扮嗚咽。

雲層太低太厚,連富士山的輪廓都找不到。

「明天會更好,明天再來看吧。」我倆都失望而回。晚上才返抵酒店,各自去浸溫泉,享受箇中的寧靜舒泰。舉頭賞夜空,星光寥落;莉在另一邊露天風呂看到天上星星,可會想起

我？懷念我在她心中照耀過。

六

　　翌日，我們打算在退房後、離開箱根之前把握最後機會一睹富士山風貌。起床後我率先張望窗外，天清氣朗，相信可如願以償。在酒店與莉共晉早餐時望到風雲色變，瞬間烏雲已經湧到酒店上空，未用完膳便下起大雨來。雨勢仍未消減，也要按時退房，辦妥手續後卻剛好停雨。由於箱根被濃霧圍困，始終無法觀看得到富士山的真面目，我倆心有不甘，悶悶不樂地乘搭小田急線列車前往新宿。

　　在浪漫特快列車車廂，莉擺出如同在玻璃之森美術館一樣的坐姿，她輕輕交疊着大腿，蹺起右腳，用腳尖吊着淡黃色涼鞋。款式太熟悉了，正正就是早前檢獲的鞋子，因為該鞋頭的內側表面有一道約一厘米長的刮花痕迹。

　　我好詫異，「妳上次不是説過成年人怎麼會丟失鞋子而不自知嗎？」

　　「我可不像您，還年輕啊！」

　　我無言以對，感覺到彼此年齡上的大鴻溝。

　　「在池袋新買的涼鞋刮傷腳跟，臨時換回運動鞋，因急忙返回房間，鞋子丟了出來。幸而有人路不拾遺交給禮賓部。」

　　「妳明知我幫妳拾回，連一聲道謝也沒有！」

「您想我怎樣？感恩圖報，以身相許？」

「太胡鬧！我沒提出過。」

「可是您有這個念頭，對嗎？」

「沒有，真的沒有！」

「去想而不敢承認，懦夫所為！那麼您發誓。」

「不可隨便起誓。」

「狡辯！」

「好，我就立誓——」

「我才不要自斷後路。」莉悄悄地自言自語。

「妳說甚麼？」

「您年紀大，快去找耳鼻喉專科醫生好好檢查耳朵。趁您尚餘一點聽力，陪我聽歌。」莉把她其中一邊耳塞投放在我的耳窩，又把頭靠近我的肩膀，一起聆聽歌曲。手機正在播放熟悉的歌聲：「誰為我今天流離所愛，愛願放置於心內……誰都不可以再分開，不想擔心這是否錯愛……若算相識無緣相愛，愛是永遠的無奈……緣份諷刺著悲哀……」

她點選「流離所愛」，劉莉所愛的莫非就是——她肯定憑歌寄意，我也擔心這是否錯愛？歌詞刻骨銘心，字字感人肺腑。我側眼看到她眼泛淚光，膽敢伸手把她拉近，讓出肩膊給她倚傍。

七

到達新宿，我陪莉到伊勢丹百貨公司品嚐美味甜品，看到她怡然自得地享用糕點中的極品，我覺得開心原來好簡單，三兩件美食便可以博取少女的芳心。在莉心目中，我可能也是男人中的極品？

經過歌舞伎町，莉著我保持前行，同時留意身旁的玻璃外牆。左右左右，大家的步伐完全一致。我建議停步一會再邁進，然後大家隨意起步，右左右左，同樣不謀而合。彼此之間存在着難以名狀的默契，不禁笑起來，有趣的是好像連笑聲都一致。

離開歌舞伎町，莉想去銀座逛名店，而我想到秋葉原瀏覽電子產品，發現我倆並不是想像中投緣。互不遷就也好，免得大家浪費時間和精力，各自保留一點私人空間。我在秋葉原消磨一個黃昏，購買了心儀的時尚產品。途經理髮店，我忽然想去挽回逝去的青春。

晚上返回新宿與莉會合。

「Summer，只不過分開一會兒，竟然反『老』還童，」她好奇地望着我的頭蓋，「嗯，您有『染』！」

提到「老」字，真的令人難堪、落寞、沮喪！我裝作若無其事，冷淡回應：「我跟誰有染？」

「您不是為我染髮吧？」

「怎麼可能？我貪便宜罷了。」

「喲，您騙人！在日本染髮會廉宜嗎？擺明為我而染髮，您敢做而不敢認，正懦夫！」

「我只不過──只不過──」

「莫說只不過了，快去吃飯吧，Summer──懦夫。」

我們找到一家比較清靜的拉麵店。

「明天我要回香港，妳呢？」

「我不想回去。世風日下，香港混沌不堪，失卻昔日的溫情和諧。民間怨聲載道，中港矛盾日益加深，衝突連綿，絕非一個安居之所。不值得我留戀，只想四處闖蕩。」

「誠如妳的名字『流離』──失所？」

「不錯！劉莉失所，惟有顛沛流離。」莉哽咽，「您願意為我留下來嗎？」

「縱使我願意也不成，復活節假期即將結束，我要重返校園。」

「沒辦法，始終要分手！」

「讓我暑假再陪妳遊玩？」

「多等三個月，我怕變了一尊望夫石。」

莉口不擇言，有時加上一些挑逗妄語，令人想入非非。只怪她當年的中文科老師教導無方，原來我也有責任。

八

大家預訂了不同酒店，晚膳後我送莉返回下榻的地方，她邀請我到其房間。新宿的酒店房間一般都很淺窄，惟有與她一起並肩坐在床邊。

莉欲言又止，好像有連綿情話說不出口，她的眼神恰如初見一樣對我含情脈脈。當四目交投時，我真的有觸電的感覺。我立時閉起雙目，意識到她在迫近；我嗅到一絲氣息，猜想她的秀髮上散發着松木之類的芳香；我感覺到臉頰上清清涼涼，也許她抵受不住空調以致體溫過低。空虛的心靈被觸動，我著實按捺不住。

「Summer，為何您突然滿臉通紅？」

我張開眼睛，莉手執木盒。

「喔，竟然是木盒！」

「您以為是甚麼？」

「我還以為是——是——妳為甚麼拿着木盒？」

莉遞上一個箱根傳統「寄木細工」木製工藝品，我接過來細看，手工十分精美。

「Dear Summer，送給您！」

「謝謝！」

「我送給您的禮物放在裏面，您自己設法拿取。」

我手持木製機關盒，摸來摸去也找不到盒蓋。

「莉，如此『天衣無縫』，教我怎麼開啟？」

「我才不教您！開不到的話，我們也就緣盡。」

「怎可能讓一個盒子來決定我倆的緣份？我知妳口硬心軟，快教我。」

「我可用心良苦！藉此考驗一下您的誠意。」

「甚麼禮物？」

「禮物就是禮物，您真沒情趣！」

「情書還是信物？」

「您打開自然知道。」

「那我一直開不到呢？」

「我不理會結果，向來只重視過程，對愛情亦一樣。」

「跟妳不同，我看重結果。」

「嗯，我要重新檢視彼此的關係，認真思考這一段感情。」莉給我一個擁抱，「其實結果很簡單，明天我倆便要分離。」

「我真不捨得走！」

「留下來陪我？」莉的眼神充滿期盼。

「可是我不能曠課，學生需要我。」

「我更需要您！」

「我也需要妳！可是——」

「好了，我明白。」莉起身開門，「您走吧，反正早晚要走，要留也留不住。」

「我不想離去，讓我今晚留下來陪妳。」

　　莉拉我起身、推我出門，我一再按下門鐘，「讓我留下？」希望她回心轉意。

　　莉開始飲泣，催促我即刻離開。

　　我無奈退去，木盒仍然握在手裏。佇立在走廊，我聽到莉在門後哭泣，以及抽搐的呼吸聲。我打算叩門安慰，可惜我不想令她再受刺激，惟有背靠房門，隔着木門去感受她的傷痛。站了半晚、蹲了一夜，我遺下一張便條在門底，上面寫着：「I'll be back asap！」

　　翌日清早便要啟程回港，我在成田機場依依守候多時，等候她送行，但看不到她出現。未有結果的感情段落，隨着旅程暫且告終。我帶着木盒登機，期望早日拆解玄機，拿取到莉給我的禮物。我相信我倆很快就會在地球某角落再度邂逅，姑勿論過程如何、結果怎樣？

流離

一

　　我把弄着手裏頭的木製機關盒，從上而下、由左至右仔細檢視木盒的表面及每個角落，然而沒有任何發現。之後翻來覆去，又由下而上、從右至左地察看盒子的微細地方，但始終找不到機關。網上搜尋只是徒然，機靈的朋友們也幫不了忙。為了拆解木盒的玄機，我連月來廢寢忘餐，定睛注視和考量盒子，仍舊未能參透箇中奧秘。面對天衣無縫的木盒，猶如金庸小說中的倚天劍、屠龍刀，教人著迷而又百思不得其解。

　　我一直思索：莉會置放甚麼東西在裏面？輕敲木盒，聽到「咚咚」聲，裏面似乎是空心；搖動亦感受不到物件晃動，也聽不到聲響，我實在猜不透。真想拿盒子去給 X 光穿透一下，縱使花費得起，卻怕技師猜疑我的智商又或誤會我的企圖，因自己都覺得屬於無聊所為而不敢嘗試。

　　「你做甚麼？」太太老是問同一條問題。當她發現我沉迷小玩意，起初不以為意，繼而狐疑，及後愛理不理，最終慣性問問而已，也懶理我的慣性回應：「沒甚麼。」

　　為了破解機關，我鍥而不捨。我不惜荒廢正務，沒有為教學好好備課，也沒有認真批閱考試卷，以致錯漏百出，被校長狠狠教訓了一頓，所以我不想糾纏下去，以免妨礙到工作及正常的生活。我把心一橫，索性用最原始的方法，就是砸爛木盒，情願犧牲莉唯一送給我而且十分精緻的禮物盒，也要揭開謎團。

我從不同角度拍下完整的機關盒，以資紀念和慰藉。我木訥好一會，還是呆望着端好的盒子，拿起鎚子和木鑿的雙手變得軟弱無力。實在不忍下手，但為了解構箇中秘密，終於狠心地鎚下去鑿開了木盒。我屏氣凝神，心則砰然暴跳，視線觸及盒子的內部，不禁鴉然。我目瞪口呆，萬料不到甚麼東西也沒有！莉幹甚麼？竟然連一張紙條也沒置放，真的枉費心機。料想不到出人意表的局面，難免頹喪失落，被莉的詭計降服，無可奈何收拾窗前的殘破木盒。一束夕陽斜照入來，正好投射在爛木盒上，才發現盒子內壁輕巧地刻着一行纖幼文字。由於老眼昏花，要不是在光線照耀下顯露出來，依稀可辨的刻字的確不易察覺。

二

若莉知道我開啟了禮物盒，肯定會開心不已，我猜想。自從箱根一別，我返港繼續下學期的教學工作，而她則浪跡天涯。

收藏在機關盒內的所謂禮物只是莉電子郵箱的刻寫。莉勸不到我留下陪伴她，分手前連任何聯絡方法都沒有給我。得悉她的電郵令我喜出望外，如尋獲至寶，以為透過電郵就可知道她的去向，可以再度會面。喜孜孜發送電郵，希望盡快打聽到她的下落。

莉長吁一口悶氣，欣然仰望着天際高呼：笨 Summer 終於

找到了！她仍舊故作神秘，並沒有向我透露所在，但她每天都會發放數幀當天拍攝的照片，讓我去猜測其芳蹤。莉重施故技，但我完全沒有生氣。

三

當年我滿懷豪情壯志投身教育界，試圖發揮一己之力去參與春風化雨、有教無類的壯舉，自問作育過不少英才。為了理想，情願放棄著名小學的教席，甘心樂意到屋邨小學任教。相比富家子弟，草根階層的孩子們一般更珍惜上學的機會，盡心盡力學習，作為老師也感欣慰。

時移世易，香港教育已經大大變質。家長為了子女贏在起跑線，學習並不着重追求學問，只為求取分數；另一邊廂，部分學生也不珍惜賦予的免費教育機會，荒廢了學業。在這氛圍之下，老師得不到應有的尊重，個別同業固然也看不起不懂自愛的學生。當了數十年教師，我開始厭倦、嫌棄自己的職業，甚至視教學為煎熬；加上校長對老師嚴格而過分的苛求，我感受到不能承受的壓力，早就想引退。今次決意要假借追逐一段不可多得的忘年戀情而趁機提前退休。

「為何突然告退不幹？」

「每天受校長氣、還要受學生氣，甚至家長氣，教師飯一口也不易吃！」

「教學半生，到了這個年紀竟然説出如斯晦氣話。」

「我不是一時意氣，早就萌生提早退休的念頭。」

「那麼退休之後怎樣度日？」

「先去旅遊增廣見聞。」

「去哪兒？」

「暫時未定。」

四

　　不管我接連電郵追問，莉依然故我，提供追蹤的線索只得照片。從照片中看到宏偉的廣場、古老的建築遺址、林立而破舊的寺廟、精美的陶藝雕塑、熙來攘往的市集和購物街，再從店舖及攤檔所售賣的土產和特色商品，我初步估計她去了印度。

　　照片之外還有短片，瀏覽到印度教寺廟中有猴羣出沒，猜那兒是著名的猴廟。我改觀，再仔細看照片，廣場有男士穿上民族服裝，其寬鬆的襯衫下擺長及膝蓋，頭戴着前後些微翹起的素色小帽，明顯就是尼泊爾的獨特款式。此外，市集中有女士穿着裸露肚臍的短袖緊身衣服，有的則穿著兩襟交叉的長袖上衣，上身披着沙龍，同樣是尼泊爾的傳統服飾。

　　經過一輪網上搜尋，確定照片的拍攝地點是尼泊爾的猴廟、加德滿都杜巴廣場和泰美爾等著名景點。我急忙電郵給莉，她稱讚我猜對，表示過幾天便離開尼泊爾去西藏。

五

聽到西藏，我不期然聯想到一個神秘的國度，幻想着與莉聯袂同遊，腦海中浮現出一連串寫意暢快的溫馨景象。我業已向校方提出請辭並獲接納，暑假一開始正是我的工作終結時候，急不及待訂機票趕赴西藏，儘管莉未置可否。我提出要中途加入，莉沒有異議，也沒有提供行程資料；換言之，我到達偌大的西藏不一定可以邂逅到莉。我去意已決，反正未曾踏足過西藏，就匆匆上路去一趟。

每天上課面對學生、下課面對同事和家長，以及自己的親戚朋友，我都以一把銀白頭髮示人，因為我自有一番偉論。我認為大多數人都喜歡雪山，由於頂峯雪白皎潔，勝過茂密的山丘，更遠勝光禿的山頭。同一道理，白髮總比禿頭好，也比一般的黑髮族來得出色。可是我要以年輕形象來迎接和伴隨小莉，出發前我染髮，希望可以縮窄彼此的年齡差距。

六

香港沒有直接飛機航班，輾轉才到達拉薩。我沒有莉的手提電話號碼，也不知她是否已經到達。莉比西藏更神秘，行蹤飄忽，鍾愛緣份。西藏人口不算多，然而地方遼闊，要在某時某刻某地交匯相遇，談何容易！

近下午三時，我獨個兒在北京路徘徊，刻意走上靠西面的行人路，以為有樓宇遮蔭會涼快舒適一點。誰知太陽如同正午一樣當空作勢，烈日驕陽得勢不饒人，毫不留情地煎熬萬物，我的頭燙得透頂，連頭髮幾乎燒焦了，恍如乾涸之地在暴曬下龜裂，萬物都要枯萎。看到神力時代廣場矗立在路口，急忙竄進避暑。逛到某一樓層時，正在播放粵語歌：其實陽光空氣原是平均給你，朝晚任君取，珍惜自然美……遠在異地聽到廣東歌感覺份外親切，歌詞又饒有意義，令我對陽光多一分體會。聽歌之際，我憑欄觀望當地市民的動態。

七

莉早已塗上防曬用品，加上一身防曬裝束也起不了作用，始終抵擋不住火舌一樣的艷陽烈焰，恐怕被怒火灼傷而進入北京路口的巨型商場，驅走一身騰騰熱氣。遊走到某樓層，傳來一首粵語歌：其實陽光空氣原是平均給你，朝晚任君取，珍惜自然美……她腳步放緩，駐足在一間店舖外傾聽悅耳的歌聲，同時隔着玻璃觀看裏面為剛出生嬰兒提供學習游泳的特別服務。莉面對赤條條的嬰兒們輪流下水感到十分好奇，可是她突然覺得不適，心悸、呼吸困難、頭痛、暈眩和噁心，她急要嘔吐，馬上衝進旁邊的洗手間。

我發覺商場內有一家另類店舖，正為嬰兒舉行下水禮，好

奇心驅使之下走近探視。恰巧有赤裸女嬰下水，在旁家長隔着玻璃向外張望，為免尷尬，我匆匆離開。

原來莉剛抵埗，起了高原反應，嘔吐後呼吸稍微舒暢，胸悶也略緩和，但腦袋仍然疼痛，額頭還有些微燙熱，失掉了逛商場的興致，穿過商場西門朝下榻酒店方向而去。她心想：若早點透露自己的行程，與 Summer 結伴同遊多好，即使身體不適，也有他來照料。可惜——

我佇候在商場南門，面對亢奮的紅日，哪兒都不敢去，心想：莉此刻在何方？

八

西藏六月天，日照時間很長，由早上六時三刻直至晚上九時一刻。我在街上流連半天，沒碰上莉的身影。晚飯後到北京中路欣賞布達拉宮的醉人夜景，順道前往附近廣場及藥王山一帶繼續搜索莉的芳蹤。

莉備受高原反應困擾，半天留守在酒店房間吃藥休息，晚上有點好轉才出外活動，信步到林廓北路，遠眺布達拉宮後方的景色。天入黑後，布達拉宮寧謐恬淡，在夜燈的投射下增添幾分詭異色彩。

此時此刻，彼此都仰望着布宮上空的半輪明月、思念和廝守。我的電話忽然響起，以為莉受到我域外深情所牽引而來電，

急急忙忙接電，娓娓傳來一把熟悉而親切的聲音：「老公……」

九

　　莉病倒半天，忘了如常發放當天所在地方的照片。收不到莉的電郵，我無跡可尋，惟有隨意逛逛景點、踫踫運氣；背後猜度沒有電郵的原因，擔心她病倒。

　　翌日，我遊覽八廓街，看見不少信眾在大昭寺外五體投地，重重覆覆同一動作，真不知要參拜到何時方休？甚麼藏傳佛教？寧波車究竟是甚麼？轉經輪既是長者的法器、亦是孩童的玩具？歷來不同宗教都是老幼咸宜而且不分國界，普渡眾生。縱使祈求與莉相遇，然而我並不想破例膜拜偶像，就讓一切隨緣。

　　我跟着大夥兒信眾在八廓街按順時針方向步行，途中發現莉的身影在背後掠過。我竭力叫喚，但莉不知去向，或許溜進某間小店。通街都是店舖，售賣饒富西藏特色的法器、工藝品和土特產，單是玉石及銀器已經吸引眾多女孩子的注目，其他如天珠、唐卡、氂牛肉乾、青稞酒、藏藥等都引來不少中外旅客問價。我雖想過向後退，但不敢逆向而行，因為入鄉要隨俗，尊重當地的文化和社會規範，貿然僭越怕招惹眾怒，破壞人家的命理氣數就更加不成。我只好在原地停步守候，盼望莉在面前出現，可是等候了半句鐘還是徒勞，白白錯過了邂逅的機會。我信天意不可逆轉，命運自有安排。

十

　　我有點失望沮喪，卻未曾失意氣餒，因為莉應該身處拉薩，深信遲早會相遇。莉講求因緣際會，用時間去驗證彼此的緣份。我不想守株待兔，在拉薩無所事事，平白浪費時間，故積極爭取機會，先考慮莉的興致以及她可能出沒的地方，然後參加一個由當地旅行社安排的一日遊。

　　翌日清早在布達拉宮的白塔旁集合，現場幾乎雲集所有旅行團，無奈搜尋不到莉。途中翻越那根拉山口，下車遊覽適逢下雪，念青唐古拉山脈風景幽雅，詩情畫意，只可惜莉不在身旁。我發覺瞭望台上的長椅堆積了一層厚厚的白雪，打算上前打個手印，並拍照留念。原來積雪上早有一雙掌印，看樣子似是女孩子的玉手，是莉留下來嗎？一顆心隨即熾熱起來，急不及待要到下一個景點——納木措，與莉相會。

　　納木措不愧是西藏聖湖，不單止是舉世海拔最高、全中國第二大的鹹水湖，而且是世間難得幾回見的人間淨土。在高海拔平原上，連綿的皚皚雪嶺尖峯環抱着恬靜的湖水，輕柔的浮雲不僅在頭上，還在面前和四周。莫再說天離地是多麼的遠，其實近在咫尺，白雲觸手可及。蔚藍的天空與靛青的天湖結連，水天一色；朗朗青天與澄澈湖面互相輝映，也不知湖面和晴空的分野，在山光水色中已分不清山巒的實體和倒影，名符其實顛倒眾生。

十一

　　亂我心者今日之日多煩憂！在拉薩，我為未找到莉而心神恍惚，終日寢食難安。置身納木措，心情起了明顯的變化，變得平靜安穩舒泰、了無罣礙。一下車便踏在一片淨土之上，邁出的每一步都輕盈自在、無拘無束。昔日到黃山旅遊，站在海拔 1,800 多米的天都峰仰望天際，俯視滔滔雲海及崇山峻嶺，感到攝人心魄，明白到山外有山和人的渺小。如今身處納木措，海拔高達 4,700 多米，白雲反而不在腳下卻在身邊，驚嘆人界和天界是何等的親近，何來天壤之別？容讓面前清澈的湖水滌蕩心靈，洗盡凡塵俗世的鉛華，一生何求？

　　臨近湖邊，正想把虛幻的情愛傾瀉下，莉偏偏在眼前掠過。她穿起一襲藏族服飾，騎着馬沿湖邊踱步。西藏人虔誠禮佛，慣性轉經又喜歡轉山轉湖，莉也在團團轉，並沒有留意到我擠在遊客群中。我急忙租借藏服和馬匹，著上裝束、策馬迎上。在聖湖畔不敢肆意馳騁，免得破壞了樂土的安寧，我從容不迫讓馬兒緩緩驅進，逐漸迫近莉的座騎。莉轉過頭來，彼此架着太陽眼鏡以致四目交投時絲毫沒有觸電的感覺。莉抿嘴一笑，令我受落，按捺不住興奮的心情，拍馬與她並肩而行。

　　「扎西德勒！」（藏語意謂：吉祥如意！） 莉雙手合十。

　　「特—— 特級——」我倉促回應。

　　「突及其！」（藏語意謂：謝謝！）莉哈哈大笑，合不攏嘴。

「再笑，小心人仰馬翻啊！」

莉隨即一本正經地埋怨：「誰叫您來找我？」

「我順應天意安排而已。」

「沒良心的家伙，敢做而不敢認！」

「對不起！我真的全心來找妳。」

「找我幹甚麼？」

「找妳──找妳──找妳闖蕩江湖。」

「還是口不對心，正懦夫！」

我一臉無奈，內心仍然叫好，因她明白我的心意。

十二

穿上藏服也扮不了藏人，但一身藏服卻令我倆更加投入西藏的天與地，騎馬顛簸而行去領略青草地的踏實，體會到天山、天湖並非高不可攀。與莉結伴同遊、出雙入對原是滿足一時慾念的野性本能，而穹蒼下講求的正是野性，惟有原始的本性方能擺脫城市人的桎梏，在天上人間好好享受。

莉輕快地唱出：「其實陽光空氣原是平均給你，朝晚任君取，珍惜自然美……」，不必多問，她肯定是神力時代廣場的過客。歌聲固然及不上職業歌手，但此時此地聽起來份外娓娓動聽，如同對心靈的呼喚：珍惜自然美。

「好！唱得好，太悅耳。」

「Summer，您陪我唱。」

「好，一起唱。」身旁的天使喚起我的野性，令我一反常態，膽敢和應。

難得在高原上放聲高歌，哪怕難聽也要唱下去，還要在知音面前開腔：「浮雲片片在我身邊，願伴我去那邊天……」

莉鼓掌，「雖然五音不全，勝在感情豐富。」

「以前我認為填詞人誇得就誇，浮雲哪有可能在身邊？現在才知道盧國沾所言非虛。」

「我也欣賞盧沾的作品，不愧當今香港的詞聖！」

「對，好一位填詞高人。」我又唱：「……命運在冷笑暗示前無路……浮雲遊身邊……」

莉插嘴：「原來沾 Sir 在這兩首歌曲中都提到身邊浮雲，真有異曲同工之妙！」

「嗯。」

馬兒的步伐很有規律，蹄聲的節奏好像拍子，伴着我們的歌聲踏上歸途。

朝早七時出發，回到布達拉宮白塔已經晚上八時，天色依然光猛。雖然疲憊不堪，但此行確實沒有枉費，不但可以置身天際與浮雲為伍，而且能夠與莉結伴同遊聖湖，高漲的情緒驅走了一切困倦和早前的焦慮。莉倒十分疲累，草草吃完四川「冒菜」便分別返回酒店休息。

十三

　　我怕打擾莉的好夢，翌日遲遲才找她，午飯後我倆聯袂到素有西藏江南美譽的林芝遊覽。跟拉薩不同，林芝草木茂盛，山崗並不是光禿禿而是綠油油，沿途婆娑的青稞樹夾道歡迎我們蒞臨。偶爾一大片油菜花田夾在菜田之間，在遍地翠綠的土壤中泛起一片黃金甲，鮮艷奪目，加上花枝隨風蕩漾，香氣四溢，使人心曠神怡。

　　由於路途遙遠，晚上才到達林芝八一鎮，急忙找酒店下榻。兩個人各自租住雙人房，對我而言是多此一舉，白白浪費金錢，何不一家便宜兩家着？對莉而言，孤男寡女共處一室必有閃失，故此堅持其獨立自主的大原則，多花金錢亦只是次要。再者，國家嚴格規限港、澳、台同胞在西藏旅遊的租住安排，必須入住指定級別的酒店，並設有通報機制。換言之，我倆的住宿狀況不只紀錄在案，並且資料會被呈報予有關單位備案，所以莉更加不容許遭人話柄，被誤會是夫妻或者霧水情侶。而我一直渴求的曖昧情緣就是這麼近、那麼遠！莉看我是何許人？竟然對我的人格欠缺信心，有點氣結！

　　山城小鎮額外寧靜舒閒，晚飯過後大家輕鬆散步，暢談連日來在拉薩的旅程和際遇，又提到八廓街相遇而不能相見的無奈。之前種種並不重要，當下能夠在林芝的月色下共敍，享受無比溫馨甜蜜的美好時刻已經樂不可支。

十四

　　嚮往二人世界，第二朝我去租車自駕遊，目的地是雅魯藏布江大峽谷。在景區享用完自助午餐，我們要轉乘穿梭巴士前往大峽谷各景點。由拉薩長途跋涉到林芝，再驅車半天才來到大峽谷，並繳付昂貴的門票，滿懷希望去欣賞峽谷風情，原來只不過是觀賞面前數個大山頭及谷底的溪流而已，著實浪得虛名，興致大減而且感到受騙。莉失望之餘，寄情地道食品，喝酥油茶又吃青稞餅。之後，我們順道遊覽林芝市民的母親河——尼洋河。

　　尼洋河景色旖旎，河岸遼闊，兩岸有不規則的植被，丘壑縱橫。遠方山巒起伏，渺渺白雲繚繞山肩，平靜的河水繞過高原綠野，流入中游變得湍急，於「中流」遇上著名的「砥柱」濺起晶瑩剔透的浪花。在藍天、白雲、紅日之下，黃土大地與青山綠水互相依伴，就好像五色經幡「風馬旗」活化成一幅由藍白紅黃綠色彩併湊起來的風光構圖，景致迷人而且賞心悅目。

　　陶醉之際，莉忽然感到肚部不適，塗了藥油後疼痛略減，但腹瀉難當。觀景台沒設置洗手間，惟有馬上離開，在苯日神山旅遊區也找不到如廁的地方。返回林芝尚有很長路程，最終勇闖尋常百姓家借用廁所，並乘機探訪藏族人的家園。接待我們的藏族人熱情好客，慷慨借出廁所之外，還送上酥油茶和青稞餅。莉自從大峽谷品嚐茶和餅之後肚子開始不適，不敢再吃，

連忙道謝：「突及其！」我也和應：「突及其、突及其！」。

　　莉饞嘴，東吃西吃，吃下不潔東西以致肚瀉，受到一點折磨又怕出洋相，心情起伏不定；舒緩了不適，與藏族家庭剛剛道別，她隨即動怒，對我生氣。莉沒有答謝我為她奔波籌謀和關顧，反而責怪我辦事不力。她畢竟是女孩子，我不還口，可是我不甘心，覺得她忘恩負義。回程途中，我感到委屈、一言不發，她也裝聾扮啞，冷戰一直維持到林芝。晚上，莉沒有胃口而我亦沒有好心情共晉晚餐。

十五

「Baby，可有思念我？」內子來電。

「還用問？」

「那即是有或無？」

「説沒，妳也不信吧。」

「Baby，您變了，變成另一個人。」

「哪個？」

「前特首。」

「甚麼？」

「您學人家巧言令色。」

「淪落到與他相提並論，實在無話可説。」

「無言以對總比語言『偽』術好。」

「他自以為高明，其實自欺欺人。」

「莫再提此人，免得掃興。」

「好像妳先提起。」

「罷了。談談您的行程，明天去哪？」

「先返回拉薩，然後去羊卓雍措。」

「甚麼措？」

「藏語『措』即是湖，而羊湖是西藏三大聖湖之一。」

「嗯，一路小心！」

十六

一起床 WhatsApp 莉，問她出發時間，等候了半小時也沒有回應。直接去叩門，仍然沒有回應，以為她還在生氣，甚至一走了之。在門外佇候好一陣子，她才慢條斯理來開門。

進入房間即嗅到一股酸臭及濃烈的藥油味，方知她剛痾嘔。我馬上回房間拿取止痾嘔藥給她服用，並清理垃圾桶的嘔吐物。我弓身為倚在床頭軟弱無力的莉奉上溫水，她握着水杯，也握着我手。我不捨得縮手，卻發覺她的手掌有點冰冷，我撫摸她的額角，感覺到有些濕冷。莉示意我坐下，縱身前撲用雙臂溫柔地合攏着我的脖子，令我不知所措。

原想給莉懷着寒意的身軀添加溫暖，但不習慣突如其來的歡娛，只好驀然抽身而退。馬上為她蓋上被子，讓她好好休息，

並建議延遲退房。離開房間時迷迷惘惘、若有所失，怪自己剛才太清醒、太理智、太愚昧！

　　莉休養半天後抖擻起來，回到拉薩已經入黑，月亮尚在守候，星星們卻躲懶不知所蹤。

<h1 style="text-align:center">十七</h1>

　　莉臉色紅潤，雀躍地跟我前往喜馬拉雅山北麓最大的湖泊——羊卓雍措。羊湖的景色不及納木措般高雅脫俗，但湖水卻比納木措清澈，而且水色比天色更加蔚藍，浩瀚的湖水亮麗得像一大塊通透的藍寶石。

　　「藍寶石」既買不起也帶不走，然而山崗上攤販倒有不少珍奇的飾物發售。莉在攤檔之間穿梭尋寶，揀選了一條色澤自然的綠松石手鍊和一款手工精美的純銀手鐲，志在奪取心頭好，她懶得討價還價便掏出錢包，忽然住手向我凝望。我會意，馬上付款；她表示謝意，想送我一把藏刀。即使回程時把匕首放進託運行李，我始終擔心攜帶攻擊性武器通過海關時，輕則被沒收，重則招惹不必要的麻煩，故主張不要購買。

　　莉着我為她分別在左、右手腕戴上手鍊和手鐲，湊巧的是她喜好的款式和顏色都跟內子一模一樣，所以我猜她對異性的眼光都一致。我真的好想多買一套手鍊和手鐲給妻子，可是在莉面前倒不敢購買，恐怕敗壞了營造多時的親密氣氛；又怕她

呷醋，內心酸溜溜；更怕女性眼紅、爭競和嫉妒，最終丟棄心目中並非獨一無二的信物。莉對心儀的東西愛不釋手，差點把我遺留在羊湖，她省覺後轉過身來牽我走，連帶給我靜悄悄回頭購物的最後機會也剝奪了，算內子倒楣！

十八

卡若拉冰川終年積雪，驕陽下壯麗多姿的冰舌鋪天蓋地，由主峰一直向下延伸，雪泥鴻爪就近在咫尺，竟然沒有一絲寒意。附近還有江孜宗山城堡，在電影《紅河谷》中出現的古城亦歷歷在目，其可歌可泣的愛情故事換成了今天我倆千里因緣際會。莉還年輕，對《紅河谷》見所未見、聞所未聞；而我另有一番滋味在心頭。

扎什倫布寺是日喀則的神山聖地，莉和我把臂同遊，樂也融融，但遠不及途中橫渡鐵索橋刺激。橋身以廢棄鐵枝雜亂無章地併湊而成，兩旁扶手布滿金屬荊棘，腳踏之處霉霉爛爛，過橋時要步步為營，不許有半點差池。碰巧對岸有人迎面而來，步履沉重急速，以致鐵橋劇烈晃動。狹路相逢又苦無退路，我們迫不得已閃身讓路，其間莉慌張得左搖右擺，險些兒丟落河裏，我不假思索抓住她的衣領才僥倖脫險。我倆都沒信心跨越，結果半途而廢，折返原岸。莉禁不住迎入我的懷內，我輕按她的項背，隱隱感受到她身子的悸動和內心的怯懦。

傍晚我們到市內流連，莉忽然闖入一間西餅店，選購了一件特濃朱古力蛋糕。莉對甜品的口味亦與內子如出一轍，我肯定她鍾情的對象並無二致。

十九

在莉的房間，她把蛋糕一口一口送到我的嘴邊，味道特別甜蜜。我還莉一口蛋糕，她毫不領情，獨自吃個痛快。

碰巧內子來電，倒真大煞風景，我連忙引退，返回自己房間。

「Baby，可有掛念我？」

「説有，妳也不信吧。」同一句開場白，不一樣的反應。

「信則有，我當然信您。我正在吃特濃朱古力蛋糕，很想與您分享。」

「剛吃過——」

「怎麼？」

「西藏也有，買來品嚐一下。」

「嗯，但您討厭甜品，尤其是朱古力蛋糕。」

「可不同！西藏的蛋糕好吃得多。」

「Baby，您變了，變成另一個人。之前我餵您也不吃一口。」

「人會變，月會圓。」

「對，在月圓之夜您變成人狼！您肯定有艷遇，由漂亮女孩子餵食？」

「説沒，妳也不信吧。」

「您坦坦白白告訴我：有抑或無？」

「信則有，不信則無。」

「我信！下流！」內子憤然掛線。

一時漏了口風即被機靈敏鋭的內子洞識端倪，又的而且確是「夏、劉」，冥冥中自有天意！

二十

乘坐中型巴士由日喀則返回拉薩，途中司機停車歇息，張開的車門迎來一位老乞丐。老人家所穿的藏服不算襤褸，但深深的皺紋滿臉交錯，皮膚黝黑暗啞，垂垂老態畢現。車前方坐着一名年輕胖子，猶豫一會拿取錢包，他並沒有轉身，反手繞過椅背把五十元人民幣投入老叟掌心。我在旁察看，認為眼前情景有點震撼動人，施予者只露出粗壯的前臂去濟助討錢的西藏老人，不求一聲道謝的畫面打動了我，印象深刻鮮明。其實在胖子躊躇之際，我打算用手機拍下，然而自身沒有布施憫人卻坐享其成，又會冒犯乞丐的尊嚴和私隱，感到此舉極不道德，故放棄拍攝。事後懊悔錯失了拍攝「沙龍照」的良機，反思攝影愛好者最重要是留下極具留念價值的光影紀錄，而拍攝從來

不講究道德。由於個人道德規範和自我約制，連一幀照片也拍
不成，無疑是作繭自縛、愚不可及！

　　相比偷拍乞討，婚外情和師生戀更加不道德。明知不倫之
戀向來不為世間所認同和接納，甚至被唾罵，偏偏我在情感和
慾念上卻墮入網羅。可是，受到個別西方作家的薰陶影響，認
為得來不易的戀慕方才是刻骨銘心的愛情故事，情到濃時道德
底線可以移船就磡。

　　今時今日，教師不再站在道德高地，並非神聖不可侵犯，
純屬云云行業之一，更何況我剛退休，已經離開教育界。不再
為人師表，卸下部分道德枷鎖，瞞着內子在神秘的西藏幹神秘
的勾當──偷情，的確刺激。觀摩西藏風俗和婚姻，普遍奉行
一夫一妻制，然而在某些藏區仍舊保留一妻多夫及招贅的婚姻
制度。既然婚姻可以各處鄉村各處例，一夫一妻制並非公認的
必然產物，人在異鄉，難免嚮往異鄉情緣。

二十一

　　在高原氣候生活，氣壓十分低，連帶去的用品和食品的包
裝袋都膨脹起來。人亦一樣，像充氣的氣球般飽滿結實，腦脹
頭昏；再者，空氣稀薄而且含氧量低，引致呼吸急速和心跳加快；
再加上日照時間長、溫差大，酒店、食肆和商舖等鮮有空調，
日子並不好過。如我未能與莉相遇，大家天各一方，獨自承受

煎熬，早就更改飛機票一走了之。畢竟我倆有點緣份，在遼闊的西藏、人煙稠密的拉薩、老遠的納木措仍能聚首，共同經歷遙遠而顛簸的旅途，又一起飽覽明媚脫俗的風光。連日來互相照應、相處融洽，或多或少增進了彼此的感情，親近不少。

二十二

之前莉和我在羊卓雍措漫步，她走近湖畔，俯身挑選了一塊平滑圓潤的乳白石頭，面向澄藍的湖水，雙手合十，垂首閉目。許願良久她才張開眼目，烏黑明亮的雙眸朝向湖心，輕柔地把石子擲入湖內。

「莉，妳許甚麼願？」

「當然是姻緣，可沒有您的份兒。」莉一本正經，故意鄭重其事。

「我才不稀罕！」

「虧您自動放棄。」莉目瞪着口呆的我，蹦蹦跳跳到羊湖的另一端，而我還留在原地思考她的弦外之音。

二十三

莉打算繼續到各處闖蕩，首先乘飛機前往四川成都，我則赴重慶轉機返回香港。

「您今次不用趕回港上課？」

「對。」

「改簽機票陪我去四川？」

「我好想，但是——」

「嗯，明白了。可是下趟您不一定可以找到我。」

「哪怕千山萬水也要再次與妳結伴同行！」

我連隨在路口的瑪尼堆（用石塊疊成的石堆），按順時針方向繞行一周，然後隨意檢起一塊石子添加到瑪尼堆上祈福。

「Summer，您祈求甚麼？」

「緣份，與妳攸關！」

莉默不作聲，臉頰緋紅。

二十四

對於藏菜實在沒有多大興趣，而川菜又主導了西藏的飲食業，我們吃過許多頓川菜，還有東北菜，胃口都膩了。臨別在即，提早共晉晚餐，品嚐清真羊肉。席間，我呼喚伙計點菜。

「大叔，勞駕——」

莉插嘴：「怎麼叫人家大叔？他比您年輕得多啊！」

她無心之言如同利劍戳穿我的肺腑，連心都碎了。

「Summer，身體不適嗎？」

「沒事，找帥哥點菜吧。」

「好。」

享用着在西藏的最後一頓二人晚餐，面對離別在即免不了傷感。

好一句快語，正是莉的真情剖白，在她心目中，我年紀大是不爭的事實。心情受到牽動，芳香的美食當前也吃不下嘛。看到我心神恍惚，莉以為我依依不捨，她夾起一塊孜然羊肉，送到我的嘴邊。

「Baby，吃吧！」彷彿內子呼喚，受寵若驚的我吃下平生以來最滋味的羊肉。

「Baby，喝啤酒？」

「好。」

莉為我斟酒，我喝了半杯，她也拿來呷一口。淡而無味的拉薩啤酒既灌不醉人，也填不滿懷內的空虛。莉與我共嚐一杯水酒，驅走了剛才的悶悶不樂。我懷疑莉可能有戀父情意結，對她而言，年齡差距根本不成障礙，而自己太過敏感以致自卑，還以為忘年戀只是一廂情願。

二十五

解開心結與莉盡情暢飲，因她比我先離開拉薩，晚飯後我送她到貢嘎機場乘搭夜機。在機場，莉捨不得跟我惜別，我故作瀟灑與她道別。她緊抱着我，而我情不自禁與她互相倚偎。

「我倆在東京邂逅，西藏重遇，下趟去南極、北極也要同行。」莉在我耳邊喁喁傾訴。

「無論妳去天南地北，我樂意奉陪。」

「那麼我留在西藏，您也奉陪嗎？」

「留在西藏？別開玩笑吧。」我一怔，抽身後仰。

「誰跟您開玩笑？」

「為甚麼要留下來？」

「只因喜歡，西藏是我遊歷以來最喜歡的地方。」

「喜歡還喜歡，最終都要回歸現實，即使西藏是世間淨土，卻並非安居之所。」

「若然如此，喜歡您還喜歡您，最終都要回歸現實，即使您是世間好男人，卻並非可委身的對象。」

「妳怎可相提並論？」

「您怎可持雙重標準？」

空氣靜止下來，我有點呼吸困難、胸口納悶、心跳加速，居然臨走前出現高原反應。

「罷了！我不留在西藏，免得您惆悵。」

「妳會留在四川等我嗎？」

「不！我不想留戀，留戀此時此地的您和我。我要去尋覓新天新地，結識新事物，結交新朋友。」

「妳捨得？」

「不捨的話，何來得着？」

「不錯！離開西藏、離開我，迎面而來將有更美好的天地和人脈。」

莉再次落入我的胸懷，感受到她堅強的生命氣息和無限柔情，我禁不住輕吻她的耳朵，在旁細語：「是時候入禁區了。」

莉擁抱得更緊，我撥開她凌亂的秀髮，眼泛淚光的莉情意綿綿貼伏在我的肩膀，任由時光流逝。雖然我陶醉在甜美的溫柔鄉，但怕誤了航班，不得已推開她。替莉拭去淚痕，她給我深情一吻，才靜悄悄步入禁區。

莉沒有回頭張望，目送她飄逸的背影遠去，空氣中剩下她身上香水的氣息。

空氣繼續流動，時間繼續流逝，莉捨下我繼續到處流離。

告吹

一

「靜，快上城樓，趁煙花綻放，好好拍照。」

「佳，不必著急。每逢大除夕夜，煙花是鳳凰古城不可或缺的東西，斷斷續續燃放，直到大年初一。」靜故意放慢腳步，逕自沿着城樓的石壘閒逛，佳不徐不疾尾隨。

破落紅磚和鏽漬斑斑的城門築起古城，城樓依山傍水，連綿城牆矗立在沱江邊。石壘是城樓的基石，與城內小路並行但置於高位。華燈初上，靜興致勃勃拉着佳從北城門往下方走。

寬闊的江面上有一道彎彎的木橋，佳陪伴靜逗留在橋的中段觀賞四周，一匹壯闊的瀑布從上游傾瀉而下，徐徐流淌到江心。岸邊燈籠燭光掩映，白石磚牆上「鳳凰傳奇」的標示若隱若現。兩岸皆有一大群木結構的吊腳樓，燈影處處；江中燦爛奪目的亭台樓閣，其倒影以至遠方佛塔的輪廓都清晰可見。佳看得出神，沉醉在古城的夜色之中時被靜牽走。到達彼岸後尚未遊覽，佳又被靜引領渡江，改道折返原岸。

沱江下游橫着兩行並排的石樁，每一排都是一連串分開的石礅，一排高一排低連貫兩岸。樁面狹窄，靜和佳不能並肩同行，靜取道高身的石樁橋，佳尾隨。靜身手敏捷，短時間內已經接近江邊；佳則笨手笨腳，落後好幾個樁柱。靜迎面出現一名蹦蹦跳跳的胖男孩，兩人狹路相逢，進退兩難。靜怕側身而過會被胖子逼落江去，想跨到鄰排一座矮石樁，又怕躍下時重

心不穩而落入水中。躊躇之際，男孩已急不及待硬闖，靜惟有閃身，佳連忙上前攙扶女友。胖子與靜擦身而過，靜安然無恙，然而胖子連隨與佳碰過正著，齊齊擠在小石磯上，互相摟在一起。胖子走不動，佳勉強邁到下一個樁磯，總算有驚無險。

「你剛才應該抱多陣子，好好享受與胖子的溫馨時刻。」靜偷笑。

「虧妳還笑得出來，險些兒要投江自盡！」

二

靜和佳從容回到江邊。岸上有不少年輕男女蹲着點燃蠟燭，接着把燃亮的水燈放到江面，一盞盞昏暗不明的水燈聚集在江心蕩漾，猶如荷花點綴，令沱江變成荷塘，在月色下增添無限詩情畫意。當空除了半輪明月之外，還不時有孔明燈升空。

水燈和孔明燈都可以拿來許願，靜喜歡孔明燈，因為水燈載浮載沉，輕易隨波逐流，寄存願望恐怕不穩妥。孔明燈不同，可以將願望直達天庭，故靜和佳在江邊選購孔明燈，在燈面寫上：「執子之手，與子偕老！汪靜、肖佳」然後找來販子協助點火。老頭年紀雖大，手法卻很純熟，瞬間燈幕已經飽滿起來，靜和佳同時張開手，默默仰望孔明燈隨風飄遠直至沒入雲中。

彷彿完成了壯舉，靜和佳返回城樓。臨近元旦，煙花比較頻密，此起彼落，閃耀的火花把漆黑的夜空照亮。他們站在城

樓，親近地觀賞到盛放的煙花，覺得特別古雅和震撼，不滅的星火像流星雨一般俯衝而下，撒向身上。

「嘩！嘩！」靜興奮得連聲高呼。

「望過來，一、二、三，笑。再來，笑。」佳舉起手機不停拍照。

「佳，找人幫我們拍合照。」

在途人的協助下，為同樣燦爛的靜、佳和煙花留下倩影。

三

縱使夜深，古城仍然燈火通明，遊人絡繹不絕，越夜越熱鬧。通過圓拱城門，踏上用青石板鋪成的大街小巷，沿途都是店舖，路邊則布滿攤檔，大多售賣雅致的苗族銀飾，除了耳環、戒指、手鐲、手鍊、項鍊，還有銀圍帕、銀帽、銀扇、銀梳、銀髮簪等，一律用銀片、銀條以至銀絲打造而成，花紋細緻，手工精巧，此外有琳琅滿目的苗族刺繡出售。

鳳凰古城是多元民族聚居之地，苗族為土著民族，還有土家族、漢族和其他少數民族。販商穿著民族服裝招徠生意，靜在其中一間小店駐足，挑選了好幾件銀飾，以及一雙銀戒指，並在戒指內壁分別刻上雙方的名字。

「俏佳人！」靜戴起刻有「佳」字的戒指，被男友取笑。

靜忸怩反駁：「誰是你──肖佳的人？」急不及待與佳把

臂同遊，朝着地標「虹橋」進發。到處都有小食出售，靜愛吃栗子而佳則鍾愛薑糖，途中互相餵食，又吃串燒，兩副「飯來張口」的模樣。大家樂也融融，意想不到古城變成不夜城，可以消磨一整夜，到了虹橋已經是大年初一，爆竹聲四起迎接新春。

四

蕭老太離鄉別井經年，老伴過身，怕早晚駕鶴會夫，忽然思鄉，想趁行動尚算自如回家鄉一趟。她中年得子，年屆七十歲，兒子傲彧還未足三十。傲彧身材瘦長，波浪型中長頭髮襯着闊額長臉頰，加上一雙明亮單眼簾眼睛，帥氣中帶點憂鬱眼神，性格內向而且沉默寡言，既能吸引異性，亦令異性卻步。傲彧不敢主動追求異性，只顧埋首工作，與他的另類職業攸關。

傲彧應母親要求，陪同返回家鄉潮州，順道遊覽潮陽和汕頭。他們不打算返回鄉下，因為至親都在香港，而鄉間的長輩都已離世，後輩並沒有聯繫。老太無意重遊舊地，踏足故土親睹新貌已經了卻心願。旅程尾聲入住汕頭一家五星級酒店，老太勞累，用完晚膳提早就寢。傲彧則趁返回香港前最後一夜，到酒店附近的海濱路瀏覽。面向汕頭港的海濱長廊，入夜之後依然熱鬧，有人散步、緩步跑，也有情侶在樹蔭下喁喁細語。傲彧往岸邊踱步，靠着欄杆享受帶有海水味的柔和清風輕拂。

暢快涼意令他精神鬆弛而不想離開，雙腳保持交疊佇立。

　　入夜遊人減少，一名少女單獨在面前悠閑漫步份外觸目，吸引傲彧的注視。小妮子一襲白色一字膊低胸緊身的連衣短裙，配合其豐腴上圍、纖幼腰枝及修長美腿，體態嬌媚動人；加上白皙亮滑的冰肌玉膚及浮現的鎖骨，以及前額的劉海、過肩的輕柔烏潤直髮，配合極致的五官、優雅高貴的氣質，令他眼前一亮，心神隨即蕩漾以致波瀾起伏，興起前所未有對異性的渴慕。畢竟彼此萍水相逢，有緣相遇就已不枉此行，趨前搭訕和容後跟蹤，都只敢想而不敢妄動。雖然少女瞬間掠過，但他腦海中仍記掛着她輕盈飄逸的嬌姿，躍動的心坎難以平靜下來。

五

　　傲彧對少女念念不忘，抵達酒店也不想返回房間，信步到酒店內園。園內靜悄悄，只得蛤蟆的叫聲，他坐在長椅上。夜空中找不到一顆星兒作伴，難怪月兒如斯孤寂，把月光冷照在天鵝雕塑的玉背上。傲彧對着月光，戴着耳塞，聽着安迪·威廉斯（Andy Williams）的月亮河（Moon River）：「I'm crossing you in style someday.（總有一天，我會遇見優雅的妳。）」歌詞正好切合心情，他不禁垂首閉目再三回味。正當陶醉之際，他驀然發現跟前有一雙白色高跟鞋，抬頭一看，只管張口結舌，發愣不知所措。

「先生，等人嗎？」面前的少女用水汪汪的大眼睛深情地望着他，操普通話。

「是——啊！不是。」他神不守舍不懂應對，況且要用普通話。

剛才邂逅的少女就在眼前，還主動搭訕，她坐在傲或身旁而且非常貼近，令他喘不到氣，開始窒息。

「你獨個兒來旅行？」

「不是——啊！對。」

「帥哥真有趣！」少女側起頭、睞起眼，「讓我陪你玩。」

「怎麼玩？」

「上去你的房間玩。」

千呼萬喚的她來臨，還主動提出令異性無法抗拒的誘惑，實在出乎意料，傲或受寵若驚，完全不懂招架。他不敢撥亂反正，「母親就在房間不便接待」的答話確實不能宣諸於口。

少女善解人意，體諒到他的遲疑，「去別處玩？」

面前另闢了一條生路，但傲或也不敢擅闖，因為他有重重心理枷鎖。他擔心墮入桃色陷阱，被人敲詐勒索；又怕未嫖娼已經被公安掃黃帶走，如同旅遊剛出發，甚麼景點也沒到過便發生交通意外，十分不值，而且落得聲名狼藉；更憂慮到要付上罹患風流病的沉重代價。

「晚了，妳還是早點回家休息。」

「不晚！一起喝點東西？」

「下次吧。」

「好！下次聯絡我。」她隨手拿出一張紙巾，在上面寫上聯絡電話號碼及名字：汪靜。字如其人，文字秀麗脫俗。

六

傲戜從事服務行業，對象包括男女老幼，他們坦蕩蕩，不曾對傲戜的工作表現有任何不滿。一方面，傲戜敬業樂業；另一方面，服務對象都欠缺生命氣息，任由處置。

傲戜習慣單獨在死氣沉沉的冰冷房間工作，先用酒精消毒，繼而開始化妝。殮容師要為遺體化妝，技巧上比活人化妝高一些，還要膽色過人兼不怕沉悶，否則不嚇倒也會枯竭窘敗。

傲戜投身極度厭惡性工作並不為多賺金錢，而是滿懷熱誠要為先人提供終極服務，他視遺體化妝為人生終極目標，滿足感勝過其他工作。為終老長者善終，是向長者致敬的渠道；為周歲嬰兒修飾手術傷口，是給予家人安慰的瑰寶；為橫禍死者重塑儀容，是挽回先人尊嚴和令親友釋懷的當務之急；為橫禍家庭打點，是悲天憫人的契機；為犧牲者盡力，是報答英雄安息的恩賜；為自盡者善後，是人世間的無奈。

多年以來，傲戜義無反顧地服侍先人，一年為約二千具遺體化妝，比起醫生和病人的關係來得密切，除了化妝，還要裝身。他為每具遺體抹身，然後在口腔、鼻孔及肛門等填塞棉花

以防止體液滲出及臉頰下陷，從而保持外觀完好。此外，還要梳理頭髮、修甲以至剃鬚，又會應家屬要求，為先人套上假髮、塗指甲油及噴香水等，殮容師也要與時並進，尤其是處理年輕的遺體。

面對意外身亡以致身首異處、血肉模糊的遺體，傲或已經習以為常，他不怕血腥恐怖的場面，但忍受不了惡臭，特別是燒焦的屍首以及長滿蛆蟲的腐屍。為了讓死者家屬瞻仰遺容時能夠舒懷，他定會悉力以赴，盡可能將遺體回復生前最佳模樣。至於罹患高度傳染病的屍體，絕不可以防腐，還要在防止感染的措施下完成化妝工作。傲或從未遇過離奇怪異的事，也沒有甚麼枉死者報夢的經歷，他安於工作，晚晚睡得安穩。

透過工作，他接觸到名人巨賈的屍骸；透過死亡，他領悟到眾生平等的道理。對傲或而言，殮容師是一份優差，因為死人不及活人可怕。可是，對親戚朋友而言，他是敬而遠之的可怕人物。簡單而言，殮容師與死人交往總比活人多，社交圈子狹窄，連朋友都無多，遑論密友。

七

自從在汕頭邂逅攝人心魄的少女，傲或做夢也離不開她的身影，甚至白日下亦難以忘懷當晚的情景，「風月俏佳人」經常歷歷在目，其魅力老是揮之不去。他耿耿於懷，後悔自己不

解風情，拒絕佳人的盛情。若當晚應邀陪她另覓地方短敍，也不一定要幹甚麼無恥勾當，談談心事又何妨？到底都是自己不好，歪了思想、壞了心腸，對人家太過絕情心硬，辜負了難得一遇的俏佳人。

傲或一直好好保存着佳人給他的信物，不時拿來觀賞，有一次不經意地把紙巾摺合起來，取出來看時竟然變成「江青」，不禁發笑。他發覺她所寫的名字散發着書卷氣，絕不是一般平凡女子可以媲美，怎麼會淪落風塵？他惦念她，也想了解她，曾經想過致電，可惜始終欠缺一點勇氣。

牽掛了足足一個月，踏入一個月零一天的時候，傲或終於按捺不住致電給她，手機傳來：「你所撥的電話是空號——」電話隨即掛斷。他不甘心接二連三再試，結果都一樣。傲或自責反應太慢、行動太遲，又擔心汪靜，怕她因賣淫而被捕，正身陷囹圄。他毅然告假兩天，專程到汕頭搜尋她的下落。

八

日暮黃昏到達汕頭，傲或草草吃過晚飯，安頓下來便已經入夜，他急忙到海濱路尋覓芳蹤，在海濱長廊人多聚集的音樂噴泉東張西望。他無興致觀賞噴泉，也沒有心情享受音樂，在長廊來來回回，目的只得一個：眾裏尋她，旨在與她重逢。長廊西面的盡處就是礐石大橋，燈影下的斜拉橋額外迷人，可惜

杳無汪靜的迷人蹤影，他鍥而不捨到金平區一帶的花街柳巷繼續訪尋。

「老闆洗頭？」髮廊內一群爭艷鬥麗的性感女郎爭相向站在大門口的傲彧招手。

「不！請問妳們認識汪靜嗎？」

「老闆，這兒甚麼都有，快快進來吧。」

傲彧驟眼不見汪靜，馬上撤離，轉投一家按摩店探問。

「找姑娘？入來好說話。」疑似鴇母看傲彧遲疑，打趣說：「你可不是唐僧，我們不會吃你的肉，怕甚麼？」

傲彧猜她是鴇母，眾按摩女郎之首，女孩子坐在一旁，她端坐茶几旁，邀請他坐下。她撒了一勺茶葉到小巧的紫砂茶壺，又把玻璃壺沸騰了的水注入茶壺，接着將初泡的茶如貫地淋遍四個小茶杯，再用木鉗夾起茶杯倒去茶水。她用熟練的手法泡好茶，遞上一杯予傲彧，自己亦手持一杯。

「不必客氣，請用茶。」

「謝謝！」

「這兒姑娘多的是，老闆找誰？」鴇母呷了一口茶。

「汪靜。」

「嗯，汪靜。水汪汪的有，文靜的也有，讓我一併給你介紹，保證滿意。」

按摩店少女個個都花枝招展、衣著暴露，穿著吊帶衫、熱褲、短裙擘腿迎賓。他們濃妝艷抹，臉蛋塗上厚厚的脂粉，嘴

唇膏上深啞的口紅，好像「白無常」一樣掛着慘白的臉皮，張開血盤大口，身上完全找不到青春氣息。傲或品茗時，她們嘻哈作樂；談及她們可以任君選擇，背後隱藏着淫辱以至欺凌的行為，她們滿不在乎。相反地，挑逗的眼神中流露出期盼，盼望被男人寵幸，完全不懂得自重自愛。

「我只要汪靜，姓汪名靜。」

鴇母又奉上功夫茶，「找多幾個小姑娘出來讓你挑選，絕不比你的汪靜遜色啊！」

他立刻向她道謝，起身告辭。

女郎紛紛起來揮動塗上繽紛甲油的手指拉拉扯扯，加上嬌聲嬌氣，又借勢利用胸脯觸碰傲或，試圖施以美色去挽留恩客。他自覺墮落，被色慾充昏了頭腦，明白到厭惡腐敗才是自醒的盔甲，決然撥開群鶯的利爪，擺脫重重糾纏。

為求打聽汪靜，傲或不惜走遍金平區和龍湖區大街小巷的按摩店及髮廊等夜店，然而一無所獲。他知道她只可遠觀而不可褻玩，亦知道她可遇而不可求，卻不知道她的下落，令自己失魂落魄。

九

湖南農村出生的汪靜年少是留守兒童，雙親到外省謀生，一年或許可以回家團聚一次，日常跟外祖母過活。父母營營役

役，只能賺取微薄的工資，省吃儉用以供養母親和女兒。鄉間有不少鄰家姊妹們長大後都離鄉別井，衣錦還鄉的通常是不學無術又不務正業的鄉親女兒，到外省工作一年半載便穿金戴銀，而且不乏奢侈品。她們一般都說「出路遇貴人」，機緣巧合下做起甚麼生意，賺了第一桶金。相比雙親勞碌半生僅供一家人糊口，明顯是天壤之別。外祖母老是提醒孫女虛榮不足恃，勿覬覦人家富貴，要腳踏實地做人做事。汪靜習慣簡樸的生活，毫不稀罕華美衣裳，她希望入讀大學，他日供養父母，舉家團團圓圓。

汪靜天資聰穎又勤奮好學，高考成績不俗，獲得獎學金升讀上海外國語大學。求學期間，她結識在上海體育學院修讀的肖佳，他來自廣東的小康之家，唸書期間兩人交往頻繁。肖佳身材瘦長、運動出色，擁有一雙明亮單眼簾眼睛，帥氣中帶點憂鬱眼神，而且善良及關懷別人，對她更無微不至，照顧周到。

兩人喜歡流連上海外灘，廉價消遣卻可以置身十里洋場，欣賞黃埔江兩岸不同風格的舊式典雅大樓和匠心獨運的東方明珠塔等現代建築，以及絢爛夜景。畢業前，肖佳陪汪靜返回家鄉歡度春節；畢業後汪靜返到湖南，在長沙一家外資公司擔任翻譯，而肖佳則申請編配到湖南工作，以便與女友相見。最終如願以償，獲分派到湖南省水利廳，直屬於國家水利部防汛抗旱總指揮部辦公室。兩人不謀而合在長沙市工作，大家先專注事業，並立下盟誓，訂定一年後嫁娶。

十

中國廣泛地區持續暴雨，出現百年一遇的水災，二十多個省市受災，當中湖南、湖北、江西及安徽災情非常慘重。洪水所到之處，村莊、農田、農作物和禽畜都被淹沒，民眾被圍困。山洪引致泥石流，令房屋倒塌，家園盡毀，無數家庭流離失所。學校停課，操場變成沼澤。嚴重水浸以致主要幹道備受影響，鐵路停運，航班取消或延誤，交通局部癱瘓。

湖南汛情嚴峻，洞庭湖水位高漲，超越了警戒線，形勢岌岌可危。水利廳肩負防汛抗洪任務，既要聯同有關部門呼籲市民疏散，減低山洪暴發及山泥傾瀉所造成的傷亡，又要在發生險情時奮勇搶救。新聞報道是次災禍中有千萬人受災，傷亡數以百萬計，還有無數民眾失蹤，經濟損失高達數百億元人民幣。其間，有湖南省水利廳職員在鳳凰縣潭江因救災而捨身，被滑坡的大石砸死，殉職者名叫肖佳。

十一

傳來男友的噩耗，汪靜心如刀割。葬身的地方正正就是第一次返回家鄉共度新春的鳳凰縣，由那兒開始，亦在那兒告終，開心的地方頃刻變成傷心之地。她愧疚因她致令肖佳到湖南工作；後悔要他多等一年才結婚，今生做不成夫妻；更懊悔太過

循規蹈矩，沒讓肖佳僭越半步，從未曾親近過。她為未婚夫捨己救人的英勇行為感到驕傲，也為自己無名無份而糾結。汪靜睡不安穩，想為肖佳盡她作為未婚妻應有的道義和責任。

十二

汪靜對肖佳的愛慕之情深厚，認為感情不應因離世而告終，即使挽留不住，仍然渴慕愛情可以延續下去。肖佳父母由廣東趕到湖南為兒子送喪，汪靜初次與他們見面，提出了一個請求。雖被婉拒，她再三央求，終獲得他們首肯。她明知父母反對，絕對不會答允，反正家人不在湖南，乾脆不知會。

出殯當天下起傾盤大雨，固然是天悼英才，也教世人清楚知道風雨無情、蒼天無義。長沙明陽山殯儀館份外淒冷，冰冷的牆壁圍繞着淒楚而憔悴的容顏，楚楚可憐的汪靜呼喚着冷冰冰的軀殼。蒼天硬要拆散眷侶，她無可奈何，但不甘心任上天擺布，硬要改寫命途。

靈堂莊嚴肅穆，只得百合和菊花的簡約布置，沒有三牲祭品，也沒有哀樂，更沒有頌經超度，只得肖佳的父母和同僚，以及汪靜的朋友和同事在場。儀式由堂倌主持，他向在場人士宣布一個喜訊，由於語出驚人，與會者都目瞪口呆。他們齊齊向堂倌投以嚴厲兇狠的目光，希望他注意自己的言行，收斂一下，並為剛才的胡言亂語道歉及撥亂返正，免得在蒞臨人士傷

口上灑鹽。可是堂倌不受阻嚇，繼續宣布喜訊，仵工慢慢地將靈柩推出來，置放在靈堂中央。

肖佳越安詳，父母越激動。看到他一絲不動，母親哀慟得雙肩不停抽搐，父親從旁安慰，雙雙悲從中來，掉下老淚。

堂倌邀請大家一同見證婚盟，令人莫名其妙。

「多謝各位蒞臨出席肖佳先生和汪靜小姐的結婚典禮。」堂倌充當臨時婚姻監禮人，態度不卑不亢。

他鄭重宣告：「婚禮並沒有世俗或宗教儀式，然而在本人和在場人士面前當眾宣示以對方為配偶，願意結為夫妻。請新娘向新郎宣述。」

「我懇請在場親友見證：我——汪靜，願以您——肖佳作為我丈夫。」在堂倌的指引下，她靠近棺木，含情脈脈凝望着肖佳，冷靜而顫抖地當眾宣讀誓詞。肖佳安詳默許，令所有出席者無不哽咽、眼泛淚光。

梨花帶雨的汪靜輕輕撫摸肖佳的俊臉，想起他生前淺笑時迷人的梨渦，不覺觸動起心靈的反射，緬懷過去溫馨的日子，對住安息的丈夫還以淺笑及擁吻。她依偎在穿著禮服的肖佳胸膛，輕吻兩腮，又握着丈夫的手，為他套上指環。肖佳刻上「靜」字的銀戒指早已除下，交還汪靜保管；面前的指環是用草揉成的戒指，可隨他煙滅。

內地人結婚，必須到其中一方戶籍所在地的民政廳婚姻登記處辦理婚姻登記，制度上不設律師到場證婚。堂倌主禮加上

親朋見證算是變相婚禮，不求法律上的認可，反正新郎不在人世。姑勿論結婚還是冥婚，其實都不重要，汪靜只在乎她和肖佳完婚，在眾人面前盟誓，縱使肖佳過身，她仍要下嫁，成為肖佳死後的妻子。生前信誓：執子之手，與子皆老，明知水燈不穩妥，托付孔明燈亦屬徒然，早就灰飛煙滅，難怪好夢難圓。

十三

堂倌宣布婚禮告一段落，接着宣告葬禮儀式。儀式同樣從簡，由汪靜略述肖佳生平，與會眾一起追思肖佳生前種種。「白頭人送黑頭人」倍覺淒酸苦澀，新翁和新姑抖震地握着新婦雙手，受到感染，汪靜禁不住涕淚縱橫。全場人士共同憶念故人，引發共鳴共震，她覺得殯儀館在晃動，接着是扣人心弦的拆天驚雷。

對於水利廳人員因防汛抗洪而犧牲，湖南省委書記和市委書記均公開表示難過，予以深切哀悼，他們並沒前來弔唁，僅送上花圈。無名小卒為人民捐軀只是微不足道的小事，靈柩沒蓋上國旗，傳媒沒再報道，親人也不會介意，絕不為哀榮而計較。失去兒子是無法挽回的事實，補回一個兒媳卻是意外收穫，汪靜以老爺、奶奶稱呼肖佳父母，聲聲入耳，撼動兩老的落寞心靈。肖佳在雷雨交加聲中悄然離開，化作飛灰，之後汪靜陪同家翁和家姑帶骨灰返回廣東潮州。

十四

　　喪失獨子，肖佳父母空虛失落，卻不減對初歸媳婦的熱情和愛護。汪靜初到肖佳的家鄉，很多他兒時玩樂和成長地方，都曾經娓娓道來，感覺上並不陌生。遺憾的是兩人沒法把臂同遊，讓肖佳介紹潮汕的風景、飲食文化和鄉土特產等，反而令人神傷。為免觸景傷情，三口子僅相聚了一個晝夜，汪靜便辭別，但她不想回去湖南，隨意到汕頭散心。

　　她前往有潮汕民俗文化大觀園美譽的白花尖大廟參觀，又順道到礐石風景區遊覽，縱使美景當前，始終悶悶不樂。她不習慣孤單，難以適應沒有肖佳陪伴的日子，有度日如年的守寡滋味。景區面向汕頭港，她愁眉深鎖朝着大海呼喊肖佳，數聲過後一陣清風襲來，平靜的樹叢隨風舞動，沙沙作響，彷彿肖佳聞風而至，叫她釋懷。舒暢的涼風令汪靜精神煥發，感覺到肖佳守護在旁，她要堅強生活下去。

　　由濠江區繞過貫通南北的礐石大橋，跨越寬闊的汕頭港到達對岸金平區，沿岸是筆直而漫長的海濱長廊。汪靜倚欄回望大橋，宏偉的斜拉橋在斜陽照耀下閃閃生輝。拉索的線條圖案倒影在港灣面，呈現出倒豎三角形，色彩斑駁奪目。汪靜若有所思，晦暗分明的拉索結構及倒影好像築起的籠牢，囚困着天與海。她洞悉到待黑夜來臨，桎梏便會消失，天與海可以無拘無束；人隱沒在黑暗之中，可以肆無忌憚！

汪靜呆坐了半天，靜候黑夜來吞噬光明。入黑之後，她才動身，在海濱長廊流離浪蕩。視覺上噴泉的燈光失去幻彩效果，淪為光影中的黑白世界；音樂失去優美的旋律和韻味，徒剩單調的頻率；人失去了生趣和心靈的潤澤，落得乾涸的軀殼。汪靜頭腦空空洞洞，拖着沉重的腳步緩緩前行，上輕下重的感覺理應像不倒翁屹立不倒，可是事實不然。自從肖佳身故，生活上每一步跟跟蹌蹌，又得不到他人扶持。她想過跳海，未知能否與肖佳在天國相遇，卻肯定與自己的家人永別；終結自身痛苦，卻將痛苦轉嫁家人，故打消了輕生的念頭。

十五

傲彧專誠到汕頭尋訪汪靜不果，懊悔當晚沒好好珍惜伊人的美意。事後轉念，認為交朋友何用計較身分，並沒正面看待別人的職業。性工作者由來已久，透過出賣色相和勞力換取酬勞，工作性質比較另類。在某些娼妓合法化的國家，公娼是名正言順的行業；在香港，法律不容許任何處所有兩人或以上賣淫，但一樓一鳳卻免遭檢控。換言之，淫業寄生在法律上的灰色地帶，不一定犯法，但涉及道德問題。

他撫心自問，自己的職業同屬厭惡行業，即使遺體化妝是半專業、半神聖的工作，然而常被視為不光彩的賤業。一開始就不由分說去否定他人的行業和從業員的社會功能和價值，未

免太不近人情，無疑是無知的歧視行為。拒人於千里之外，只是五十步笑一百步而已。在笑貧不笑娼的社會，明顯扭曲了社會的道德觀，過份貶低窮人，又過份抬舉當娼者。任何職業固然都應該得到起碼的尊重，但絕不表示肉體可以交易，靈魂可以出賣。

　　如若不從生理需要出發，也就毋須對方自薦枕席，根本不用去疏遠她。夜靜人稀，怎麼可以讓少女單獨流落街頭，至少要送她歸去。若途中遇上無恥之徒，豈不是害了人家。反而跟她促膝長談，可以了解一下她的際遇，予以友善的慰問和溫柔的關顧，以及給她精神上的慰藉和真情暖意。奈何錯過了結識的良機，伊人一去不復回！

十六

　　既要存活下去又擺脫不到痛苦，尋求快樂或許實在一點，只要享樂凌駕於痛苦之上，痛苦自然會消減；只要結交新的異性伴侶，舊愛的記憶自然會消淡。汪靜慨嘆往昔與肖佳的關係太講求理性，停留在精神上的交往，一直規行矩步，維護堅貞的愛情，欠缺具體務實的行動。

　　如今肖佳不在人世，總覺得若有所失。完成冥婚是彼此愛情的確認和貫徹，無論如何，汪靜放不下至愛，容不下新的戀人戀事，願意一生作肖佳的妻子，至死不渝。可是沒有丈夫依

靠，無法長相廝守。她悔不當初，被「發乎情、止乎禮」的傳統思想摧毀了她的美滿人生，一生一世只能做一對有名無實的夫妻。面對既往的缺失和終生的遺憾，她若有所思，設法去填補夫妻之實和心靈上的空虛。

柏拉圖式戀愛使汪靜憎惡，改變了她對性愛的觀念。性既然是原始本能，不一定要先經愛情醞釀發酵。她忽發奇想，不惜離經叛道，逾越道德底線，勇闖情慾的禁區，試圖率性而為，尋找情感以外的東西，追求情愛的昇華。作為未經人道的年輕新婦，汪靜躍躍欲試巫山雲雨，得到男人的撫慰，享受一下交合的歡愉，親身體驗無愛作為基礎的性趣。她相信肖佳泉下有知，亦會體諒她的困境。

十七

在海濱長廊，汪靜徘徘徊徊，志在尋找獵物。大部分途人都成雙成對，單獨的男士有的在吸煙，有的在喝啤酒，通身煙酒味，令人討厭；年長的男人應該有家室，見獵心起的好色鬼懷有異心，對感情不忠，令人鄙視；年輕人沉迷電子玩物，而且滿口污言穢語，完全不尊重女性，令人唾棄。有一位道貌岸然的男子引起她的注目，他身材瘦長、擁有一雙明亮單眼簾眼睛，帥氣中帶點憂鬱眼神，從外表看來，倒有幾分肖佳的身影。

她鎖定了目標人物，卻舉棋不定，不敢貿貿然接近，神態

自若踱步，故意在「如意郎君」跟前經過。她怦然心動，希望對方主動搭訕，碰巧他別過頭，她惟有往前行，停留在前方的隱蔽處，暗中留意他的一舉一動。不一會兒，那男人便離開，朝着酒店區邁去。她不敢尾隨，相隔好一陣子，才循同一方向而行。附近酒店林立，她隨便訪尋，在一家五星級酒店的內園發現那人的蹤影。

　　園內靜悄悄，只得蛤蟆的叫聲，那人坐在長椅上。他對着月光，戴着耳塞，哼着歌，垂首閉目，十分陶醉。

　　「先生，等人嗎？」汪靜隨口弄開場白。

　　「是──啊！不是。」他神不守舍不懂應對，樣子趣怪可愛。

　　她坐在他身旁而且非常貼近，表面從容，內裏患得患失。

　　「你獨個兒來旅行？」她另找話題。

　　「不是──啊！對。」

　　「帥哥真有趣！」她側起頭、睇起眼，存心挑逗，「讓我陪你玩。」

　　「怎麼玩？」

　　「上去你的房間玩。」她自覺低賤，竟然對陌生男人說出不知廉恥的髒話，還要保持鎮定。

　　她發覺他面有難色，「去別處玩？」

　　「晚了，妳還是早點回家休息。」他婉拒。

　　「不晚！一起喝點東西？」

「下次吧。」

「好！下次聯絡我。」她隨手拿出一張紙巾，在上面寫上自己的聯絡電話號碼及名字。她鍥而不捨，希望他回心轉意，一時着急以致忘記了改名換姓。

汪靜悻悻然離去，難以想像那男人居然不識好歹，錯失了一般男人求之不得的機會；同時也自嘲，近乎投懷送抱也俘擄不到一個蠢男人。

十八

智者千慮，必有一失。自問聰明伶俐，卻犯上不應該干犯而且極不合常理的大錯，連自己也解釋不了。因一時失落、糊塗和衝動，竟然淪落到自願向初次碰面的男人主動獻媚，跟娼妓無異。翌日汪靜即後悔莫及，覺得自慚形穢，一方面，早前追逐沒有結果的婚姻；另一方面，並沒有持守婦道，出賣自身又辱及先夫，對不起肖佳。若然不是遇上戇直男子，差點兒鑄成大錯，一旦自毀貞潔，恐怕不會原諒自己兼且無地自容。或許全世界都不知道她喪德敗行，但在那男人的心目中，她是一名恬不知恥的妓女。為免繼續背負污名，她急不及待更改了電話號碼。

十九

　　受到愛滋病病毒感染的遺體，跟患上嚴重急性呼吸系統綜合症（沙士）一樣，一律不可以進行防腐，亦不宜在殯儀館內裝身及化妝，並建議採用火葬處理。故此，傲或未曾接觸過有關屍體。至於性病死者，倒遇見過不少，如梅毒病菌入侵中樞神經系統產生病變而誘發腦膜炎死亡的個案，要為遺體化妝；面對年輕貌美的性工作者，他尤其惋惜。

　　無論香港的油尖旺、深水埗、元朗，抑或內地城市的旅遊區，以至偏遠簡樸的山區，都有娼妓出沒，並兜搭過傲或，每次他都不為所動，認為是不道德的交易及侮辱女性的卑劣行為。不過，對於汪靜的一顰一笑，他卻朝思暮想。傲或自認鍾情汪靜，戀上一名妓女，他不以為然。可是汪靜氣質不凡，不同一般妓女，而且她具有慧眼，懂得向他招攬。接受她的盛意，確實太過荒唐，理所當然地婉拒交易。心態上竟然覺得可惜，為錯失千載難逢的機會而抱憾，她的出現已經顛覆了他的人生，衝擊其道德底線，同時改變了日後的生活。傲或下班後經常到附近的尖東海旁流連，奢望在海濱長廊重遇伊人。即使機會渺茫，至少也可以回味當晚邂逅的動人場面，以慰藉迷惘的心靈。

二十

　　離開汕頭，汪靜獨個兒到處散心，初次踏足香港，慕名前往烏溪沙，找到引人駐足的心型石堆。心形玲瓏有致，石堆浸淫在清澈的水中，額外秀麗。她的心靈彷彿與淨水結連，淨化恬淡，忘卻早前的歪理和妄念。她漫不經心坐在沙灘邊沿一艘倒轉的舢舨上，方才發現艇身外面寫上：「愛是恆久忍耐……不作害羞的事……愛是永不止息。」的金句，她若有所悟，淚如泉湧。

　　入住迪士尼酒店，晚上可以觀賞到樂園綻放的煙花。儘管夜空絢麗耀眼，聲色遠勝鳳凰古城的煙花，可是沒有肖佳在身旁、沒有丈夫留在人世間的事物一概失色。拿出手袋內與肖佳在鳳凰古城煙花下所拍的合照，不禁唏噓，感嘆往事不堪回首，緬懷過去的美好時光徒然令當前的煙花也變得黯淡無光。她好像頭上孤寂的冷月，陪伴在側的只得冷風。

二十一

　　傲或一直認為汪靜是仙女下凡，世間難得一見。若要找回仙女，理應先找仙境。他觀看過電影《阿凡達》，認為當中的哈利路亞山正是神山仙境所在。風聞當地新設「雲天渡」——世界上最高、最長的玻璃橋，打通仙界，凌空連接張家界大峽

谷兩邊的懸崖。

神山天橋剛啟用，傲彧即打算踏上「雲天渡」尋找仙女的下落。到達湖南張家界國家森林公園天門山景區，傲彧登上瑰麗如仙境的砂岩峰林，然後從玻璃橋頭戰戰兢兢邁開腳步。他俯瞰腳底下深不可測的峽谷，頓覺膽顫心驚，渾身酥酥麻麻、酸軟乏力。儘管雙腿不聽使喚，在隨後遊客紛紛催逼下勉強前行。奈何橋身比起環繞標準運動場一周還要長，每一步都提心吊膽，但對面山頭偏偏遙不可及。凌空漫步的感覺著實不爽，並非想像中騰雲駕霧的飄逸寫意。驚魂未定之際，他依稀聽到背後有人呼喊「汪靜、汪靜」，來不及轉身已經被人羣簇擁前進。數百人擠在橋上，無法退避，惟有側身緩行，轉頭張望汪靜的蹤影。

「行行重行行，與君生別離。相去萬餘里，各在天一涯。道路阻且長，會面安可知？」

折翼

一

　　一隻麻雀降落大地，踏足混濁的水窪，良久流連不去，泰然自若地濯足，縱情跳躍，或許牠享受着細雨綿綿的浪漫，雀躍不已。

　　在雀兒的眼瞳中，一輛電動輪椅在濕滑的石板路上正馳騁過來，逼使牠連忙拍翼，疾速飛上枝頭。輪椅的主人是一位端莊少女，她慌忙把輪椅擱在樹下，朝麻雀飛走的方向，輕柔地連聲道歉：「對不起！對不起！」少女跟麻雀一樣，個子輕盈、眼眸異常明亮。她的牙齒潔白整齊，五官秀麗而且舉止優雅。她轉身從椅背後的袋子取出一把短傘，跟着張開傘子，逗留在水窪中仰望天色。

　　驟雨似衝着我而來，方才踏進愛秩序灣公園，一陣雨水就灑在頭上。雨勢加劇，連珠傾瀉，半晌便沾濕衣衫，來不及找地方避雨，惟有退避到附近的樹蔭下、輪椅旁。得不到大樹的蔭庇，簌簌雨絲穿過婆娑的枝葉散落在我的身上。跟前的輪椅少女仰起頭來對我嫣然一笑，我靦靦腆腆還以微笑和點頭。

　　「先生，快過來避雨。」

　　「謝謝！來讓我舉傘。」

　　「好，勞駕。」

　　我昂藏六尺，接過雨傘舉起，幫不到少女遮風擋雨，只得弓身共度時艱。

「真不好意思！累你屈就。」

「不，沒事。妳樣子面熟，似曾相識？」

「很多人都與你同一說法。」

「妳——妳不就是新聞主播姚妤婕嗎？」

她又莞爾一笑。

「真的聞名不如見面，姚小姐工作繁忙，今天休假？」

「是。還未請教？」

「我姓冼，洗滌志，洗滌心志。」

「豈不是洗滌志？」

「可能洗滌時褪色，掉丟一點，所以我姓冼。」

「原來如此！冼——先生。」

雨尚未止息，對話卻中止了，因我找不到話題，而她已經轉頭盯着前方。遠處有一個水池，停泊着一艘中式帆船及兩葉輕舟，從而塑造昔日漁村的風貌。她看得入神。

驟雨來得急、灑得快，頃刻便放晴。

「妳喜歡前面的布局？讓我陪妳登上帆船，好嗎？」

「不錯，我嚮往漁村生活，然而面前的景致不倫不類。漁棚太現代化，完全感受不到一點漁村氣息。隔岸的鯉魚門村則截然不同，我打算去逛逛。」

「真巧，我正要前去，一起同行？」其實我打算去電影資料館。

「不去了。剛下完雨，到處濕濕漉漉，還是電影資料館好，

再下雨亦無妨。不用陪我，以免耽誤你的行程。」

　　我不懂改口，向她告辭，又怕尷尬，只有放棄原先到電影資料館的行程，過其門而不敢踏入半步。望門輕嘆之後，我獨個兒到海濱的西餐廳坐着納悶，面對西灣河渡輪碼頭外「三家村」的指示牌發怔，只怪自作聰明又不誠實，錯失結交良機也是活該。

二

　　近距離接觸新聞女主播，覺得她溫文爾雅，很想與她結識。從網上搜尋，得悉她經歷過一樁嚴重意外。兩年前，她與朋友到韓國京畿道滑雪時給人絆倒以致失去重心，翻身俯衝而下。意外令她的第十一及十二節脊椎斷裂，導致下半身癱瘓，養傷經年。復職之後，她不用出外採訪，專責新聞的編輯及報道工作。網上傳聞她被交往多年的男朋友捨棄……

　　翌晚，我刻意收看電視，她剛開始報道晚間新聞，節目時間至凌晨零時。我隨即驅車前往電視城，把車停泊在大門口不遠處，並屏息靜氣留意停車場的一舉一動。時值夜深，上下班的員工寥寥可數，穿梭巴士班次疏落。守候好一陣子，她終於出現，默默坐在輪椅上。隔着停車場，難以召喚她，亦不便在她面前現身。未幾，一輛「鑽的」駛進停車場，在她跟前停下，司機下車開動電動尾板，協助乘客連同輪椅一同登入車廂，司

機手法乾脆俐落，瞬間把她載走。

　　我一時不知所措，驀地仿照電視、電影的手法去跟蹤「鑽
的」。夜間車輛稀疏，容易被發現，我遠遠尾隨。從將軍澳工
業邨一直追蹤到太古城，遙望着她漂泊的背影進入寓所。我不
捨得離開，聯想到折翼的天使遺留在凡間。

三

　　我生怕女主播把我忘記，便趁記憶猶新，致電其任職的電
視台留下口訊，要求對方回覆。等候了一整天，音訊杳然，猜
想她可能不願主動結識一個萍水相逢的陌生男子。

　　怎料她翌日來電，「冼先生，你找過我？」

　　「姚小姐，我想約妳在周末或假日去鯉魚門，有空嗎？」
我鼓起勇氣直接邀約。

　　「鯉魚門？你和我？」

　　「對！妳考慮一下才回覆我吧。不打擾了，再見。」

　　「再見。」

　　掛斷電話之後，好像放下心頭大石，卻又心神不定，惟恐
她拒絕。一星期過去，她沒有回覆；一個月過去，她仍舊沒有
回覆。惟有多看電視新聞，多看女主播幾面。

四

　　女主播未有回覆，難免令我有點失望，但我倒也欣賞她的矜持，不會隨隨便便與一面之緣的男士約會。

　　早上到消防局上班，接更之後就開始檢查、維修及保養裝備，以及進行消防和體能訓練。除了火警，不時有突發事故，我都要隨時外出執勤，有時還要通宵留守候命。作為消防員總隊目，不但要執行滅火及救援工作，而且要處理控制室的事務、協助調配人手及下達指令。今天一早又要出勤，到達栢架山引水道，一隻大黃牛墮進引水道內，吸引現場十多名晨運人士圍觀。黃牛橫臥在乾涸的水道內，兩名同袍下去了解情況，牠痛楚呻吟，抗拒被人觸碰，軀體不停擺動。根據經驗，估計黃牛重六百多磅，毋須安排起重機到場，消防員足以應付，然而必須有漁農處獸醫從旁支援。獸醫評估後為黃牛施行麻醉，接着交由消防處理，我和四名同袍合力救起大黃牛，讓漁農處帶走檢驗傷勢。相比平日救助被升降機所困的市民，救牛吃力得多！

　　自問學歷有限，勝在一身牛力，經常可以派上用場。

　　同日下午隨消防車外勤，例行檢查街井。途經街角，有女途人倒地呼叫：「捉賊呀！搶手機呀！」一個染金髮的青年正落荒而逃。我和同袍一行六人，兩人留在現場救護途人及協助報案，然後兵分兩路追截。追逐了五十米左右，我已經追上並率先撲向疑匪，同袍上前合力制服交警方跟進。相比救牛，捉

賊輕易得多！

　　事件經傳媒報道：「救火消防變身捉賊英雄」，勇擒手機賊的消防總隊目冼滌志接受訪問。北角消防局上上下下都引以為榮，特別留意有關的新聞報道，我也不例外，並不是因為我是採訪對象，而是希望藉此吸引女主播的注目。

　　由於當值消防員要徹夜候命，晚上十時四十五分後就要作適量休息，並不能熟睡，一旦收到指揮中心分派工作，一分鐘內便要隨車出動。當晚我沒有違規收看電視，輾轉難以歇息，始終牽掛着新聞報道，以為成為新聞人物就可引起姚妤婕的關注。翌日早上交更完畢，我馬上透過電視台的應用程式重溫昨天的晚間新聞。看到姚妤婕出現，我異常緊張，一直坐立不安，期望由她親口報道捉賊消防英雄冼滌志的消息，可惜當晚有連串重大新聞，小新聞變得微不足道。

五

　　每天電視台新聞部都忙得不可開交，主播連上廁所亦難以抽空，故飲水可免則免，還要兼顧儀容，預留時間補妝。姚妤婕負責編輯，接觸繁多的時事新聞，其中一則突發新聞和影片令她眼前一亮，是捉賊消防英雄冼滌志！那高個子原來是消防總隊目，率領下屬擒拿賊人。由於有其他重大新聞，而這段小新聞已經在傍晚新聞中報道，決定從晚間新聞中剔除。姚妤婕

覺得新聞從業員與消防員性質也頗為相似，兩者都在前線工作，艱辛刻苦，而編輯和總隊目同樣要十分熟悉部門的工作，並且要冷靜、反應快及果斷。她對冼滌志增加了一分認識、兩分敬意、三分好感。

臨近節目播出，往往囫圇吞棗，姚妤婕未及徹底閱讀輯錄新聞一遍，就把輪椅驅進直播室。片刻便開始倒數，還要保持從容，劈頭來一句開場白：「各位，歡迎收看晚間新聞，我是姚妤婕。」每次直播都是一場考驗，戰戰兢兢上陣，不容有任何閃失，這跟消防工作不遑多讓，絕不可有半分差池。直播時，新聞報道員必須心無旁騖；結束後，姚妤婕首先想起的人是冼滌志。

六

憑藉一分認識，姚妤婕對冼滌志的感覺不再陌生；憑藉兩分敬意，她對他改觀，認為他不是遇然在公園遇上的狂蜂浪蝶，而是值得市民尊敬的消防員；憑藉三分好感，她決意致電回覆及應約。

當我接到姚妤婕的來電，確實喜出望外，她爽快地答允我的邀請，一同遊覽鯉魚門。我們約定某天休假，下午某時在西灣河渡輪碼頭會合。當天整個上午，我心猿意馬，着急等候下午的來臨。我挑選了白色長袖恤衫，配合卡其色休閒褲，並把

衣服燙得筆直，好讓我留給她一個簡約清新的好印象。整個中午，我洋洋自得，焦急迎候她的出現。我著實急不及待，於是早一小時到達碼頭。

西灣河渡輪碼頭毗鄰有窄窄長長的海濱公園，另一方有避風塘，但我不敢走遠，怕她不知情，誤以為我姍姍來遲。我寸步不移，在碼頭一隅守候，享受着颯颯涼風，自覺如沐春風，幻想着未來半天的醉人時刻，連站立也可陶醉。醉眼矇矓中，姚妤婕出現，她駕着輪椅由遠而近飄至。她穿上白色Ｔ恤及工人牛仔褲，與上電視的行政套裝打扮截然不同，又不施脂粉，清麗脫俗，簡直判若兩人。我興奮得像小鳥般振翅高飛，撲上前迎接，她向我欠身。

「姚小姐，妳好！」

「捉賊英雄冼大俠，你好！」她主動與我握手。

「愧不敢當！大夥兒捉賊，並不是個人功勞。何況人多欺負人少，更加不值一提。」

「謙虛是美德！可以稱呼你的英文名嗎？」

「真抱歉！我並沒有英文名，別人都叫我：滌志。」

她思索一會兒，「嗯，不如叫 Digit ？」

「好！ Eunice，命名得很好，Digit，正好配合滌志。」

「你知我的英文名？」

「妳是著名的公眾人物，人所共知吧。Eunice，我們上船再談？」

「好。」Eunice 隨即啟動輪椅，不用我輔助，她已經捷足先登。

往來三家村的乘客不多，班次較疏，航班相隔半小時。時間配合得宜，渡輪正好啟航，大概十分鐘便到達三家村碼頭。

七

Eunice 乘着私人座駕伴我同行，可以同步但不能並肩。

「Digit，你不用遷就我的步伐，」她看出我故意慢慢行又急急追，「我可以調較輪椅的速度。」

「Yes，madam。」

「哈哈！職業病？」

「Yes，madam。」

只不過兩度見面，我倆好像一見如故，十分稔熟，邊走邊談邊說笑。我適應了她的步速，但仍未習慣一高一低地交談。

「Digit，你不用遷就我的高度，」她看出我時而側身又時而蹲下，「我聽到。」

「妳的嗓子甜美而清脆，站到老遠也清楚聽到妳的悦耳聲音。」

「多謝誇獎！」

我挺直腰板跟 Eunice 遙遙對話，反而不自在。

沿途經過不少海鮮檔和食肆，在鯉魚門村內的一片空地，

我建議歇息一會。坐在花叢旁邊石壆與她聊天，説起話來自然得多。

「附近有餅家，糕餅糖果都是新鮮製成，我喜歡吃雞仔餅，妳愛吃甚麼？」

「琥珀核桃。」

我買來美食一起分享，她指着地面，「你看。」

「跳飛機？」

「對，跳飛機。我兒時經常與同學玩的遊戲，可惜現在──」

我拍拍她的肩膀，「不必可惜，鯉魚門尚有其他好去處。」

「好！起程吧。」

八

「Digit，鯉魚門燈塔啊！」Eunice 雙眼發亮，遙指前方。

「每次到鯉魚門，我都專誠來拜訪燈塔。」

「十年如一日，不，數十年如一日，燈塔風采依然。」

燈塔守望着鯉魚門海峽，是所有循香港東面進出的大小船隻的必經之路，它為往來船隻提供照明及導航作用。燈塔坐落在近岸的小礁石上，雖然潮退時可以登上，但沒有無障礙通道設施，我倆望而卻步，而旁邊的釣魚郎執拾漁具後陸續散去。

走近石灘，廣闊平靜的維多利亞港及兩岸風光盡入眼簾，

我們一併飽覽香港島、九龍半島及將軍澳的優美景色。正值黃昏，夕陽從維港的另一端上空綻放，照遍整個海港，碧綠的海面閃耀出金光，色彩交錯變幻，似為俯伏的青蛙加冕，戴起金冠來。彩霞簇擁着遲暮的落陽，漫天泛黃、泛橙、泛紅，白雲一時失色，退避到天際盡頭。渾圓的落日忙碌一整天，拖着疲倦身軀輕輕躺下，沒入西山尋夢去。蛙兒丟失了金碧輝煌的冠冕，被黑天鵝驅逐，投奔遠親。快將入夜，漁船陸陸續續返回避風塘停泊，維港兩岸漸漸亮起萬家燈火。這時候無聲勝有聲，我倆默不作聲，靜心觀賞晚霞。

Eunice 打破沉默，「我看過鯉魚門燈塔不下十遍，總是在白天，現在終可看到它發光發亮的模樣。」

「真慚愧！我也是初看。」

「Digit，消防員好比前面的燈塔，是不怕風吹雨打的強者。」

「我覺得似是而非。燈塔可以逾半世紀仍然屹立不倒，但十年八載內不知有多少消防員倒下，部分被長埋在浩園。」

「言之有理，那麼消防員是守護天使吧。」

「也許如此。我們得趁尚有航班回程？」

「嗯，」Eunice 向燈塔揮手道別，「再見，他日再來探望。」

九

　　鯉景灣食肆鄰近西灣河碼頭，我們可以在海旁享用晚膳兼賞月。

　　「Eunice，這兒環境不錯？」

　　「的確不錯，卻不禁觸景傷情。」她留意到我錯愕的表情，接着道：「因為有熟悉的傳媒朋友就在這條太康街遇襲，重創入院。」

　　「想起這樁事件，作為朋友自然會有切膚之痛，難以忘懷。幸而受害人已經康復，還饒恕了行兇者。」

　　「對，他是新聞以至宗教界別的強者，足以振奮人心。可惜買兇的主謀至今逍遙法外！」

　　「完全同意，很佩服他堅毅不屈的精神，以及樂觀、寬容和謙卑的性格。」

　　「有機會介紹給你認識。」

　　「謝謝！」

　　她把土耳其烤肉薄餅送到嘴邊，忽然放下，「聽聞消防工作逍遙自在，上班時經常打排球耍樂？」

　　「消防員藉打排球操練體能及加強同袍之間的團隊精神，寓工作於娛樂罷了。」

　　Eunice 為我添加啤酒，「cheers！」

　　「Cheers！」

大家投契，整晚在談天說地。

「晚了，陪妳返回太古城？」我衝口而出。

「你怎麼知道我住在太古城？」

「——上次——」我支吾以對。

Eunice 從事新聞行業，觸覺特別敏銳，她可能已經洞悉端倪。

十

我和 Eunice 不時聯絡，相隔一個月，夜半駕車到太古城。她穿著運動套裝，看起來英姿颯颯，無獨有偶，我也穿運動裝束。她改用手動輪椅，我扶她上車，收拾輪椅，然後駛往石澳。下車穿過石澳村，石灘有一座粉藍色的情人橋通往大頭洲。由於要上落石階，只好擱下輪椅，我抱起 Eunice 摸黑登上情人橋。梯級不算長，輕易到達橋上。

「時間尚早，不妨歇息一會。」我把 Eunice 放下，並肩坐在橋壆。可能她習慣被扶抱，毫不忸怩，欣然接受我的協助。

「Digit，辛苦你！」

「別忘記我是消防員，妳輕如麻雀，對我而言，簡直輕而易舉。」

「口氣真大啊！」

「消防煙帽隊專責進入火場，執行滅火及拯救等任務。單

單黃金戰衣，即是抗火衣服，以及氧氣樽足有 19 公斤，連同頭盔、手套、靴、背架和電筒等，全副裝備重達 20 多公斤。另外，常用的消防器材如水帶和連接用的錨子則約 10 公斤，還有爆破工具等等，真的少一分力氣也不成。練得一身牛力，如今正好派上用場。」

「消防員的確刻苦耐勞！可是 24 小時候命工作之後就有兩天休假，羨煞不少旁人。」

「俗套話：你看我好，我看你好。」

「正正如此。」

「過橋後沿小路往上行，在大頭洲的山丘上有座涼亭，是觀看日出的最佳地點。」

「需時多久？」

「大概二十分鐘。」

「我不想去了，怕連累你吃苦。」

「怕甚麼？我是消防員，能夠挑起重擔。」

「不想就是不想。我怕你勞損，影響日後工作，市民全賴你們拯救！」

「不要緊！就留在這橋上守候黎明吧。」

破曉前溫度低，我不經意地搭着她的胳膊，她的頭輕柔地靠在我肩膀。不久，前方上空隱隱發白，可惜被島嶼邊沿所障礙，看不到太陽從水平線上冒出的景象。接着曙光初露，精神飽滿的旭日冉冉升到半空，初升的光芒映照在海裏如同嬌嫩的

娃娃臉，而從容拍岸的海浪猶如慈母的輕撫，慰藉着小心靈，
釋出無限溫暖，意境著實美不勝收。

　　彼此都看得入神，「妳覺得旭日的倒影像甚麼？」

　　「像你，鹹——蛋——黃。」

十一

　　鄉村士多的餐肉煎蛋即食麵製作得特別出色，加上香濃奶
茶和冰凍樽裝可樂，頓覺精力充沛，驅走了昨夜無眠的倦意。
沙灘上風和日麗，兩隻小狗在競逐，爭相追回飛碟以贏取金髮
女主人的賞賜。

　　「Digit，我是家中的獨生女，兒時在家玩火，殃及睡房，
幸虧消防員及時破門撲救，才不致家園盡毀及葬身火海，所以
我十分感激消防員，覺得你們很了不起，是我生命中的守護天
使。」

　　「聽起來，我也可沾點光。」

　　「你當消防員多久？」

　　「將近十年。」

　　「十年以來，總會有難忘的經歷吧？」

　　「入職不久，我奉召到交通意外現場，一名小女孩號咷大
哭，睜不開眼睛。她的父母已經罹難，倒臥在血泊中，女孩蜷
伏在浴血的母親懷內，並沒有表面傷勢，眼縫卻沾滿鮮血，以

致視野模糊。一場意外令女孩頃刻變成孤兒。為免她親眼目睹慘況，以致終生難以磨滅喪親的傷痛，故我即時把她抱走，交救護員處理。最令我觸動的並不是初次接觸意外死亡，而是哀慟生命太脆弱，剎那間結束，在人世間消失，雙親與女兒從此永遠分離，徒剩孤雛。」

「一下子失去至親，家人固然難以承受，救援人員經常面對生離死別的場面，心情也不好過。」

「沒錯，消防員處理意外事件比進出火場還要多。上星期接連發生交通意外，司機撞毀圍欄，鐵枝貫穿車廂，插入大腿，要先鋸斷鐵枝才送院救治。另一樁，鐵騎士超速失控，右臂飛脫，在肇事現場十多米外撿回斷肢送院接駁。」

「消防員除了體能之外，心理質素也高。」

「消防員的心理質素不一定勝人一籌，只不過置身事外，不致於感受死傷者家人的切膚之痛。」

「試過報道跳樓自殺新聞，死者是行內朋友兼鄰居，縱使情緒低落，仍要壓抑着悲傷的心情和表情，繼續報道。」

「市民遇上橫禍，無辜受傷，甚至枉送性命；另一方面，偏偏有人自尋短見，燒炭、上吊又或跳軌、跳樓輕生。」

「每當有人企圖跳樓，你們總會盡力救援。」

「對，警方會派出談判專家，而消防則馬上將重達 170 公斤的救生氣墊運到現場，同時驅動兩部超級風扇，於一分鐘內充氣備用。若意圖輕生者堅持死念，「飛將軍」亦要出動以挽

回一命。」

「通常都有驚無險？」

「偶有例外，因為氣墊只能承接一個人從十層樓、大約 30 米的高度墜下的衝擊，過高就承受不了，更接不到刻意尋死的人。」

「隨時眼巴巴看着他人失救而死，工作壓力沉重無比。」

「新聞主播和消防員同樣爭分奪秒，又何嘗不是承受沉重的工作壓力？」

「真的同病相憐！」

「危急事故總是突如其來。一旦消防控制室收到通知，15 秒內向分隊下達指示，而消防車必須在 45 秒內出動，並在 5 分鐘內抵達救援地點。故此，出勤警報一經發出，姑勿論消防員在洗澡還是如廁，也得要即時腰斬，隨隊出發。」

「消防急市民所急，比起新聞直播的報道更倉促緊迫。」

「彼此彼此。」

我倆徘徘徊徊，在沙灘上留下縱橫交錯的足跡、輪椅痕跡，以及聲聲唏噓嘆喟。

十二

每年消防都會舉辦聯誼活動，如遊船河和燒烤等。在消防局燒烤是傳統活動之一，從而促進同袍之間的團隊精神，以及

讓家屬參觀職場環境和了解工作實務。我趁機邀請 Eunice 出席，
她怕尷尬，因為既非家屬亦非女友而拒絕了。

天有不測，就在燒烤活動當晚，分局要動員外勤。

刺耳的消防車聲音戳破黑夜長空，催逼車輛速速讓路，「四
紅一白」包括：泵車、旋轉台鋼梯車、油壓升降台、搶救車及
救護車，率先趕到火警現場。商住樓宇二樓經營私家安老院，
有老人家躲藏在儲物室偷偷吸煙引致火警。由於房間內儲存大
量紙尿片、乳膠床墊、被鋪、衣物及消毒酒精等易燃物品，即
使院舍安裝了消防灑水系統及存放滅火設備，火勢不可收拾，
迅速蔓延至廚房以及部分床位。大多數長者已屆風燭殘年之齡，
行動不便，個別更無法自理，而院舍人手有限，故無法及時疏
散院友。院舍火光熊熊又濃煙密布，職員救不了火，惟有協助
院友趕快逃生。部分院友及樓上住客紛紛撤離，離開大廈到街
頭暫避。

消防指揮官在現場視察及評估，列作二級火警處理。撲救
並未能有效控制火勢，大量濃煙不斷冒出，又有多人被困，鑑
於有蔓延的趨勢，十五分鐘後提升為三級火。即時加派消防車
及消防員到場增援，同時出動五條消防喉，集中在起火樓層及
其上一層全力灌救。

大廈外面的同袍凌空打破院舍的玻璃窗以疏導煙霧，並向
火場射水，同時派出煙帽隊進入火場營救院友。我和同袍分成
若干小隊分頭行事，前鋒小隊負責執行搜救任務，後方小隊配

合支援行動。儘管同袍在場不停灌救，以防止火勢蔓延及減低溫度，院舍依然灼熱高溫，並發出濃濃的焦臭味。消防員有「黃金戰衣」及裝備護身，然而院友血肉之軀又怎能抵受熔爐一般的烈焰煎熬？救命聲此起彼落，哀鳴聲聲入耳，拯救老人實在刻不容緩。受困長者陸續被救離現場，傷者交由救護員護理，部分因吸入濃煙以致不適又或遭火灼傷而要送院診治，其他則受驚過度，獲附近食肆老闆提供椅子休息。

　　幾經辛苦，滿以為所有院友都已經獲救，大夥兒可以鬆一口氣，豈料整幢七層高樓宇被煙火貫穿。由於大廈防煙門沒有緊閉，火焰透過垃圾槽觸發煙囱效應，波及以上樓層。部分煙帽隊員從二樓撤離，分批到樓上增援。火越燒越旺，有高層住客無法撤離，退避到天台逃命。其間有單位傳出呼救的聲音，同袍到各層挨門逐戶展開搜救，以防有住戶被濃煙焗暈昏迷失救。同袍發現有年邁居民倒臥在四樓走廊，而四周瀰漫着灰黑的煙霧。為了挽救瀕危居民脫險，同袍阿郎不惜除下氧氣裝備供老人家使用，然後交小隊隊員移走，自己則隨後逃離現場。指揮官發覺阿郎沒有回覆控制室，即時調動人手搜救，三分鐘後在臨近天台的梯間找到阿郎。他當時已經奄奄一息，即使立時搶救，最終返魂乏術。

　　焚燒超過六個小時，另一批同袍接替救援工作。我和隊員稍作休息，驚聞感情要好的同胞遇難，手足們茫茫然不知所措。我渾身發抖，嘴唇在顫動，悵然若失；同袍都抱頭痛哭、涕淚

交加。膳食車提供乾糧和支裝水，疲憊的同袍大都吃不下咽，有的喝水、灌水，有的淋頭、灑臉，有的悲從中來，憤然投擲水樽。現場一片愁雲慘霧，大家垂頭喪氣、哀傷的哀傷，悲慟的悲慟，身心透支。

五個小時之後，大火終於熄滅，慶幸沒有新增死亡個案。

十三

在新聞節目中，Eunice 報道北角長康街安老院失火事件中消防員袁家郎捨身救人，任職剛一年就不幸殉職，終年 25 歲，遺下妻子及遺腹子。

阿郎自幼立志當消防員，兩次投考均落敗，依然再接再厲，不但考入消防訓練學校，而且以最佳學員成績畢業，獲授「金斧頭」。由於隸屬同一分局，我和阿郎合作無間，感情深厚，十分欣賞他的工作熱誠和認真的態度，以及救急扶危的心志。在火警中，他不顧自身安危，將身上氧氣樽讓予災民使用，以致吸入過量濃煙喪命。阿郎是眾消防員的典範，可惜的是，願意捨身成仁的博愛主義者往往活不長久，早晚會捐軀，獻上個人的寶貴生命，而阿郎亦不例外。

相隔一個月，電視直播消防員袁家郎出殯的新聞。阿郎獲追頒英勇勳章，以最高榮譽儀式出殯。殯儀館內舉行弔唁儀式，由消防處處長及要好同袍等扶靈，政府高官夾道送別之後，靈

車駛至火警現場進行路祭。大批市民專誠到場獻花悼念，默默送別烈士英魂，部分在場人士感動得落淚。繼而前往阿郎生前駐守的北角消防局，各人都肅然起敬，惜別同袍。靈車繞場一周，響起三短一長的鐘聲，意味着阿郎正式下班。最終抵達粉嶺和合石，在家人和親友的見證下，靈柩放上阿郎生前使用的消防帽，沉沉落入浩園的黃土地裏。雖然他生命短暫，但足以令家人引以為榮，卻也留下不可磨滅的永久傷痛。

　　我有幸扶靈，在整個殯葬儀式中陪着阿郎走完人生的最後一程。即使他是晚輩，資歷尚淺，卻是我所敬佩和懷念的偉大人物。

十四

　　Eunice 知道阿郎的不幸事件令我思潮起伏、心緒不寧，特地陪我到大嶼山迪欣湖暢遊散心。我把 Eunice 從輪椅抱起來，一同坐在綠草如茵的斜坡上，在樹蔭下野餐。面對恬靜的人工湖，心情舒泰，望着 Eunice，自覺豁然開朗，有數之不盡的心事要傾訴。

　　「消防員的基本救援守則應該是先要自我保命才有能力去救人，而你的手足阿郎卻奮不顧身，率先救人，重於個人性命。他以一命換一命，為了拯救他人，甘願犧牲自己，真的很傻。」Eunice 給我一份她親自製作的三文治。

　　我咬了一口，「阿郎真的很傻，但傻得可愛可敬。他鍥而不捨也要投身消防行列，是要把握每個拯救別人脫離危難的機會，而至死不渝的精神充分體現出其愛人如己的崇高情操。」

　　「阿郎的確了不起，是消防的驕傲。」

　　「也是消防員的好榜樣。」

　　「跟他的做法，你會很危險！」

　　「消防員從不心存僥倖，要幸免於難就根本不會從事這個行業。面對火海，同袍不求置身事外，反而渴望有機會參與其中。我們每次遇上惡魔一樣的火災，都矢志要去打垮它為止。」

　　「消防員擔心死灰復燃，弔詭的是消防員本身是一團不滅的火種。」

　　「既是悖論，也是事實。」

　　「你老是捏着三文治，餡料要丟出來了，快吃吧。」

　　縱使地面嶙峋，小草卻十分體貼，讓臀部舒坦。Eunice 長期坐在輪椅，因而特別享受綠茸茸的席地滋味，我亦鍾愛躺臥在綠油油的草坡，觀賞晴空浮雲幻變。我倆在和煦陽光中沐浴，讓微風吹拂，讓湖水洗滌心靈。

　　Eunice 忽地後仰躺在我的身邊，同坐同臥交談自在得多。她側着身、朝向我、瞇起眼，「消防員好像天不怕、地不怕？」

　　「消防員最怕死傷，無論是自己抑或市民。妳最怕甚麼？」

　　「新聞主播最怕報道有關自己親朋的不幸消息，怕鏡頭前不能自已。」

「只怕有朝一日由妳親口報道我的不幸消息。」

「胡説！」她用手按着我的嘴巴。

我雙眼反白，把頭一歪，假裝斷氣。

她騷我的腋下癢處，「死吧！」

我死去活來，「算罷，不死了，免得妳守寡。」

「你又在胡説，竟敢佔本姑娘的便宜！」她用力扭我的耳窩。

我閃身在草地上亂滾，盡情享受青草地的溫柔體貼。

接着我滾回她身邊，真想摟着她一起翻滾。

十五

消防工作刻苦，休假倒不少。如學校舉行消防講座，我樂意到場向學生灌輸消防安全知識，希望從而提高年輕一代的防火意識，同時為有志投身消防的青少年提供意見及鼓勵。

此外，我不時陪同 Eunice 去做物理治療、看中醫。她雙腳喪失活動能力，肌肉無法如常收縮，因欠缺運動而出現肌肉萎縮和關節僵硬退化。為了方便她定期覆診，我把七人車改裝，有利輪椅上落。治療師持續為 Eunice 做腿部伸展運動，透過拉筋和按摩以緩減萎縮及促進康復；而中醫則用針灸去暢通足部氣血和治理筋腱，再加以中藥調理。

「下次讓我幫妳做腳部按摩？免費登門服務亦不成問題。」

「最怕男人笨手笨腳，還是喜歡給你抱起，好享受那份安全感。」

「説實話，抱妳的確是賞心樂事，惟願抱妳去坐石壆賞日出，抱妳去坐草地望浮雲。」

「下次抱我去哪兒？」

「油塘魔鬼山。抱妳到山上殘破的堡壘，一起坐在炮台俯覽鯉魚門海峽，探望妳的老朋友——鯉魚門燈塔。」

「抱我上去？怕你吃力！」

「怕甚麼？消防員就是天不怕、地不怕，孔武有力，連黃牛也抬得起。」

「噢！你把我當作黃牛。」

「妳頂多只是小牛。」

「荒謬！」Eunice調侃，「帶你的母牛上山好了。」

「下次我就帶妳去見識吧。」

「快住口！」她氣憤得七竅生煙，動怒的樣子比上電視一本正經的樣子更好看。

十六

我留意到右眼眉毛有時會不由自主地跳動，若然當天是 19 日，將有不測。雖然並沒有科學根據，但憑過往累積經驗而論，兩者同時出現的話，預兆率相當高。幾乎沒有一次禍患降臨之

前沒有「眼眉跳」，而阿郎就在 19 日殉職。

　　又是 19 日。起床發覺右邊尾毛抽搐數下，預感禍事很可能隨之而來。懷着不安的心情到消防局上班，上午風平浪靜，安然度過。不過 24 小時候命工作尚有好一段時間才完結，內心一直戚戚然。

　　下午響起火警訊號，我馬上登上消防車，與同袍把握行車時間，穿上黃金戰衣、戴上消防帽，在規定時間內趕到北角英皇道一幢九層高工業大廈。肇事針織廠位於六樓，大量棉質物品被焚燒。由於該大廈在 1973 年前落成，法例上豁免設置自動灑水系統，加上火場面積很大，約 800 平方米，以致灌救困難。慶幸當天是重陽節假期，所有工人都休假，消防可以全力救火。現場火勢猛烈，又迅速蔓延，一開始已列作三級火處理。

　　消防在大廈外架起雲梯灌救，同時派出四隊煙帽隊，分別由前、後梯進入火場。當我置身火場撲滅凶猛如巨獸的火魔時，不但撲不熄牠的怒火，反而激起其怒憤，張牙舞爪，伸長火舌，噴發毒焰，釋出烏煙瘴氣，令四周迷迷糊糊，猶如困在毒氣室內與妖獸對壘。

　　工廠面向內街的窗戶都緊閉。一旦密封地方大火，長時間燃燒之後，耗掉大部分氧氣，火勢看似減弱，實際火場溫度卻異常高，令窗門破裂。外面的空氣隨即湧入火場，造成搶火，霎時間的閃燃現象，引致火勢極速加劇擴散，即時陷入一片火海。面對突變，同袍阿平來不及走避，首當其衝，被一大團襲

面而來的火焰纏身，跟着應聲倒下，滾地痛苦呻吟。我急急忙忙上前救援，恰巧被塌下來的吊架擊中背部，一時站立不穩，蹌蹌踉踉退後。其他同袍奮勇上前，抬走倒地的阿平，又攙扶我離開。火場環境燻黑，雜物狼藉，滿目瘡痍，跌跌碰碰才能撤離。雖然逃出生天，但我感到頭暈目眩，脊椎疼痛欲裂，雙腿乏力，再支撐不住，伏在同袍身上。之後發生的事，我全不知情，張開眼睛時，原來躺臥在病榻上。父母滿臉愁容，哀傷飲泣，尚有消防處處長在旁，他捉着我的手，稱讚我英勇可嘉，又着我安心休養，逗留了一陣子，在局長陪同下離開。

我立時記起受重創的同袍，「阿平怎樣？」

「他——他被救出時全身嚴重燙傷，送院搶救不治。」同袍黯然回應。

我心情激動，在床上頓足，才發覺雙腳沒有聽從使喚，連一點知覺也沒有，揭開被子，雙腿猶在。主診醫生表示會安排詳細檢查，以確定傷勢及治療方案，着我不必操心，免得影響傷勢。

十七

一切似是命中注定，擔憂也徒然，改變不了既定的事實，反而令家人愁眉深鎖，故此我假裝並無大礙，又表示有信心短期內可以康復，安慰父母不必掛慮。他們放心不下，最終被護

士打發回家休息。

　　病房內有電視，Eunice 正在報道晚間新聞：「今天下午 3 時 19 分，北角英皇道有工業大廈發生大火。現場為六樓的針織廠，是日休假，並無工人上班，懷疑因為電力負荷過重而引致火警，大量棉質貨品付諸一炬。其間出現閃燃，以致火勢加劇，冒出大量濃煙，籠罩着部分街道上空。消防把火警升為四級，出動 20 多輛消防車、逾 200 名消防員及 25 條消防喉，大火焚燒超過六個小時終被救熄。事件造成消防員一死三傷，殉職的消防隊目張卓平，隸屬北角消防局，終年 39 歲。至於傷勢嚴重的總消防隊目冼滌志則留院治療──」Eunice 眼泛淚光、輕微哽咽，接着揚聲報道，「其餘兩名消防員並無大礙，已經出院。消防處處長晚上到醫院探望受傷消防員及慰問殉職消防員的家屬及遺孤。」

十八

　　不足一年又多一名同袍犧牲，先後失去「郎、平」兩位消防精英兼排球健將，成為了城中茶餘飯後的熱話，引發市民關注消防工作和消防員的安危。同袍的家人更加緊張，但本着「我不入地獄，誰入地獄？」的拯救使命感，鮮有同袍因而引退。父母擔心我的傷勢，因為我的部分脊椎骨嚴重移位，導致下半身動彈不得，將面臨手術及漫長的復康之路。我開始恐懼，害怕從此癱瘓，無能力重返工作崗位去救火救人，甚至半生都要

倚賴輪椅出入，還要他人照顧。

到了阿平出殯的日子，雖然我已經完成手術，但要繼續留醫。出席過多次殉職同袍的高規格殯殮儀式，對其安排並不陌生。即使缺席，仍可猜想到當天每個時刻進行甚麼程序，當聯想到是時候下葬，我欲哭無淚。在火警中拯救市民性命，用一命換回一命尚且划算，然而為了保護市民財產而賠上一命，畢竟是無辜斷送了一條寶貴的性命。想到消防何價？情緒開始低落，眼淚悄悄奪眶而出。

碰巧 Eunice 來醫院探訪，來不及拭淚，她已經駕駛輪椅來到我面前。她假裝看不見，故意望向窗外，「Digit，這房間好開揚……」

我趁機抹去眼角淚痕，「Eunice，謝謝妳抽空來探望。」

「我怕妨礙你休養，延至今天才到來，真抱歉！」她拿着玻璃盒子，「清洗過，吃些提子？」

「好。」

「甜嗎？」

「很甜，一起吃──」我欲言又止。

「甚麼？」

「我看到妳報道是次火警，妳──」

「怎麼？」

「沒事。」

「真的沒事？」

「妳為我落淚？」

「當我知道你傷勢嚴重，真的十分擔心。」

「醫生表示，手術已矯正移位的脊椎骨，但脊髓神經受損，將會影響到日後下肢的活動能力。預計短期內可以出院，但暫時未能復工，還要回來接受康復治療。」

「我親身經歷過傷患的痛楚，體驗過康復的艱辛，自然體會到你的身心情況。放心，我會陪伴你共度難關。」

「放心，我當然放心，妳是我的守護天使！」

「怎麼不是由你來守護我？」

「我怕不行，連應承過抱妳去魔鬼山也辦不到。」

「誰稀罕魔鬼？我只愛天使。」

「折翼的天使？」

「折了翼，仍舊是天使！」

十九

折了翼的麻雀沒法再起飛，癱了的消防員無法再衝鋒陷陣。

對消防員而言，癱瘓無疑是一大打擊，卻沒有令我頹然喪志。我被調派做文職工作，名義上，我仍舊是消防的一員，繼續為救火救人的工作略盡綿力。

以往單單 Eunice 用輪椅代步，而我從旁跟着走，一個低、一個高，又一個慢、一個快，談話和走路都要互相遷就，感覺

怪怪的。如今彼此同一模樣，可以並肩而行，視線水平一致，感覺更親近，自然暢快得多。

事隔一年，我倆再到鯉魚門。在休憩公園附近有一株巨大的榕樹，遊客喜歡在大樹外圍的欄杆套上絲帶來許願，我們也不例外。

「你許了甚麼願望？行動自如？」她問我。

「我才不稀罕，還是一齊坐輪椅好。」

「尚未日落，燈塔仍未亮起，然而我身旁彷彿有一座亮着的燈塔，守望着汪洋中的一葉扁舟。」

「扁舟好！勝過飛機，至少不會折翼。」

「折翼又何妨？要不是折翼，何以同舟共濟、互相扶持？正如沒有日落，何來日出？」

走投

一

我的家淹沒在水裏。真的，我的家淹沒在水裏。

二

　　廣州的空氣老是與塵埃結下不解緣，混混沌沌，如煙似霧。從「霧」裏看珠江，使我重拾當年情，懷念起故鄉——霧都重慶。在長堤大馬路和沿江路繞了數圈，意猶未盡，越過海珠橋，沿着濱江路散步，把視線投放在江景上，思憶轉投昔日長江的林林總總。「滾滾長江東逝水……是非成敗轉頭空……」歲月逝如流水，離開廣州在即，誠如當年臨別家鄉的情景。

三

　　在巫山縣出生，剛學行便要兼顧上落梯級，跟其他山城孩童一樣，我踏遍羣山石階長大。我家座落於臨江的山麓，依山傍水，父母經營麵店，前舖後居。他們每天都要親自購買和搬運食材，重重覆覆上山下山，經過長年累月的鍛煉，自然勁度十足。無論登上多高，雙腿不酸軟，大氣也不喘。
　　麵店規模小，陳設簡陋，只得一個灶頭、兩張方枱、零星座位，以及數盤食材。連招牌也沒有，打開門就做生意。食客

不乏附近的縴夫和轎夫，大多數赤着上身，汗流浹背，而且渾
身酸臭。粗索和擔杆的磨練在他們的肩膀上留痕，為其艱苦歲
月留下鐵證。

「渝，乖乖到門外玩耍。」母親召喚後熱情招呼客人，「大
爺，請坐。」

渝是重慶的簡稱，也是我的名字，覃渝。祖父生前為我取
名，寓意為「沉魚」落雁的小美人，我不明所以！

幹粗活的食客不一定點選酸辣粉、毛血旺、麻辣湯、水煮
魚，但肯定要喝白酒，以及吃一點下酒用的麻辣豆干。滄桑的
縴夫和轎夫都喜歡逗弄年幼的我，摸我的頭、撫我的臉，甚至
抱起我。他們一身汗臭，雙手粗糙又長滿繭，令我害怕，驚恐
得瑟縮一旁。至於花得起錢的遊客，通常會品嚐重慶火焗。父
親負責做菜，讓母親奉客。重慶名勝多，不少旅客慕名遠道而
來，我反而未去過，因父母要謀生，長駐小店款待客人。

我自幼知道重慶人嗜辣，造就出刻苦耐勞、粗獷而頑強的
性格。為了生計，能人所不能。儘管率性剛烈，然而忠厚善良。
在巫山生活挺艱辛苦澀，鄰里樂天知命，保持豁達。自家小店
氣氛歡暢，粗聲粗氣的談話聲中總是蘊含着爽朗的笑聲。

四

雖然我是獨生女兒，但從來不愁寂寞，因為家庭式作業讓

父母日常都可以留守家中。他們對我寵愛有加，飼養了一隻夾雜着白色、灰色和黑色的花貓「小巫」，既用來捉老鼠，也陪伴我成長。我喜歡逗弄小巫，摸牠的頭、撫牠的臉，甚至抱起來，愛不釋手。縱使我一身汗臭，牠沒有害怕，依然馴服，還嬌聲妖氣向我獻媚。幸而小巫只是小動物，不怕牠爭寵。客人說我是大巫，甚麼「小巫見大巫」？我不求甚解！

　　重慶的夏天潮濕悶熱，我喜歡到門外乘涼；冬天多霧，我喜歡到門外觀賞迷濛的長江。對岸山巒起伏飽滿，好像我愛吃的糍粑；修長的長江則像我愛吃的麻花。霧氣給我的感覺並不是寒意，而是從糍粑和麻花所散發出來的騰騰熱氣，每次我都看得垂涎欲滴。兒時，我由母親餵哺；及後，我由長江養育，而小巫則由我來伺候。

　　父母忌諱長江水險，又嫌我是女孩子，即使我顧盼長江長大，然而未嘗在長江嬉水耍樂。除了捉弄小巫，我有時會與鄰家小孩猜拳，率先到達石階頂級者為勝，又或從石級躍下，爭競跳遠。遇上村中喜慶，父親就帶我去見識川劇，台上三分唱、七分打及震耳欲聾的鑼鼓聲所營造出的喧鬧場面令我望而生畏。真正讓我大開眼界的是跟父親去逛磁器口古鎮，發覺除了屋前一段長江之外，原來別有洞天。

　　「渝，找天帶妳去重慶動物園，看看熊貓和華南虎。」

　　「好啊！」我雀躍不已，期望可以早日去看大熊貓。

五

當我六歲的時候，傳來興建長江大壩的消息，三峽工程落實施工，即將安排沿岸居民大遷徙。

母親摟着我哭訴：「渝，日後我們無法住下去，要搬家！」

少年不知愁滋味，我嚮往外闖的機會終於來臨，盼望搬家在即，出去見識世面。可是，父母的心情異常沉重，似乎沉到江底，晚上聽到他們長嗟短嘆，白天看到他們愁眉深鎖。我不知袖裡！

「媽，妳說要搬家，為何我們尚未搬走？」

父親聽到，臉上流露出不悅的神色，沉住氣道：「渝，妳嫌巫山不好？想搬到哪？」

「那裏都好，磁器口古鎮也好，吃的玩的蠻多，就是不喜歡獃在這兒。」

「搬走後我們便一無所有，日子不好過。」

「怎麼？外面不是多采多姿嗎？」

「傻孩子，當妳接觸過外面的花花世界，便會知道這裏才是樂土。」

日子如常度過，連一點搬家的動靜也沒有，我好生失望。

六

1997 年長江進行第一次截流，水位僅升高 4 米，我看得出神，找不到長江有重大變化，亦想像不到沿岸居民為何緊張到嚴陣以待？相反，三峽工程帶旺旅遊業，增添不少台灣和外國遊客，他們怕風光不再，要在長江三峽變動前遊覽。正因為遊客多了，縴夫和轎夫忙碌起來，勞動量增加，胃口相應大了，加上口袋的收入有所增長，連帶我家也門庭若市，生意十分興旺。

父母認為要把握遷徙前的風光日子多賺點錢，日後另起爐灶，他們由朝到晚忙得不可開交。父親的胸膛不時翳翳悶悶，間中絞痛，礙於工作繁忙，抽不到時間去診治。有一朝，母親呼天搶地，始終喚不醒沉睡的父親。他在床上一睡不醒，鼻孔沒有氣息，健碩的胸膛沒有起伏，身軀沒有體溫。

「爸，您還沒帶我去動物園？」我埋怨父親冷冰冰，不作回應，並且責怪他生前只顧賺錢，從不間斷工作，未有趁在生履行父親對女兒所作的承諾，只管說來日方長。

七

父親一直憂慮三峽工程影響到日後生計，指家園會被長江水覆蓋，要在淹沒前搬走。可惜，尚未搬家，他因急性心臟病

發而撒手塵寰，剩得母親和我去面對搬遷。

父親沒法見證三峽大壩的落成，而我倆同樣未能見證這個歷史時刻。未及庫區蓄水，政府已經安排居民陸續撤離。

受到三峽工程影響，水庫將會淹沒大量耕地，以致庫區地少人多，逾 113 萬人需要遷徙。除了在重慶原地或湖北庫區以外的地方安置，庫區內大約 14 萬人包括我和母親，需要移往老遠的地方：湖南、四川、安徽、山東、江蘇、上海、浙江、福建、江西和廣東等省市生活。

父親過身之後，家庭式生意無法經營下去，母親乾脆提早結束小店，遷出重慶。雖然政府有搬遷津貼，但我家原定三萬元的賠償費卻領不到一萬元，明知地方官員中飽私囊，也無奈接受。貪污問題猖獗，部分居民更加不濟，只獲發 200 元搬遷費，後來家居被截電和截水，被逼遠走他方。

八

我早已決心外闖，到長江以外見識世面，縱然眷戀，卻沒有太大的內心掙扎。母親好不一樣，她難捨難離，臨走前再三凝視我家的一柱一樑、一磚一瓦，繼而熱淚盈眶，不能自已，比父親去世時的心情更淒慘。我明白母親的心情，並非家園遠比丈夫的感情深厚和可貴，而是失去丈夫之後，再遭受嚴重打擊。教我驚愕的是初次聽到她在話別故鄉時唱出的山歌，聲音

多麼淒厲，扣動着我的心弦，心靈因而震撼。

　　大件的家當都帶不走，行李無多。伴我成長的小巫已經變成大巫，肥胖得走不動，慣性懶洋洋俯伏在地上，連老鼠也不會捉，母親索性交給庫區外古剎收養，儘管我強烈反對。

　　分離在即，依依惜別兒時好友及芳鄰，從此各散東西，漂泊天涯。人去樓空之後，剩下冷落的門庭獨對滾滾的長江。臨走時，坊間傳來「窮山變了樣，長江哭斷腸……」的順口溜，令聞者傷心，母親亦不勝唏噓。接着我不經意地重唱母親未了的山歌，跟着她離開我的出生地、生活了 16 年的江邊山城。

九

　　母親和我遠赴廣州，投靠居住在東山區的遠親，母親想過「東山」再起，只可惜時不我與。當地飲食以粵菜、客家菜和西菜為主，由於不少外地人來自湖南和四川，湘菜和川菜亦其門如市，然而重慶酸辣粉在當地並不算受歡迎，暢銷程度遠不及廣東雲吞麵、廣西桂林米粉、山東刀削麵和甘肅蘭州拉麵等。我倆身處異鄉，人地生疏，既無營商地方，也沒有足夠本錢，而重慶飲食亦不流行，最終一事無成。

　　讓我們寄居的親戚是表姨媽，即是母親的表姐，她早年下嫁一名廣州小官員，故南下定居。表姨媽無兒無女，夫婦熱情款待又供應食宿，初到埗還帶我們遊覽廣州動物園。當年父親

沒按承諾帶我去重慶動物園，總算圓夢。

十

　　雖然表姨媽和表姨丈從來沒有怨言，但寄人籬下不是長遠辦法，再者，我和母親都是女性，不便與表姨丈共處。我沒有繼續學業，由表姨丈做擔保人，在一家超級市場任職收銀員，他又介紹母親去當鐘點家庭傭工，負責打掃和清潔。工作穩定下來，我們搬到西關。荔灣舊城區房租較廉宜，區內有不少美食，又臨近珠江，下班後我可以到江邊漫步。

　　珠江夜景不俗，兩岸建築物如當地俚語「穿衣戴帽」，粉飾得美輪美奐，加上霓虹燈影處處，與漆黑夜空中的星月爭輝。黝黝的江水被光影傾注，猶如閃耀的星空近在咫尺。

　　理應夏去秋來，可惜季節無心交替，暑氣竟不知進退，令秋季依然火熱。即使夜遊珠江，感覺不到絲毫秋涼如水、夜冷風清的舒暢氣息，被濕熱翳焗的氣候鬱悶。在廣州打滾，早已入鄉隨俗，在江邊喝口涼茶，消暑解熱，連心情也暢快。

十一

　　年幼時看到長江及兩岸山巒，因似麻花和糍粑而令我垂涎，但長年累月朝暮相對，饞嘴的我已經厭膩。如願外闖見識，發

現外面的世界倒不及山城地利人和。離開巫山，才知道故里好，我懷念家鄉風味，更思念滔滔長江。

　　廣州不及重慶山青，珠江又不及長江水秀，落泊在廣州街頭，珠江及兩岸景物彷彿是廣東的老油條和油豆腐，完全看不上眼。廣州的生活節奏比較緊迫，居住環境破舊而擠迫，生活刻板乏味。在舊城區度日如年，遠不及巫山逍遙。當年迫於無奈撤離，如今流落異鄉才懂得家鄉好，加倍憶念故地往昔的一切。可惜思鄉也沒用，故里家園都消失了，無法回頭，只得向前看。

<h1 style="text-align:center">十二</h1>

　　縱然身處異鄉，無時無刻都關注家鄉巫山的情況。長江全線截流之後，大壩上游蓄水區水位大幅上升 135 米，相當於 45 層樓高。我家固然長埋在水裏，而地勢較高的民房建築因影響日後航道的安全，故在水淹之前被砸得粉碎，早剩頹垣敗瓦。

　　三峽大壩於 2009 年竣工，不單止淹沒巫山全城，連 44 個國家級的風景名勝也不能幸免於難，巫峽部分自然景觀和歷史古蹟從此湮沒。龍門峽水位上升，急流險灘的景象已經消失；位於長江支流大寧河的小三峽，峽谷的險峻場面不再復見，當中的馬龜山也沒入江中。風箱峽兩岸峭壁有聞名的懸棺，水位提升後，懸棺貼近江面，失去了原有的神秘色彩；古棧道亦被

埋葬。

　　張飛廟尚可拆遷異地，但著名的酆都鬼城、百帝城、石寶寨和屈原祠等古蹟都要枉歿長江，令當地的旅遊業一落千丈。隨着水位變更，急流險灘的消失，毋須縴艇返回上游，賴以維生的縴夫全數下崗，部分改行打魚；昔日白帝城外的轎夫合力抬轎登上 700 多級樓梯賺取 100 元人民幣的風光日子一去不返，盡都失業；至於石寶寨的商販，惟有他遷另謀生計。

　　自然生態環境同樣受到影響。長江上下游被大壩阻隔，加上水庫蓄水後引發大量滑坡和岩崩，導致中華鱘不能逆流北上產卵，白鰭江豚和娃娃魚瀕臨絕種。難怪「兩岸猿聲啼不住」的金絲猴不時悲鳴！

　　有關的新聞報道每教我黯然神傷，旁人機靈，問我：「妳是重慶人？」

　　「一半吧，原是重慶巫山人，如今是天涯過客，成為重慶客家人。」

十三

　　荔灣是舊城區，市區設施簡陋破落，而且人口綢密，為不少長者及外來人口群居之地。相比天河、越秀等商業區，荔灣有較多符合基層就業的職位，住房租金低廉，交通便利，衣食方面的消費較低。儘管住行衣食都划算，然而荔灣區並不是樂

土。區內大部分建築都破破舊舊，樓宇密密麻麻，街頭巷尾髒髒亂亂，品流又複雜。在市井之徒混雜的地方蝸居，不習慣也得要生活下去。

　　我和母親租住的單位位於一幢殘舊樓宇六樓，即使大廈沒有升降機，然而難不倒住慣山城的人，我們並不吃力。梯間的照明系統不時失靈，住戶要摸黑回家。衛生環境惡劣，經常在黑暗中與為患的老鼠爭路，時而踏過正着，聽到鼠輩吱吱作響；時而被老鼠越過腳背，腳面感覺到被毛茸茸的腳爪碰撞和踐踏，使我禁不住嚎叫。母親從不嘩然，她解釋：「腳臭難擋，連老鼠都要繞路而行。」相信黑暗中的真相永遠無法識破。

十四

　　居住地方狹窄，沒有客廳和睡房之分，張開大門就是碌架床和小摺枱。鐵鏽斑斑的窗框對着鄰廈的煙囪，為免被烏煙燻黑，窗戶要因時制宜開合。由於租住的地方太小，沒地方做菜，只得電飯煲燒飯兼蒸餸。

　　超級市場工作忙碌，鮮有時間喝水和如廁，晚上下班總是疲憊不堪，馬上要去附近的涼茶店光顧，補充水分兼清理肝火。母親做兼職家傭，工作時間比較彈性又早下班，她負責一切起居飲食。膳食保留着家鄉風味，因為母親無辣不歡，吃不慣粵菜。我倒覺得重慶菜太過單調，不外乎獨一的麻辣味道，菜式

又油膩。我倒欣賞饒富南方風味的飲食，做法多元化又豐儉由人，讓我可以出外大快朵頤。

十五

晚膳後，我和母親喜歡到珠江邊散步甚於逛步行街，畢竟我倆喝長江水長大，面對珠江，也會遙遙思念着往昔在長江生活的點滴。坊間流傳：「長江變了樣，家園沒了樣，親朋故友失散了，彼此不知模樣……」實在感人肺腑。不少同胞為了養家活兒，闊別家園到處闖蕩，無論多麼漂泊艱苦，終有回鄉的一天。可是，我倆失去家鄉，苦無退路，惟有另闢蹊徑。

廣州比重慶熱鬧得多，可惜忙於工作，沒空遊覽和消遣。偶爾跟同事到廣州市第一工人文化宮打乒乓球、羽毛球耍樂，而首次觀看電影也在市一宮。播放的港產片劇情幽默，武打場面精采，加上香港的優美景色，我渴望他日能夠離開混沌的廣州，到先進文明的香港過活。

十六

舊城區正在破舊立新，四處都是施工地盤，除了更新改造舊樓，又活化河涌。一直由發展商主導的房地產開發，重點在興建洋房圖利。後來重建計劃改為政府主導，專門清拆危樓及

增建公共建設，以改善區內居住環境、優化社區設施、美化市容、提升生活質素，以及振興經濟等。由我們搬入租住單位開始，社區更新的消息就甚囂塵上，傳聞小區連同附近一帶日後將會清拆，興建大型商場。

市政府先在荔灣區進行「揭蓋復涌」清淤工程，拆除用來覆蓋在河涌上的整段馬路，挖走嚴重淤塞的污泥及淨化水質，修築兩岸的建築群，令珠江毗鄰的荔枝灣回復昔日的風貌。荔枝灣重現眼前，「一灣春水綠，兩岸荔枝紅」的景色幽雅迷人，享負「小秦淮」的美譽。古時西關水道發達，現時重新引入花艇，並安排導遊沿途介紹西關風情。當我耳聞目睹，感覺不是味兒，既為眼前失落過的河涌重見天日而歡欣，同時為被長江水淹蓋致永不復見的家鄉而惋惜，因傷感而裹足不前。

十七

破天荒到酒吧街湊熱鬧，適逢當晚為女士之夜，在贈飲及收費優惠的吸引下，我毅然獨個兒闖入酒吧。喧囂聲惹人討厭，我卻想藉着嚷鬧來打破心底的寂靜，借助人影的晃動來填補精神上的空虛，還要利用酒精來麻醉思緒混亂的腦袋。贈送的雞尾酒解不了渴，更消不了愁，不禁納悶。

「可以坐下？」不知從何方而來的男子在我的面前出現，尚未置可否，他已經坐在我的身旁。

「讓我請妳喝酒?」我仍未置可否,他已經召喚侍應過來。

「給我一杯龍舌蘭加檸檬。」我隨意點選。

「同一樣,多一杯。」他跟隨我的口味。

酒未送上,他先開口,「妳單獨來喝酒?」

我故意左顧右盼,「明知故問,不行嗎?」

他自我介紹,名叫譚澄,又連隨澄清,不是談情說愛的談情,而是言西早的譚,水登的澄。

「甚麼芫茜草?甚麼水燈?」

他繼續用不倫不類的普通話解說,我真的摸不着頭腦。他越說越慌張,忽然不再嘮叨,乾脆用一隻手指尖蘸酒在枱面寫上:譚澄,我恍然大悟。

他問我名字,我答:「覃渝。」

他聽不懂,我索性用手指尖蘸酒在枱面寫出來。

「真的難以溝通!」我埋怨。

「倒不是,我清楚明白這一句啊。」

我仔細端詳這蠻有趣的傢伙,他年約三十、國字口面、兩耳兜風、嘴唇幼薄,比我略高一點,腹部圓潤豐厚,說話時滿口臭煙味,穿著皺痕斑駁的輕便衣服。他自稱是香港人,任職中港貨櫃車司機,傍晚在廣州交收貨物之後,慣常到酒吧歇息兼消磨時間。既然他是識途老馬,明知舉行女士之夜,男顧客比起女顧客消費高昂得多也前來光顧,其結交異性的居心昭然若揭。

　　一如所料，他向我索取電話號碼，指彼此投契，下次到廣州再約我相敍。我拿不定主意，又找不到藉口推卻，在他再三央求下，姑且說出。他馬上致電給我，表面上讓我知道他的電話號碼，另一方面，試圖求證我的號碼真偽。反正多結交一個朋友無妨；若他真的來自香港，也許他日幫得上忙。功利？現實？我得承認與這個陌生男子的交往多少有些私心，純粹源於其「香港人」的身分和我的夢想。

十八

　　譚澄經常往來廣州，每每主動約會，我總愛找個藉口推辭，表示十分介意香煙的氣味，事實上，我的確討厭臭煙味。起初，他知難而退；及後，他聲稱戒掉吸煙。我倆素昧平生，他戒煙與否，一概與我無關。可是，一時間找不出另一推卻的理由，故在無可無不可的情況下應允赴約，應邀到老遠的鵝掌坦吃野味。初次踏足白雲區的野味店，發覺環境不錯，地方寬敞外，佈置得頗有情調，服務亦周到。大家圍着炭爐促膝談天說地，出乎意料，他張口時竟然沒有了難聞的臭煙味。職業司機在孤單的長途行程中抽煙本是平常事，反而不吸煙有點罕見。我開始欣賞他，佩服他的決心和意志。他揚言為我戒煙，我半信半疑，縱使戒煙，又與我何干？

十九

日後，譚澄來到廣州例必找我，還想到超級市場探班，但我怕惹起同事誤會，並沒有告訴他工作所在。至於約會，我不時奉陪，反正要吃飯，也想逛街、看戲。接觸機會增加，認識自然加深，他每星期到廣州兩趟，而我們大概一週會面一次，不外乎陪他吃喝玩樂。譚澄是個平凡人，外表平凡，從事平凡工作，約會也平凡不過，一點心思都沒有。應酬得多，連自己也覺得平淡無奇，枯燥乏味。考慮下次不再應約，免得被他困悶。

言猶在耳，接連幾星期失去譚澄的消息，我有點擔心他的安危，又猜想他可能轉換了運輸路線，毋須庸人自擾，因為沒有消息便是好消息。相隔一個月，譚澄終於出現，相約在二沙島會面。

月光下的星海音樂廳好像珠江中張開的蚌殼，夜明珠在四周投射燈的幻彩拱照中閃閃生輝。置身其中，真實的景物變得虛幻，而人在幻影之中的感覺並不實在，變得浪漫縹緲。適逢星期二晚沒有演出項目，人跡罕至。譚澄佇立在音樂廳外的珠江畔，手持半瓶啤酒，跟前橫着一個空瓶，以及多根散落在地上的煙蒂。他看到我迎面而來，隨即放下酒瓶，並且借醉來個擁抱，我慌忙把他推開。

「渝，好想念妳。」他滿口臭煙味。

「討厭的煙味和酒氣！不是戒煙嗎？」

「對不起！近來工作遇上阻滯，一時鬱悶才吸煙。」

「沒事吧？」

「唉──」他欲言又止。

「事無不可對人言，你肯定作了虧心事。」

「渝，上月我駕車經過落馬洲口岸，海關截查時發現貨櫃車內藏有未完稅智能電話。我毫不知情，只是按照公司指示而行，根本無法檢查運載貨品，無辜捲入走私案，面臨刑事起訴。妳相信我被牽連冤枉？」

「我相信你有用嗎？最重要的是法官相信你清白。你害怕？」

「我當然害怕。類似個案多數涉及冒牌貨品或走私香煙，被定罪的比率高達九成，判監至少一年。」

「何時宣判？」

「暫時保釋，等候調查結果。」

「聘請律師幫你辯護？」

「律師費高昂，怕難以負擔，而且在調查階段未免言之過早。」

「工作受到影響？」

「暫停工作。」

「當作休息。」

「話雖如此，只怕──」

「清者自清，只要沒犯法，男人大丈夫，怕甚麼？」

「怕水洗不清。」

「怕也沒用，倒不如散散步、散散心。你看，星海音樂廳多美，建築設計獨特，矗立在恬靜的珠江中的島嶼上發放光芒，釋出迷人的異彩。有機會入場聽聽音樂演奏，相信可以為你舒解愁懷。」

「音樂廳的確優美，但我不懂欣賞音樂。」

「音樂無分疆界，即使對音樂沒有認識，也可以聆聽和欣賞音樂，完全視乎個人心態。心情好時音樂特別悅耳，心情惡劣時音樂也不會頓然不堪入耳。歡樂的音樂可以令人愉快，哀怨的音樂可以觸動心靈，讓情感有渠道宣洩。」

「有妳聆聽我的傾訴，心情已經輕鬆得多，勝過聆聽音樂。」

「要不是體諒你的處境，我寧願聽音樂多於聽你訴苦。」我伸一伸脷尖。

「委屈妳！」

「遠不及你落難委屈。」

譚澄苦笑，無言以對。

二十

一個月後，我倆再次相約在星海音樂廳見面。蜚聲國際的

俄羅斯國家交響樂團蒞臨廣州演出，譚澄邀請我出席，估計他仍然受到案件困累，找我聽音樂解悶。樂團不愧享負盛名，每首樂章都演繹得淋漓盡致，令聽眾盪氣迴腸。當演奏家傅戶曉的樂曲《三套車》的時候，其蒼涼的味道簡直攝人心魄，彷彿教我去感受譚澄內心的憂傷和無力感，以及隨之而來的苦難。

曲終人散，我們到江邊夜談。

「聽完音樂，心情舒暢一點？」我好想安慰失意的譚澄。

「嗯，連我這個粗人都覺得娓娓動聽，明白到音樂真的可以雅俗共賞，心情自然舒暢。」

「不再擔憂案件？」

「當然，因為已經銷案。經警方深入調查，多宗走私案件均涉及同一貨主，而走私貨物早於貨櫃交收前就做了手腳。鑑於司機並不知情，故不提出起訴，總算還我清白。」

「不早說，枉我為你操心。」

「多謝妳的信任和慰藉，陪伴我度過人生低谷，想唱一首歌來報答。」

「你想唱，但我不想聽喲！」

譚澄張口結舌，一時不知所措。

「好吧，唱幾句來聽聽。」

譚澄東張西望，確定四野無人才放聲高歌：「夜色多麼好，心兒多爽朗，在這迷人的晚上……我的心上人坐在我身旁，默默看着我不作聲，我想對你講，但又難為情，多少話兒留在心

上……但願從今後，你我永不忘，星海音樂廳的晚上。」他越唱越起勁，有點得意忘形。

「——誰？誰是你的心上人？你唱給誰聽啊？」《莫斯科郊外的晚上》旋律美妙、樂韻悠揚，然而耳熟能詳的歌詞出其不意被竄改，加上駭人的歌聲，我吃驚得咋舌。

「不就是妳嗎？」他表情認真，態度誠懇，語調溫柔，並把臉貼近。

我連忙退後，「你——你胡說甚麼？」

「妳是知音人，定會明白我的心聲。」

「我們只是普通朋友，你找錯表白對象！」

他又再引吭，「但願從今後，你我永不忘，」然後捉着我雙手，含情脈脈地凝望着我，「星海音樂廳的晚上。」

我不禁失笑，「夠了，玩夠了。」

譚澄忽然吻向我的臉頰，像蜻蜓點水，不着邊際。我驚惶失措，不懂得還以甚麼反應。他面紅耳熱，我煞有介事地撫摸自己的臉蛋，忸忸怩怩。可能被他的囈語和莽撞打動，沒有加以責備，反而牽動他的手掌貼在被吻的臉龐上，再次感受其澎湃的熱情。他的手掌沒有挪開，改為雙手捧着我的臉面，繼而在額上一吻。同樣一吻，同樣輕柔，但時間不一樣，他的嘴唇似在我的額上紮根，不能拔走。

二十一

　　晚上回家，母親急不及待開門，神色凝重地告訴我：「渝，街道辦事處派員通知，小區面臨清拆，叫我們作好心理準備，另覓地方搬家。」母親憂心忡忡，神態仿如當年得悉因建造長江大壩而要搬家一樣，焦慮不安，惶惶不可終日。

　　「搬家而已，算不上甚麼大事。連家鄉都失去了，這個蝸居並不足惜，遷出後自有棲身之所。」

　　「我並非為搬家而擔憂，只是一時感觸，覺得天地之大，居然難以讓我倆容身。沒有家鄉，退無可退。」

　　「退不了就向前吧，衝出荔灣區，衝出廣州。」

　　「談何容易！」

　　擾攘多時的荔灣區更新改造計劃終於兵臨城下，不得不為未來從長計議。搬家算不上甚麼大事，也不算小事，或多或少帶來困擾。

二十二

　　經歷過涉嫌走私的無妄之災，譚澄憂慮事件會再度重演，不願過擔驚受怕的日子。縱使公司繼續聘用，然而他沒有復職，轉為留在香港駕駛的士。自此之後，他要趁休息才上廣州會面，反而令大家更加珍惜相聚的機會。

　　譚澄約我去流花湖，以為逛公園，怎料中途他建議去附近的卡拉 OK。經過花店，他無緣無故買了一束由我挑選的鮮花。進到房間，譚澄唱出他的首本名曲《莫斯科郊外的晚上》，我聽過無數遍，同一個人、同一樣的演繹和同一樣的歌詞，他用同一道班斧難以喚起我的興致。可是，當他唱到「我的心上人坐在我身旁，默默看着我不作聲，我想對你講，但又難為情，多少話兒留在心上。」他突然單腳屈膝下跪，送上剛才購買的火百合花束，接着從衣袋裏掏出一個小錦盒，打開展示出鑲有鑽石的戒指，「渝，我愛妳，嫁給我？」

　　求婚的工具和形式總是千篇一律，姑勿論我喜歡與否，也要接受？連譚澄也要一併接納？在現場氣氛的帶動下，「渝，我愛妳，嫁給我？」短短七個字足以扣着我的心弦，被他深情的眼神和動人的聲調所迷惑，只懂顧念他的優點和魅力所在，為我戒煙、為我唱情歌、為我花心思意念，一切一切都令我着迷。身體以至內心都酥軟起來，實在需要他作為倚靠。儘管知道中港婚姻充滿暗湧，容易情海翻波，然而一切的考量和憂慮均拋諸腦後，因他是我生命中懂得欣賞和疼我的漢子。我情不自禁，抑壓不了激盪的情緒和盈眶的淚水，朝着譚澄點頭默許。

二十三

　　母親與譚澄見過面，對他有好感。譚澄的兄長已婚，與其

母一起生活，未來家姑負責照顧孫兒。我倆知會了雙方家長，然後到民政廳婚姻登記處辦理註冊手續。譚澄怕分隔兩地、聚少離多的生活會使彼此的感情變淡，他想日後以夫妻團聚的名義申請我到香港居住。由於申請需時，期間持雙程證，即「往來港澳通行證」便能前往香港相聚，每次可以逗留 90 天，期滿之後再次辦理簽證。

　　雙程證解決了異地分隔的問題，總不捨得丟下母親。父親去世，舉家搬離家鄉，她變成一家之主，身兼父職，一直以來不辭勞苦，胼手胝足幹活。出嫁到香港，母女就會分隔。丈夫和母親成了「魚與熊掌」，難以取捨。

　　母親認為出嫁從夫，她着我放心到香港居住，反正荔灣區更新改造計劃已經迫在眉睫，早晚要搬走，而且超級市場的工作沒有前途，倒不如趁出嫁遷出。離開廣州，我並不可惜，香港才是我心儀的地方。臨別前我得好好安置母親，不想一搬再搬，母親決意遷離荔灣區。為了減輕經濟負擔，我們在海珠區鄰近中山大學的一個小區找到合適單位。即使日後返回廣州探望她，也有棲身之所，而且乘坐直通巴士亦方便。

二十四

　　嫁給譚澄，因為我倆有緣有愛，而他的香港人身分更是一個亮點，幫我達成移居香港的心願。他接應我入境，當踏足嚮

往多時的大城市時，我心情異常興奮。火車站月台烈日當空，人多也不混亂，乘客遵守規矩如貫上車，車廂整潔，連談話亦輕聲。在內地沒秩序可言，惟恐落後，人少也要插隊。對香港的第一個印象就是文明，期望日後可以落地生根，享受文明的生活。

丈夫帶我轉車，他想預先介紹觀塘區，我卻按着他的嘴巴，止住他說下去。我認為毋須多講，香港甚麼也是好的，總比內地好得多，希望保留一點神秘感，親身去體驗香港各樣的「好」。

地鐵鑽出漆黑的隧道，不在地下而是在高架橋上行駛，感覺很新鮮。

「這是九龍灣，多兩個站便是觀塘。」

沿途都是密集的高樓大廈，究竟觀塘是何模樣？下車後，我跟隨丈夫而行，路上都是商舖、攤檔，到處掛滿招牌，行人摩肩接踵，十分熱鬧興旺。可是，它是一個舊區，建築物都陳舊殘破，雜亂紛陳。丈夫引領下，經過橫街、穿越窄巷，到達一幢敗壞的樓宇門口。

「這裏是裕民坊，我們的家就在天台。」

「天台？天台有屋？」我退後仰起頭來逐層數算，樓高八層，天台在九樓。

「對，天台的確有屋。大廈沒有升降機，我們得上樓梯，來，讓我拿行李。」

我在重慶長大，久經登山訓練，區區幾層樓，對我無損，

反而拾級而上，於我有益。輕易上到天台，立刻搜索新家園的面貌。天台中間有生鏽的鐵絲網分隔，兩邊錯落地分為三個單位，門庭中繩索交錯，掛滿曬晾的衣裳。

丈夫在最接近樓梯口的門前停步，打開鐵閘，張開木門。

「渝，進來，這就是我們的家。」他按亮電燈泡。

我亦步亦趨，尾隨丈夫入屋，四周上下打量。

「渝，香港是彈丸之地，寸金尺土，生活空間有限。相比劏房、板間房和籠屋，這兒算不錯。」

香港不是國際都會嗎？怎麼存在着劏房、板間房和籠屋？極目張望裕民坊的大廈頂，天台屋泛濫，這幾家真的算不壞，以三合土蓋成，遠處不濟，用鋅鐵和木板搭建。面前的潦倒景象與裕民坊之名極不相稱，比起埋在長江底的匱乏家鄉還要遜色。

二十五

初到香港，總算擁有自己的安樂窩。住所面積雖小，只得一廳一房，但足夠我倆居住。牆壁剛翻新，皎潔之外餘韻猶存，漆油的味道揮之不去。基本的家居設施及電器都齊備，勝過在廣州租住的房子。一直夢寐以求到香港，居然可以在香港度蜜月、過生活，實在喜出望外。可惜的是我正棲身於繁華盛世的陰暗面，而黑暗中的真相又永遠無法識破，故此不必花時間去

探索，乾脆接受繁華的假象和適應當下惡劣的生態。

　　為了協助我融入新環境和新生活，丈夫陪伴我到處暢遊，首先去油塘探望家姑和大伯一家。真奇怪！觀塘和油塘都名不符實，並沒有塘，兩區之間只得公共泳池。油塘是住宅區，也有寥落的工廠大廈。他們住在公共屋邨，環境比上不足、比下有餘，優越過不少舊區私人樓宇，包括我們的天台屋，而租金亦相宜。丈夫家人都很熱情，請我們出外飲茶吃飯，不停為我添茶添菜，同時催促我快為譚家添丁，好像吃飽就有力氣生育。

　　此外，丈夫帶我去太平山頂俯瞰香港景色，逐一介紹各區的名稱及分佈，遠眺觀塘和油塘，額外親切。

　　「澄，上面的建築物很特別。」

　　丈夫抬起頭朝我所指的方向望去，「啊，凌霄閣。重建前名聲更響，叫做老襯亭，不過早已被拆掉。」

　　「老襯亭？」

　　「對，老襯亭。無論本地人和旅客來遊覽，總喜歡對身邊人說：『看看，太平山下老襯滿街！』」

　　「老襯？」

　　「廣東方言中的老襯指受騙者，比如：搵你老襯即是搵你笨。歌手許冠傑的名曲《咪當我老襯》在香港家傳戶曉。」

　　「澄，咪當我老襯！」

二十六

尚未去海洋公園，丈夫被召喚開工，無暇相伴，他說來日方長，正如父親生前的承諾。他租用的士謀生，說要把握時間多賺點錢，由朝到晚忙得不可開交。丈夫依稀拖曳着父親的影子，鈎起了我的童年回憶，暗自唏噓歲月不饒人。

我在住所附近徘徊，旨在認識居住的社區和體驗丈夫的生活圈子。近距離有兩家大戲院，可想而知香港人的主要娛樂少不了看電影，也許丈夫曾經是觀眾，但戲院已經倒閉。裕民坊有不少住宅樓宇，樓下都是店鋪，路旁大排檔多不勝數，雲集雲吞麵、五香牛雜、咖喱魚蛋、沙嗲串燒等等美食，香氣四溢，價格又便宜。朵頤之餘，鮮榨蔬果和涼茶等可供品味。區內還有酒樓的燒味飯和點心、餐廳的牛油波蘿包和奶茶、粥店的及弟粥和布拉腸粉，以及糖水舖的紅豆沙和芝麻糊，簡直是美食天堂。

此外，其他類型的店鋪亦相當多元化，諸如：報紙雜誌檔、影碟舖、沖印店、衫褲鞋襪商店、傢俬舖、五金店、修錶檔、補鞋檔，以至當舖和麻雀館都一應俱全。郵政局和公共門診也近在咫尺，交通更為九龍東部的交通樞紐，四通八通。縱使裕民坊老舊，然而衣食住行集中，消費水平又較低，而且承載着上一代的集體回憶，對基層市民而言，不算是樂土，也堪稱福地。

二十七

　　裕民坊休憩公園是觀塘市中心的市肺，小樹林中以榕樹最
年長，見證該區的盛衰和居民的哀樂。雖然小公園雜亂骯髒，
但聚集者眾多，以老人家和男人居多，有的收聽流行曲，有的
高談闊論，有的在弈棋，旁人在觀戰。我置身其中，被市井之
徒評頭品足，渾身不自在，似乎沒有立錐的餘地。離開裕民坊
往遠處走去，在工廠區東邊有一道明渠，竟然未有思念起故地
長江和珠江，只因渠水有異味，令我望而卻步。

　　買菜、燒飯、洗碗、燙衣服成為了生活的全部，連月來服
侍丈夫起居飲食的日子終要暫告一段落，要回廣州探望母親，
以及重新辦理證件。丈夫工作忙，只載我到紅磡車站，叮囑我
路上小心而已。

　　以往丈夫駕駛貨櫃車穿梭中港，如今我以雙程證往返粵港，
兩地著實無甚分別。廣州是中國的大城市，但荔灣只是其中一
個舊城區；同樣地，香港是國際大都會，但觀塘只是其中一個
舊區。無論在廣州抑或香港，我都是舊區一員，與大城市的文
明進步從來沾不上邊。

二十八

　　在裕民坊斷斷續續生活了一年多，居住的樓宇早已日久失

修，部分牆身滲水，個別鋼筋外露而且鏽蝕爛透，偶然有石屎剝落，環境衞生欠佳，垃圾隨處棄置，滋生蚊蟲又帶來鼠患。天台屋的居住環境差劣，歷盡日曬雨淋，經常要按動冷氣機，單單電力支出便所費不菲。

裕民坊的建築物樓齡多數近半個世紀，殘舊破落的樣子嚴重影響市容。附近的街坊都是長者、低收入家庭和失業人士，白天都在區內的每個角落遊手好閑。當我知道自己所屬的社區貧窮人口在香港名列前三甲，了解到來港投身的地方只不過是一個貧困人士聚居之處。其實，這樣的社區在內地挺多，何以要長途跋涉來到香港過活？

老化的社區、貧窮的人口與國際都會明顯格格不入，大肆整頓才可改善基層市民的生活。彷彿政府聽到民間疾苦和市民的訴求，積極回應，新聞報道市區重建局即將在觀塘展開歷來最大規模的舊區重建項目。為了避免有人蓄意在重建區「落釘」圖利，故公布後立即啟動重建程序凍結人口。重建之後，裕民坊的景象將會煥然一新，轉化為大型商業區。日後社區增添綠化，提供更多的社區設施及休憩用地予民眾享用。

二十九

居民對重建計劃反應不一，只有個別業主感到興奮，因為他們可以免除維修的責任及龐大支出，相反，還能夠獲得一大

筆搬遷的現金補償，其他街坊大都十分徬徨。政府授權市區重建局主宰舊區的命運，我們的去留掌握在其手中，除了接受收購方案、合作地遷出之外，別無他選。業主尚且可以跟市建局討價還價，然而租客只有唯命是從。丈夫和鄰居都是租客，開始惆悵日後的生活。

反正要搬走，理應早點謀算和遷出，但丈夫一直忙於生計，而我只懂得料理家中瑣事，對於其他地區完全陌生，幫不到忙。我倆抱着「船到橋頭自然直」的心態，暫且住下去，直至非撤離不可為止。

「山雨欲來風滿樓」，搬遷限期前人人自危。為了爭取原區安置和合理賠償，受影響的居民無法住得安穩。擾攘多時，終於塵埃落定，重建計劃內所有樓宇都要在 2013 年尾騰空。不少業主獲得賠償都未能在同區購買到七年樓齡的單位；大部分商戶則沒法在區內另找新舖，被迫結業。住宅租客僅得特惠金，若符合資格的話，可選擇公屋安置以替代現金補償。由於我只是過客，賠償按單身租客計算，基本特惠金連同額外現金補償，獲得港幣七萬元，從此告別家園和熟悉的社區。丈夫曾經想過遷往深水埗，因該區租金比較划算，可是又怕遇上市區重建。最終我們搬去元朗鄉郊，認為租住村屋比較安穩。事實上，租金並不便宜，交通也不便利，但居住環境沒有以前那麼侷促。

三十

　　以往在裕民坊居住，總覺得不足，嫌棄它老舊，直至舊地重遊、人去樓空，才懂得珍惜失去的事物。細雨綿綿下地盤如常工作，清拆聲如交響樂此起彼落，但不及昔日人聲鼎沸的鬧市聲音動聽。以往下雨，在街頭方便途人購買雨傘的攤檔已經絕跡，市民和小商販雙贏的局面不再在眼前出現。

　　除了銀行、金飾珠寶店和手機、電腦店等得以保留之外，其他如：快餐店、超級市場、時裝店、化粧品店、鐘錶店、書店、便利店都以連鎖或特許經營，至於小商店，招牌殞落，商販的飯碗不保。

　　昔日的裕民坊有點雜亂無章，然而營商的店舖和攤檔勝在大眾化，價格符合居民的消費能力，足以凝聚民心，令社區保持活力，老而不化。時而勢易，市區重建將會改變破落社區的面貌，卻不可能提升居民的生活質素。華麗的私人屋苑、大型商場和高級酒店進駐社區，引入高消費的生活模式，低下階層沒法分享到重建成果，更難以在原區立足。高級時裝店、食肆和超級市場價格高昂，只迎合中產人士，收入微薄的坊眾根本無力負擔，只有放逐到市區邊陲苟且偷生。

　　市區重建不僅拆掉房子，整個地域的獨特氛圍瓦解，人脈網絡被摧毀，居民各散東西，社區的聲音和氣息變得消沉。睹物思人，連景物都失落，記憶日漸褪色模糊。心目中的文明城

市和理想社區應該是不設邊界、無分社會階層,彼此共融,可惜來到香港,始終找不到安居之所。

三十一

離開觀塘,如同當年離開重慶、離開廣州。足跡留在故地,生活記憶則烙印在腦海。年幼時候好想離開巫山,見識外面的花花世界。最終如願以償,接觸到南方大城市,以及國際大都會,認識到繁華社會的匱乏,體會到文明社會的落後。到處尋尋覓覓,落戶新界,與舊區相比,鄉村生活一點不壞,然而恍似原地踏步,到頭來回歸鄉土。

當年在重慶初次搬家,難免不捨得與故居別離,內心戚戚然、酸溜溜。可是一而再、再而三搬家,重覆的失落感使我變得麻木和冷漠。故此,不再投入豐富的感情予新居所,以免他日又面對告別時難捨難離。

與丈夫在元朗鄉郊居住將近三年,由於政府要徵地興建公屋,在橫洲揀選了三條非原居村,我倆再度面臨搬家。遷往永寧村仍舊永無寧日,不禁慨嘆天下之大竟無處可以安居樂業,取得單程證來港又有何用?

要不是我的老家淹沒在水裏,即使走投,至少還留有後路。

太極

一

下午驕陽火般熾熱，街上行人拖曳着輪廓分明的長長身影進入商場避暑，部分濃妝艷抹的女士妝容開始溶解，紛紛佔據商場角落，急忙補妝。儘管戶外氣溫火辣，一名薄施脂粉的女子逆流而行，離開商場，在外面簷篷下佇立。她穿著半身圍裙，從煙盒中拿取一根纖幼的香煙到唇邊，又從圍裙的口袋掏出一個塑膠打火機來生火，點著香煙。雙腳交纏，用左手掌心托着右手肘，輕輕晃動右手前臂彎，時而將香煙送往桃紅的雙唇之間，時而提起香煙。隨着手指輕彈，煙灰散落到垃圾桶頂的煙灰缸。她拉長頸項、昂高頭顱，深深地吞雲、淺淺地吐霧，毫不理會途人投以蔑視的目光。

在她背後的商業大廈六樓，有一扇窗戶正被敞開，一名地中海髮型及上唇蓄着鬍子的男子從窗口探頭，嘴角叼着一根香煙，煙包放在雲石窗框邊上，撿起一個金光閃閃的打火機，「噹」一聲，揭開了蓋，打着了火、點着了香煙，連隨合上蓋，又傳出「噹」一聲，鏗鏘悅耳。

二

圍裙少女的亮麗長髮束在腦後，髮型簡樸清雅。為了抽煙，她妄顧其優雅的形象，不惜流連街頭，與落魄的煙民為伍。她

奮力多抽兩口，繼而擠熄煙蒂，不再磨蹭，折返商場。沿着二樓走廊走到盡頭的一家理髮連鎖店，她戴上口罩，然後招呼顧客。身旁有一位男同事，年齡相若，外表平庸，鼻樑上架着一副沒有鏡片的白色粗框眼鏡。

午間顧客人數不多，連正在理髮的客人在內只得四位，然而男理髮師單獨坐陣，一時兼顧不了。女理髮師回來，馬上召喚首名輪候者到理髮椅坐下，先為顧客存放眼鏡，接着在其頸項繞上長紙巾，披上大圍巾，並且詢問客人理髮的要求。隨即揮動手上的梳子和剪刀，髮絲徐徐落下，如同煙灰輕輕地散落。

三

樓上男子在窗邊煙灰盅擠熄未燒完的香煙，隨手關起窗門，返回醫療室。他戴上口罩，準備工作。身旁有一位女助護，個子嬌小，短直髮上套着髮箍。掛號處尚有一位上了年紀的女助護。

三個病人在醫療室外等候，助護召喚其中一名男病人入內，坐上牙科治療椅。助護為病人在胸口墊上圍巾，他簡單漱口後把杯子放回原處，清水自動注滿水杯，牙醫開始檢查口腔……

四

　　蓄鬍子的男子踏入理髮店，在門口收費機前用八達通拍了一下，拿取收據之後，　到 2 號座位坐下等候。

　　「下一位。」

　　1 號座位的女客人應男理髮師的呼喚，坐上理髮椅。

　　「下一位。」

　　2 號座位的男客人站起來，交出收據，坐下，讓理髮師保管眼鏡。女理髮師在顧客頸項繞上長紙巾，再披上大圍巾。

　　「先生，你好！我叫婧斐，頸部箍得太緊？」理髮師機械式輕拉嘴角，公式化淺笑。

　　客人偷看理髮師胸前名牌，確定她的名字叫「婧斐」。

　　「恰好。」

　　「如何修剪？」

　　「頭髮稀疏，整齊便可。謝謝！」

　　「不用客氣。」

　　婧斐揮動手上的梳子和剪刀，髮絲徐徐落下。

　　不消十分鐘，讓客人取回眼鏡，在客人腦後舉起一面鏡子，放完右側，移往左側。

　　「如何？」

　　「很好！」

　　婧斐為客人再度存放眼鏡，然後清理髮絲，再用真空管吸

走髮碎，才解開圍巾。客人領取眼鏡，「謝謝！」

「記得取回帶來東西，多謝惠顧，再見。」

「再見。」

五

近晚上九時，商場仍有不少顧客往來，商店熱熱鬧鬧，食肆都座無虛席，唯獨理髮店連一個顧客也沒有。

「婧斐，妳先下班，讓我殿後。」

「謝謝！」婧斐脫掉圍裙，未及揹起小背囊，急不及待下班。臨行前匆匆道別，「再見。」

「明天見。」

她乘搭升降機至地庫停車場，一名小伙子正在暗角守候。他魁梧健碩，短頭髮七三分界、兩側斜陰、髮型僵硬，穿著真皮外套，快步上前，牢牢熊抱婧斐。兩人纏綿了好一會，小伙子撫摸佳人耳側，為她戴上頭盔，先後跨上電單車，離開停車場，疾馳往紅磡海底隧道。沿途風聲呼呼作響，凜冽的寒風迎面襲來，有點刺骨。鐵騎拐彎時左搖右晃，令身軀搖搖欲墜，然而婧斐毫不害怕。俯伏在小伙子背上，安全感驅走一切惶恐不安，越刺激就越益享受兩人的溫馨甜蜜時刻。車子減速，緩緩經過匯豐銀行總行，婧斐被一對放置在大樓外的「彩虹獅子」吸引，在心頭深深烙印。剎那間鐵騎駛至蘇豪區，小伙子泊好

車子，兩人手牽手邁進專門接待「女會員」的「秘密花園」酒吧。

六

　　酒吧面積超過一千平方呎，亮起柔和的燈光，播放着輕柔的純音樂，一雙雙情侶散落在色彩和暖的梳化上。婧斐和小伙子挑選遠離水吧的地方，脫去外套，點選兩杯口味相同的黑啤酒。合卺交杯之後，互餵乾果。他從外套口袋取來一盒禮物，「生日快樂！」

　　婧斐拆開，禮物是一對情侶腕錶，用鎢鋼製造，色澤烏黑閃亮。她摟着小伙子的頸項，「鈺貽，謝謝！好漂亮的黑金鋼手錶，快幫我戴上。」

　　婧斐戴起手錶，滿心歡喜，不停扭動手腕來仔細欣賞。接着她為鈺貽戴上另一隻粗錶帶、闊錶面的腕錶，兩人同時伸出手來，一起觀賞只屬於她倆的精裝情侶錶。

　　一年前兩人透過社交平台得悉「秘密花園」為女同志提供一個結交的場所，故慕名前來。當晚酒吧舉辦歌唱大賽，參賽者不約而同演繹《勞斯‧萊斯》和《不一樣又怎樣》，也許因為這兩首歌曲最能引發大家的共鳴吧，她們聽得津津有味，趁中場休息如廁。在洗手間外排隊等候時，站在婧斐背後的鈺貽乘機搭訕，繼而同枱飲酒、吸煙和交談。鈺貽在地盤工作，任職測量助理，黑黝黝的皮膚散發着誘人魅力。在婧斐心目中，

他猶勝男兒。交往時間不算長，但兩人感情深厚，總有說不盡的情話。此後，鈺貽的髮型交由婧斐打理，而婧斐的往來接送則由鈺貽負責。尚未打烊，婧斐喝得酒酣耳熱，倒在鈺貽懷內，一起乘的士返回共築的愛巢。

七

　　翌日，婧斐醒來，鈺貽已經出門上班。她發覺牙痛，也許由於昨晚喝酒太多又睡眠不足，以致肝火旺盛。牙痛厲害也得強忍，因開工不許遲到，以免客人等候。牙患或多或少影響到工作情緒，上午顧客寥落，尚可應付；下午人數眾多，抽不出片刻歇息時間，惟有吃雙份治痛藥暫且舒緩痛楚。繁忙過後，婧斐衝出商場抽煙。未幾，精神稍煥發，香煙似有鎮痛作用。

　　及時以香煙麻醉，暫且舒緩痛楚。可惜，吸煙只是治標而非治本的良方。半天飽受煎熬，婧斐再也按捺不住痛楚，趁客人不多，留給同事應付，急切尋找最近的牙科醫生治理。查看商戶目錄，最近的牙科診所就在大廈六樓，甫抵達即推門而入。由於沒有預約，等候良久才獲安排進入醫療室。她發覺戴着口罩的醫生有點面善，縱使看不到整張臉孔，然而單憑其地中海髮型及單眼簾、細眼睛便足以認出是昨天傍晚來找她理髮的客人。原來他是牙醫，事隔一天，倒過來光顧。

　　「姜小姐，妳好！牙齒有甚麼問題？」

「醫生，今朝右上方大牙痛得要命。」

「嗯，張大嘴巴讓我檢查一下。」

婧斐張開口，醫生拿起工具逐一檢驗牙齒。她感到牙齒被刺戳、輕敲、窺探，由助理從旁記錄。

「牙齒久沒檢查？右上方有兩顆大臼齒嚴重蛀爛，先要做 X 光檢查，查看損壞程度。」

及後，醫生交待結果，「兩隻牙齒蛀得很深，穿透琺瑯質，波及牙髓。因細菌感染，牙髓發炎及部分壞死，再不能修補，必須進行所謂『杜牙根』的根管治療。」

「單靠消炎止痛藥行嗎？」

「消炎藥未能有效解決得了，若再置之不理，破壞了牙槽，會引致牙齒鬆脫。」

「如接受根管治療，一次過完成整個療程？」

「按照妳目前的牙患嚴重程度，預計大概要進行數次治療。」

婧斐張口結舌，顯露出疑惑的眼神，醫生加以闡釋。

「治療過程繁瑣微細，首先局部麻醉，鑽洞至牙髓腔，用微型銼清理各根管發炎或壞死的牙髓、血管和神經組織，然後消毒及填封空洞。治療後牙齒容易破裂，還要安裝假牙冠來保護。」婧斐點頭會意。

「治療費？」

「一萬元左右。」

「噢！」

「基本收費而已。」

「醫生，請先給我止痛，讓我回去認真考慮。」

「好，但切忌延誤治療。」

「知道。」

八

　　婧斐備受牙患困擾，難以平靜工作，趁理髮店生意冷清，乾脆提早收工。見鈺貽來接下班，她撲上前訴苦。

　　「痛得要命！」婧斐禁不住落淚，楚楚可憐。

　　「乖乖，去吃雪糕？」鈺貽看到婧斐淒慘的樣子，以致內心惻隱，用手去輕撫女友的臉龐。

　　「不，雪糕多細菌，我怕牙髓進一步受感染。」

　　「有道理，喝啤酒吧。」

　　「也不行，剛吃過消炎藥。」

　　「那麼直接回家休息，我煮粥給妳吃。」婧斐報以微笑，因劇痛而收斂起來，笑得很牽強。

九

　　痛苦煎熬了一整夜，婧斐輾轉未能入睡，考慮到內地的牙

科診所求診。相比香港，深圳收費水平低得多，只是香港的幾成。可是，內地牙科的衞生水平實在令人不敢恭維，惟恐消毒不周，染上肝炎等疾病；再者，路途遠，而且要告假數天。鈺貽再三叮囑女友勿因少失大，建議留港治理，免卻舟車勞頓及費時失事，至於治療費用一概由他承擔。婧斐深受感動，蜷曲在鈺貽懷內入睡。

＋

翌日，婧斐牙痛加劇，右邊臉頰紅紅腫腫。她激動得噭哭，鈺貽已經出門上班，一時無所依傍。他早預備好粥水，但她吃不下嚥，接連抽了兩根香煙，便致電到公司告假半天，以安排替工。她又致電牙科診所掛號，希望盡快診治。

在診所等候逾一個小時，司徒醫生才出現。婧斐被列作第二位輪候者，要多等半個小時。她自覺找錯牙醫，未能急病人所急，肯定不會是好醫生。

婧斐終獲安排進入醫療室，登上治療椅。

「姜小姐，由於今早到醫院進行手術有所延誤，連累妳等候良久，真對不起！」醫生靦靦腆腆。

「沒事。」

「真的沒事？看妳的臉頰腫得厲害，回來『杜牙根』？」

「嗯。」

醫生簡介過程，囑咐病人放鬆，如果痛得要暫停，可以舉手示意。接着醫生揮動工具，在牙齒上開孔，婧斐繃緊地躺臥，慌張到不曉得舉手。她清楚聽到響亮的心跳聲，猜想牙醫會否聽到？若知道她的慘況，即使不手下留情，至少也會溫柔一點。然而醫生並沒鬆懈，任由鑽嘴在其大臼齒上放肆地風馳電掣。

「為甚要受苦痛的煎熬？」婧斐即時想起這句歌詞，連隨又想起另一句：「路上我願給你輕輕扶」。當她驚惶失惜的時候，惦念着鈺貽，責怪他沒相伴。婧斐又責怪自己貪圖方便，錯找男牙醫，手部動作笨拙粗魯，著實苦不堪言。自認節儉，不捨得花費與小伙子出外旅遊，卻要「貼錢買難受」。她希望「財散人安樂」，盡快擺脫苦痛的煎熬，回復正常生活。

鈺貽要上班，無暇陪伴女友覆診，婧斐每次都是孤身上路，覺得徬徨無助。初次求診，面對冰冷的診所、令人窒息的濃烈消毒藥水氣味、醫生的僵硬表情和沉寂的氛圍，以及嚴重的牙患纏擾，感到極度不安。親身經歷過陌生而痛苦的治療過程，最艱苦的時刻總算過去。

與牙醫多溝通，認識自然加深，性格很隨和。到最後一次療程，婧斐肆無忌憚，「司徒醫生，牙醫專業真的令人神往，折磨他人之餘尚可賺大錢。」。

醫生反問：「褒抑或貶？」

「當然是讚賞。」

「我何嘗不嚮往當理髮師？。」

婧斐詫異，「你認得我？理髮師有甚麼值得你賞識？」

「所有客人來到妳面前都要叩首。」

「着點忘記你也是我的顧客。」

「妳的記憶力不容小覷。」

「記憶力有何用？修剪 200 個髮型，做到手軟倒不及你做一次『杜牙根』療程。」

「牙醫是厭惡性行業，相比理髮，厭惡程度何止 200 倍？」

「言下之意，幫我治療牙患，厭惡程度高達 200 倍！」

醫生明知婧斐開玩笑，伸一伸舌頭，懶得澄清。

「送給妳的小禮物。」他從案頭抽出一朵粉橙色玫瑰。

「謝謝！」她接過來看看嗅嗅，「用肥皂雕刻而成，你親手做？」

「是。」

「牙醫一雙巧手，足以跟雕刻家媲美。」

「過獎。」

「任何病人都有？」

「不，」牙醫澄清，「芳鄰才有。」

「我寧要折扣優惠。」

「剪髮可有折扣？」醫生反問。

「有，給你半價優惠，修剪半邊頭髮。左半右半？前半後半？悉隨尊便。」

「牙患有得醫，但『口痕』無藥可救！」婧斐住口、扮鬼臉。

十二

週日，大小公園都擠得水洩不通。外籍傭工充斥，菲律賓和印尼傭工的數目不相伯仲，比玩耍的孩童和親子的家庭人數還多。她們三五成群，在公園各據一方，佔領了涼亭、樹蔭、草地、通道兩旁以至公園的出入口。不少印傭休假時都會帶上傳統頭巾，到處席地而坐，以印尼話閒話家常，喧鬧聲中分享自備的家鄉食品、土特產，連餐具器皿亦一應俱全。印尼社群配備傳統敲擊樂器伴奏助慶，部分更穿上民俗風裝，載歌載舞，洋溢着家國鄉土風情。

印尼姑娘之中經常出現成雙成對的情侶。女方是典型的小妮子，個子嬌小，皮膚黝黑；「男方」高度相若，膚色相近，體型則比較健壯，肌肉厚實，蓄短髮，男性化打扮和裝束。有的手牽手，有的肩並肩，也有的擁抱，甚至旁若無人隨街擁吻。印尼同胞對「假小子」(Tomboy) 見怪不怪，個別路人卻嗤之以鼻。當中一雙互相依偎的戀人，齊齊動身，朝向附近商場而去。

十三

　　印尼情侶一邊輪候，一邊喁喁細語，直至理髮師召喚。按男理髮師指示，女孩子上前，而假小子則由女理髮師料理。

　　為假小子的頸項繞上長紙巾，披上大圍巾，理髮師遲疑了片刻，「小姐，妳好！我叫婧斐，妳想如何修剪？」同時公式化拉動嘴角。

　　「剪短，添一點凌亂感，謝謝！」假小子的廣東話頗流利。

　　婧斐隨即揮動手上的梳子和剪刀，髮絲徐徐落下。不消十分鐘便停手，把一面鏡子擺放在客人腦後右邊，轉往左邊。

　　「可以嗎？」

　　「很好！」

　　婧斐為假小子清理髮絲後解開大圍巾。在旁理髮的女伴剛好完成，一同離去。婧斐看着她們的背影，心想：「我比其他理髮師更了解假小子的心意。」妥善處理後續的功夫，她呼喚下一位顧客，一名蓄鬍子的男士迎上前來。

　　「噢，司徒醫生。」

　　「姜小姐，妳好！」

　　「來試半價髮型？」婧斐嬉皮笑臉。

　　醫生不苟言笑，「大可不必。髮型不變，剪短便可。」

　　婧斐隨即揮動手上的梳子和剪刀，髮絲徐徐落下。不消十分鐘，婧斐停手……

十四

理髮工作有時很清閒，特別在天氣寒冷期間；有時卻非常忙碌，尤其在炎熱的時候。當然不可一概而論，冬天的生意也可以興旺，正如今天，婧斐不停為顧客理髮，其間並無歇息，只匆匆吃過兩頓飯，由朝早一直忙碌到晚上九時許。站立工作了一整天，雙腿、雙手以至脊椎骨都極酸痛。回到家門，久候的鈺貽急忙開門。

「老婆，看妳一臉倦容，今天生意興隆？」

「不停接客，好像轉了行業，靠迎送生涯幹活。」

「早知道妳辛苦，我煮了蓮藕雞腳湯，讓妳滋補手腳。妳先休息一會，我去舀湯。」婧斐吻謝。

兩人喝完湯，婧斐沐浴洗頭。密集式的工作令身體疲憊不堪，婧斐利用熱水浴鬆弛每一寸崩壞的肌肉和繃緊的神經。洗澡是枯燥乏味生活中的一點生趣，但她不能享受太久，因為翌晨一早又要開工，長時間沐浴變得奢侈。

剛從浴室出來，鈺貽催促，「快過來，我幫妳吹頭。」婧斐乖乖坐在梳妝椅上，他為女友拭擦頭髮，順勢滑到耳朵，然後弓身貼近去探尋秀髮的氣息，聞得如癡似醉。女友閉起眼目，用心去體會身邊人的溫柔細膩，感受到一絲吹拂着耳根的微風。電風筒尚未啟動，鈺貽張着厚唇去呵護女友臉面，又輕舔耳珠，她的呼吸變得沉重，胸腑劇烈起伏，同樣如癡如醉。

「哎喲，好痛啊！」她故意向鈺貽撒嬌，散發其嬌媚。

「乖，我來賠罪。」「男友」在女友的耳孔呵一口氣，她即時渾身發抖。

「幹嗎這麼黐纏？弄得我毛髮直豎。」

婧斐撲上床，大字型俯伏，濕漉漉的長髮掛在床外，他撲過去為她按摩背部和四肢。

「舒服嗎？」

婧斐沒有回應，鈺貽再問，仍然沒有動靜，她已經倦透入睡。女友睡相動人，令他着迷。

十五

昨天生意滾滾，婧斐和同事應接不暇；今天冷冷清清，客人寥寥可數。婧斐悶得發慌，溜到街頭抽煙。同場煙民還有庸俗的化妝品店售貨員、談吐粗鄙的經紀、舉止粗魯的廚房工人和捍衛「蹲下文化」的內地同胞等，大夥兒匯聚在街頭巷尾，始終是小眾，置身濁世中尋求自我解脫，釋放真我。

樓上一扇窗戶剛張開，司徒醫生探頭外望，發現煙民中有一張熟悉的面孔。他不假思索關窗，轉身向助護囑咐一聲，便揚長而去。

十六

「嗨！姜小姐。」醫生走近煙民。

「司徒醫生，你好！」婧斐手執煙包，「抽煙嗎？」

「謝謝，不習慣抽女性香煙。煙身幼，不好持；煙味溫和，不好抽。」醫生從口袋掏出香煙。

「我以為牙醫一律謝絕吸煙。」

「對，極大多數都不吸煙，因為煙草中的尼古丁和焦油令牙齒變黃，影響心肺功能和致癌。」

「你是另類，明知故犯，不怕『煙屎牙』和口腔的煙味破壞專業形象？」

「經常戴着口罩，病人根本不會知道。」

「真自欺欺人！手指上燻黃的煙漬已經出賣了你，原形畢露。」婧斐瞧見醫生的右手。

「病人怎會留意到牙醫的手指？正如顧客怎會留意到理髮師的手指？何況工作時必定穿戴手套。洗牙也方便。」

「洗牙？能醫不自醫吧。」

「跟妳當理髮師一樣，切身問題不能自行解決。」醫生觀望婧斐的髮型，豎起大拇指，「頭髮修剪得不錯，可不是妳個人的功勞？」

「的確靠同事代勞。」

「能剪不自剪！正是理髮師的限制，天意難違。」

「我向來我行我素。坊間有自理頭髮的工具,自行理髮並無不可。」

「自理頭髮倒可以,逆天則不行,往往沒好下場。」

「我偏要!」

「祝福妳!」

十七

鈺貽和婧斐要好好享受二人世界,十二月二十四日身處澳門,展開浪漫之旅。午間到達氹仔,飽嚐水蟹粥、炭燒豬扒包、葡撻和木糠布甸,然後到路環黑沙海灘。名不符實,海灘上黃沙比黑沙還要多,來遊覽的戀人們都不介意,旨在沙灘上留下彼此的足印和美好回憶。傍晚返抵酒店吃豐富的聖誕大餐,經過賭場倒沒興趣內進,晚膳後到市中心新馬路一帶漫步。

議事亭前地廣場的地面鋪上波浪紋的馬賽克圖案,色彩分明。富有歐陸特色的建築物座落在噴水池四周,揉合璀璨奪目的聖誕燈飾及佈置,以及醉人的聖誕音樂,充滿着濃厚的節日氣氛。鄰近的戀愛巷兩旁,樓房以紅色和淺黃色為主,而巷中間以優雅的盆栽點綴,締造浪漫的情調,令不少戀人駐足欣賞,婧斐和男友也不例外。

位於板掌堂前地的玫瑰堂樓高三層,頂部為古典建築風格的三角楣飾,外牆以淺黃色為主調,配以白色的浮雕花紋和圖

案。內部殿堂高聳典雅又莊嚴肅穆，予人神聖不可侵犯的感覺。

　　正值平安夜，信徒如貫進入教堂守望彌撒。鈺貽和婧斐湊湊熱鬧，即興加入並坐近前排，以見識宗教的重大慶典。相比以往接觸過的基督教崇拜，鈺貽覺得天主教過於著重繁文縟節，「悶」不可言。鈺貽一時衝動，在神父面前摟抱兼親吻女友，婧斐亦情不自禁配合，令身旁信眾均投以「恐同」和譴責的目光。她們顧忌仇視的群眾，最終在壓力下自行離場。

　　步出教堂，鈺貽並沒有慚愧不安的感覺，婧斐則自責：「我們可真過份，褻瀆了教堂、冒犯了神！」

　　鈺貽強辯：「也許神父在背後咒詛我們，但神會原諒世人，不至於遭到天譴吧。」

　　有教徒站在不遠處報佳音，唱着：「平安夜，聖善夜，萬暗中，光華射……」遠離歌聲，她們回去戀愛巷。

　　鈺貽：「聖母本身是童貞女，從聖靈懷孕，叫做神蹟奇事。可是，女同志人工受孕、男同志找代母產子就視為違反自然和天意。」

　　婧斐：「剛才太過胡鬧，不要再胡言亂語。」

　　鈺貽：「我還未說完——」

　　突然被婧斐一吻，甚麼道理、歪理都要拋諸腦後。

十八

　　翌晨，鈺貽和婧斐一起去享用酒店的室內恆溫泳池。酒店住客似乎在平安夜盡興，而且聖誕節目豐富，偌大的泳池只得數位稀客。婧斐穿著比堅尼泳衣，大方展露人前，一點也不害羞；鈺貽則穿著一件頭連身泳衣，外面還加穿白色 T 恤，欠缺陰柔氣息。婧斐不諳水性，鈺貽循循善誘，教導女友學習游泳。婧斐一時慌亂，鈺貽來不及扶持，女友跟蹌沒入水中，吞了幾口池水。鈺貽從旁慰問咳嗽未止的女友，輕撫其玉背。

　　「游泳姿勢尚可，但呼吸方面需要改善，先行放鬆身體及情緒，急不來，慢慢游。」

　　「難學！倒不如去桑拿？」

　　「好。」

　　桑拿浴室閒置，她們在木製房間內可以促膝談心。婧斐用大毛巾包裹着身軀閉目養神，享受着大汗淋漓的舒暢感覺。鈺貽竟明目張膽，目不轉睛地瞪視女友白皙嫩滑的肌膚、豐滿挺拔的胸脯、渾圓的臀部、纖纖的玉手和修長的美腿，他感到莫名的興奮，有性的衝動，自覺感情昇華。他心猿意馬，意圖掀起女友的毛巾以窺全貌。

　　「非禮呀！」婧斐嚇得花容失色。

　　鈺貽問心無愧，「我好奇而已。」

　　「妳不尊重我！」

「對不起！」鈺貽怯懦不安。

婧棐心情矛盾，她接受迷戀但拒絕激情。自從被教堂變相驅逐出來，她開始感到與鈺貽之間的關係並不尋常，有點曖昧和罪疚感。

十九

婧棐由幼稚園、小學到中學都就讀女校，朝夕相對的都是女同學，加上她是家中獨生女，鮮與男孩子交往。反而男性化的女同學卻接觸過不少，他們性格硬朗，喜歡保護弱質女子，一起相處時充滿安全感。

那年冬天，同區男校高中學生私下舉辦聯校聖誕聯歡派對，婧棐與同級同學應邀出席。先透過破冰遊戲，打破彼此隔膜。在「大風吹」的遊戲中，男女同學爭相奪取座位。當傳出「沒帶眼鏡者走」的指令，婧棐要動身另找座位，她眼明腳快，覓得座位安坐。沒料到一位男生搶位時竟然落在她的大腿上，隨即縱身而起，因站立不穩而倒在地上。男生十分尷尬，婧棐也靦靦腆腆，不知所措。男生被罰唱歌：「Merry，merry Christmas；lonely，lonely Christmas。人浪中想真心告白……」彷彿偶像陳奕迅為自己獻唱情歌，婧棐覺得特別悅耳動聽。她分不清喜歡聽他唱歌，還是真心喜歡這男孩子，從此兩人暗中來往。

　　婧斐初嚐戀愛的滋味，感到新鮮刺激。相識一個多月，發覺男生滿口髒話，約會時又毛手毛腳，令她厭惡。由於沒法得逞，男生後來轉移目標，追求她的同學。失敗的初戀感覺帶給婧斐難以磨滅的沉痛記憶，認為男孩子普遍用情不專、見異思遷，而且著重情慾發洩，遠不及同性好友，可以在心靈上建立真摯的友誼。自從被男孩子欺騙過、傷害過、心碎過，婧斐對異性心存芥蒂，失卻了交往的信心，無法在感情上交流。她連初戀男友的名字都不想記起，不想為負心男子枉掉一滴眼淚。聖誕節帶給婧斐的是聖誕情意結，既不想記起，又忘懷不了的一段失落感情。

二十

　　大除夕晚，婧斐提早收工，回家與鈺貽共慶良宵。燭光晚餐之後，浪漫沒有消減，她們一起自製葡萄酒，預備上好的葡萄製作佳釀。既要同度歡樂時光，更想締造兩人的心血結晶。同性戀人無論在思想、心靈情感和精神上如何昇華，肉體上畢竟存在着先天的制約。為了打破宿命，她們渴望衝破世俗藩籬，而自釀具有兩人心意合一的象徵意義，令不可能變成可能。

二十一

　　鈺貽父母匆匆走完人生旅途，沒有陪伴女兒長大成人。雙親欠奉的日子是女兒的遺憾，卻是父母的福氣。否則，思想保守的父母發現女兒變成假小子，肯定生不如死，縱使不吐血身亡，也得要與女兒斷絕關係。

　　婧斐的父母健在，但忙於生計，鮮過問女兒的私事。女兒搬出，並非與異性朋友同居，他們不曾反對。也曾探訪女兒，與其同居密友碰過面，雖覺她們的關係有點古怪，但見怪不怪。

二十二

　　司徒醫生幾乎每天下午都到商場外吸煙，老是緊隨婧斐出現。彼此不愁沒有話題，只要互相靠近，總有道不盡的閒話。事實上，煙民之間並無社會階級和性別之分。

　　醫生成了婧斐的常客，頭髮稍長一點，便到理髮店整理。

　　「司徒，你真的年青，連一根白髮也沒有。」

　　「頭髮濃密的人才長白髮，頭髮稀疏的人很少長白髮。禿髮給人的印象是一把年紀，不用再添白髮，倒算上天公平。」

　　「可不是啊！醫生相貌年輕，看來像日本著名的 Kewpie BB。」

　　「真的嗎？」

「當然，我是 Kewpie BB 的忠實愛好者。」

理髮時，親切的婧斐身體貼近，醫生覺得有股壓迫感，還嗅到一股清幽撲鼻的香水味，從其肢體散發而來，隨着身體擺動而飄溢。他閉起雙眼，十分陶醉，想像婧斐的飄逸身影在身邊打轉。

「司徒，可滿意？」

醫生張開眼眸，看看婧斐高舉在其枕後的鏡子，連忙回應：「好，非常好！」

婧斐繼續為醫生細心修剪鬢髮，態度認真，技術熟練而輕巧，手法乾脆俐落，還有一份額外的溫柔體貼。

二十三

二月十四日中午，婧斐在理髮店收到送來的花束和禮物，暗罵鈺貽破費，居然在情人節送上一大束昂貴的鮮花。她着急，即時拆開禮物，不禁愕然。面前是一打不同款式的 Kewpie BB，十分精緻和可愛。禮物沒有署名，婧斐相信不會來自鈺貽，因她不喜歡 BB，難道是——不敢猜測下去。她怕禮物來自司徒醫生，以致整個下午不敢踏足商場外吸煙。只想逃避，她乾脆將工作留給同事，提早下班。

婧斐沒帶走花束和禮物，惟恐鈺貽知道。她們共晉情侶餐，晚上到「秘密花園」酒吧消遣。談心之後交換禮物，婧斐收到

一支香檳玫瑰及一瓶花露水。鈺貽則收到棒球帽，「謝謝！款式前衞，勝在不是綠色！」

「你把我看成蕩婦！」婧斐生氣，伸手去扭鈺貽的耳朵。「男友」罵不還口，也不退縮，大方讓女友盡情洩憤。

手機恰巧傳來短響，婧斐縮手查看 WhatsApp。「婧斐，情人節快樂！希望妳喜歡送上的禮物。」司徒醫生的訊息令她一時愣怔，不懂招架。在鈺貽的催促下，繼續飲酒作樂，暫且擱置回覆。

二十四

飲酒正好掩藏內心的忐忑，婧斐從未打算接受異性的追求，然而醫生的身分、地位和熱情令她不得不重新考慮。她厭倦理髮生涯的刻板乏味，面對着客人的髒亂頭髮、頭癬和頭瘡，她還要壓抑潔癖的本性，為生計而遷就客人及埋沒自我。奢望有朝一日成為醫生夫人，可以擺脫困軛，共享社會精英的榮華富貴。

男人最重要的是事業。司徒醫生事業有成，縱使其貌不揚、頭又半禿，比不上鈺貽的俊朗，然而他才是女人夢寐以求的理想對象。翌日上午婧斐還在想入非非，認為要好好把握醫生追求的黃金機會，連隨致電司徒泓的醫務所預約即日洗牙。婧斐趁下午生意冷清，溜上去牙科診所，懷着輕鬆的心情，施施然

踏入醫療室。司徒醫生急忙迎上前，卻不急於為她洗牙，招呼她內進，並着助手端來一杯熱茶。

助手離開房間，婧斐先開口，「謝謝你的禮物！」

「喜歡嗎？」

「喜歡，不過昨天是——」

醫生故意側耳傾聽。

「昨天是——Kewpie BB 的生日。」

醫生錯愕，「不就是情——」

婧斐追問：「情——情甚麼？」

醫生清一清嗓子，理直氣壯地說：「情——人——節。」

他不再遲疑，反而令婧斐手足無措。

「你送錯地方？」

「沒錯。」

「誰是你的情人？」

「你願意作我的情人嗎？」

「不要開玩笑，醫生跟病人談情！」

「只要妳願意，不當醫生亦無妨。」

婧斐心想，「看着醫生分上方才考慮，但你竟然為一個平凡女子而放棄大好前程！」嘴巴卻不吐不快：「我已經有情人。」

醫生驚愕，「真的？」

「誰騙你？『假情人』倒是有的，真命天子尚未出現。」

醫生如釋重負，懶考究甚麼假情人？只著眼於最後一句：

真命天子尚未出現。

「還擔心妳來退還禮物！」

「你還不洗牙，我可要回去開工。」

醫生會意，引領婧斐登上治療椅，悉心為其「情人」洗牙。跟之前『杜牙根』的心情不同，婧斐覺得要在「情人」面前張大嘴巴，暴露私隱，渾身不自在，說不出的尷尬。當醫生一雙溫柔細膩的手在護理口腔、臉孔貼近、四目交投的時候，婧斐說不出的興奮，心兒險些丟出來，他的體貼和柔情讓婧斐有賓至如歸的感覺。她閉起雙眼，有說不出的秘密，想像自己日後成為醫生夫人、這診所的女主人，不覺沾沾自喜。

二十五

婧斐和鈺貽之間沒有秘密可言，一直以來都暢所欲言，互相分享和聆聽大小事情。可是，婧斐變得有所保留，不想透露有關司徒醫生對她近日展開的愛情攻勢。婧斐接受同性戀愛，純粹基於過往不快的異性愛情經驗，不想重蹈覆轍。對她而言，同性在思想上的交流、感情上的交往、精神上的扶持、心靈上的互通都比異性更優勝，而肉體上只是有限程度的接觸，有其底線，從來沒有越軌。在她眼中，戀愛和性愛可以徹底分開。

婧斐猜想，鈺貽一旦知道醫生的存在，不但不會支持，極可能強烈反對，甚至從中作梗。她明白自己在鈺貽心中的位置

和角色——閨中密友。他習慣以「假小子」自居，難以接受「情敵」的挑戰。婧斐認為，不知情對雙方都是好事，至少不會傷害對方。再者，她與醫生的感情剛剛起步，未必成事，不用事先張揚。夾在同性和異性之間，婧斐沒有不忠的感覺，因為結交異性朋友本是平凡不過的事情。

二十六

　　鈺貽熱愛男孩子的嗜好，除了騎電單車，他近期喜歡航拍。當他熟習搖控技術，與婧斐聯袂到布袋澳一遊。兩人投入刺激玩意，鈺貽一邊教女友起飛、拍攝和降落的技巧，一邊熊抱女友來「航拍」親密合照。半天的溫馨時光隨着夕陽西下而結束，她倆駕車絕塵而去。

二十七

　　婧斐應司徒醫生邀請，穿著簡便的運動套裝，乘坐其豪華房車到戶外郊遊。為了保持神秘感，醫生無預先透露約會地點。沿途風光頗熟悉，因為上星期剛與鈺貽在大坳門路上馳騁過。越過布袋澳，醫生驅車前行，直至駛入清水灣鄉村俱樂部。醫生率先帶婧斐到餐廳用膳，繼而到處參觀。綠油油的高爾夫球場位於清水灣半島，三面環海，景色怡人。置身山光水色之中，

婧斐懷疑自己已經飛上枝頭，由銜泥的燕子變成鳳凰。在高級餐廳用膳，婧斐一直戰戰兢兢，擔心失儀。在球場，她也誠惶誠恐，醫生趁機大獻殷勤，牽着女友在草坡上東奔西跑。他又抱着女友、按着她一雙玉手，教導擊球和推杆的技巧。婧斐的球技只是入門新丁，但感情卻升級。

二十八

　　婧斐聲稱假日要上髮型深造班，鈺貽惟有獨個兒消磨，再度前往布袋澳練習航拍。同一樣的風景，在不同的時候和天氣有不一樣的景致，令人百看不厭，而且在平凡中可以尋覓不平凡的景象，叫人讚嘆。

　　附近的清水灣鄉村俱樂部入會門檻極高，會員非富則貴，對普羅大眾而言，俱樂部是一幅禁地，披着神秘的面紗。為了一睹風貌，鈺貽操控航拍機飛往俱樂部的上空，景色盡攝入鏡頭。雖非看到實景，但從顯示屏幕瀏覽，倒已美不勝收，漫山遍野都是如茵的青草地，教人心曠神怡。

　　在好奇心的驅使下，鈺貽試圖從中搜羅富商、巨賈、名人和明星的身影。出乎意料之外，在陌生的地方竟然出現一張熟悉的面孔，他驚嚇得差點失控。定神之後穩定鏡頭，放大畫面，清楚看到婧斐的芳蹤。在女友旁邊，還有一名男子，兩人倚傍依偎，看來談笑風生。鈺貽醋意大作，連忙拍下女友「偷情的

罪證」。

二十九

婧斐如常回家吃晚飯，鈺貽正在洗碗碟。

「吃完飯？」得不到回應，婧斐再問：「鈺貽，留飯菜嗎？」

鈺貽始終不動聲色，婧斐無奈，自行到廚房查看。

他刻意迴避，因失望而不想和她交談，認為不值得服侍一個撒謊又朝秦暮楚的女子。她不忿他不瞅不睬，懶得去找根由，氣憤之下奪門而出，怒火燒不着大門，卻令門框灼傷顫抖。

接連數天，鈺貽對女友不聞不問、漠不關心，婧斐感到委屈難受。他孤立女友，同時孤立了自己。家中隱藏一道無形的鴻溝，彼此產生隔膜，關係由濃轉淡。婧斐無法再忍受冷戰，毅然搬返娘家。鈺貽在場，並沒勸阻。

三十

下午，商場六樓其中一扇窗戶張開，探頭外望的不是司徒醫生，是婧斐。

「司徒，這位置正好面向街上的煙民集中地。」她回望醫生。

「對，經常見到妳。」

「早知道你在偷窺，我就挺胸收腹。」

「嫌姿態不夠誘惑？」

「誰要誘惑你？」

醫生伸一伸舌頭，「抽煙？」

「在這兒？」

「嗯。」

兩人各自取煙，醫生先為婧斐點煙，為免影響室內空氣，一同面向窗外吸煙。窗口淺窄，醫生乘機靠攏，搭着婧斐的胳膊，她順勢倚在醫生的肩膀。半晌，婧斐在窗邊擠熄香煙，説要回去工作。

醫生拉着她的手，「今晚我來接妳下班，一起吃飯？」

婧斐不置可否，嫣然離去。

三十一

用膳完畢，醫生駕車送婧斐回家，下車為她拉開車門。

婧斐下車，「再見！」主動吻別。

一會兒，門鐘響起，婧斐開門，「司徒——」

她隨即住口，「——怎麼是你？」

婧斐沒有開門，隔着鐵閘對話。

「婧斐，我有話要説。」

「我可不想跟你談話。」

「對不起！」

「你講完吧。」隨手關上門。門鐘再響，婧斐不為所動。門鐘響不停，婧斐母親睡眼惺忪從睡房出來，「夜深，妳爸明天一早要上班，不要胡鬧。」

婧斐的手機同時響起，怕吵醒父親，惟有息事寧人，接通電話，「你在樓下等候。」婧斐一出現，鈺貽趨前。婧斐故意背向鈺貽，鈺貽走到面前，婧斐又轉身。

鈺貽率先道歉，「對不起！」又走上前。

婧斐怒目而視。

鈺貽忍不住口，「我沒怪責妳，妳反而向我生氣。」

「你給我面色看，還來怪我。」

「上次妳真的參加髮型深造班？」

婧斐吃驚，明知理虧，強詞奪理，「你不相信又何必查問？」

鈺貽用手機播放一段短片，清楚看到她學習高球的片段。

「你跟蹤、偷拍我！」

「我『男人大丈夫』，怎會跟你們一般偷偷摸摸。」

「我們光明正大，你不要胡說。」

「既然光明正大，為甚麼瞞騙我？」

「我怕你誤會。」

「誤會？好，就當作誤會。前事不計，跟我回家。」

「你憑甚麼過問？」

「單憑我是妳的『男人』。」

「Oh，my God ！」

醫生流連未返，一直在其車廂吸煙，碰巧目睹婧斐與假小子的愛恨交纏，而對話內容在寂靜的夜空中額外分明。醫生一時三刻無法接受殘酷的現實，因追求的女子竟然是同性戀者而大受打擊，理智和情感不停博弈，分不出勝負，馬上驅車離開。

鈺貽說下去，「我是妳一生一世的『男人』。」

明知道「男人」身分模棱兩可，婧斐不爭辯，算是留給鈺貽顏面。

鈺貽信誓旦旦，「只要妳願意，我們前往加拿大註冊結婚。」

婧斐再三思量，「罷了，我們不會有將來，也不會有後代。」

「兩情相悅，一生幸福已經足夠。」

「晚了，現在不是談婚論嫁的時候，你回去吧。」

婧斐倔強固執，鈺貽不敢勉強，黯然離去。

三十二

沒有拉上窗簾，天花板光影變幻，躺在床上的司徒泓望得入神。意外發現婧斐的性取向令他不禁咋舌，也令他徹夜憂慮。從醫生的角度，他知道同性戀可能受遺傳所影響，反而擔心的是婧斐可能因後天遭受過傷害而引致。明白到要尊重別人的性取向，況且身為醫生、作為男友，更應該守護病人和女友。他不打算放棄好一段感情，因他不覺婧斐「一腳踏兩船」，有其

選擇合適伴侶的自由。他希望自己可以令婧斐改觀，重新定位，選取合乎自然和道德的伴侶，「由彎變直」。他亦知道愛情不能一廂情願，戀愛和婚盟都是個人事情，並非宗教和法例可以促成。泓認為同性戀尚可理解，但不接受同時發生的雙性戀，不單止不忠，而且是畸戀。如果婧斐願意放棄同性戀，他樂意與她發展下去。日後兩人相處，他會當作不知情，更加關心和愛護身邊人。

三十三

　　鈺貽懊悔早前冷落女友，讓別人有機可乘，怕再不挽回這段感情，婧斐早晚會落入他人懷抱。單純同性友誼的話，鈺貽可能不會留戀，然而他跟婧斐的關係從來不以同性看待，視為姻緣。他珍惜緣份，嘗試盡力挽救。可惜屢勸無效，女友始終沒有回心轉意。既不肯搬回去，又約會不成，接下班回娘家也遭拒絕，根本無計可施。

　　鈺貽終於想到「無辦法中的辦法」。他踏入理髮店，輪候剪髮。婧斐不加理會，如常工作。輪到鈺貽理髮，婧斐故意叫下一位男顧客上前。

　　「不是輪到我嗎？」鈺貽搶先異議，男顧客卻步。

　　「不做你的生意。」婧斐向工作夥伴示意，「交給你處置。」

　　同事會意，向鈺貽表示，「只差少許，請坐多會兒。」

鈺貽無奈，返回座位聽候發落，直至理髮完畢，婧斐的態度仍舊冷淡，也不強留。縱使婧斐無情，但鈺貽認為自己不能無義，他還未死心，當晚到婧斐娘家樓下。

「婧斐，望望窗外。」他 WhatsApp 予女友。

婧斐正在睡房，移到窗口探望，看到近距離有點點星光。看清楚，原來是航拍機的照明燈，機身懸掛着一幅直幡，依稀看到「對不起，我愛妳！」的字句。她不假思索，在 WhatsApp 回覆，「老套，無聊！」

三十四

婧斐口是心非，表面上不領情，內心感激鈺貽為她所付出的心思和努力。再者，她明知錯不在鈺貽，早前冷戰源於自己的隱瞞和對方的誤會，後來的冷落和退避則緣自個人的性格缺陷。可是，後來發覺自身對同性相處產生厭棄和抗拒，對異性的戀慕卻發生興趣。一旦重投鈺貽的懷抱，將會影響日後與醫生的交往，甚至對鈺貽造成更大的傷害，因而狠心與他割席，保持距離。

搬離愛巢，婧斐已經習慣新的生活。在感情路上沒有鈺貽相伴，也不平淡，泓經常出現，一起吸煙和乘車兜風。至於鈺貽，不得不適應單身的日子，藉吸煙消愁、駕車兜風解悶，晚上到「秘密花園」酒吧買醉。他並沒另結新歡，基於對婧斐餘情未了。

有一次酒後遇上警方截查車輛，因醉駕而面臨檢控。他沒有告訴婧斐，免招話柄。酒後駕駛可被判處罰款港幣 25,000 元及監禁 3 年，初犯停牌 3 個月。相比失戀，他認為懲罰不算重。

　　鈺貽接連遇到挫折，又苦無傾訴對象，悶在家發呆。橫在梳化，視線正好落在地櫃內的一個酒樽上，發覺不妙。他拿起酒樽放在燈光下仔細察看，酒水十分混濁，出現毛茸茸的沉澱物，打開來，傳出濃濃的怪異酸味。自釀的葡萄酒功虧一簣，已經發霉。感覺上，他和婧斐的心血結晶與胎死腹中並無分別，令他心如刀割，淌下「男兒淚」。不禁問：究竟是人禍？還是天意？

香車

一

　　廣場地面有兩道長短不一的平行光影，如同日晷隨日照轉移。修長線條影子的頂端各有舞動的幡影，末端分別矗立着旗竿。高的掛上中國國旗，矮的掛着香港特區區旗，兩面旌旗迎風飄揚，沒配合國歌的節拍招展，跟隨附近雪糕車的經典音樂晃動。婆娑樹影和幢幢人影一起聞歌起舞，在金紫荊廣場上躍動。

　　偌大的廣場竟然找不到一株特區市花洋紫荊，金紫荊可謂一枝獨秀，卻囚困在長城狀的圍邊之內孤芳自賞。遊人只會背着它，在其金身前合照留念，鮮有認真回眸一望。香港回歸祖國 20 年，金紫荊依然金碧輝煌，一直默默等候綻放。

　　3 年前，港九雨傘紛陳，一度佔領過鬧市街道，曾經盛放卻結不了果。擾攘過後，雨傘只會在下雨天和烈日下遊走，固定而張開的雨傘群近乎絕迹，除了若干地方，金紫荊旁一帶便是其中之一。太陽傘遍布四周，天天由早到晚佔據，內地同胞也過來湊湊熱鬧，集結在雨傘下交易，警方從不過問。打傘者專門為遊客拍照、整理和列印相片，工作寫意自在，因為在手機風行的年代，眾多攤檔皆門庭冷落。

　　金紫荊廣場南面截然不同，繁華商業大廈林立，中環廣場巍峨高聳，西面的國際金融中心二期傲視同儕，對岸的環球貿易廣場更冠絕全城。中環的摩天輪徒具虛名，在諸多超越山脊

線的摩天大樓中無疑是「小巫見大巫」，相形見拙。

二

　　大廈外的玻璃幕牆陰陰沉沉，明媚陽光亦驅不走其冷峻，反射而回。甘於平淡的老鷹懶得振翅高飛去與摩天建築群爭競，情願在半空盤旋，在反光的外牆顧影自憐，忽然掠過金紫荊，投下一抹黑影。緊隨而來的是小女孩的尖叫，縱然一聲，但這一聲持續在空氣中縈繞，從抖震聲中推斷她被黑影嚇呆了。女孩子一怔，剛買回來咬了一口的油糍（炸蘿蔔絲餅），被從天而降的鳥糞不偏不倚擲中，雙手還沾上穢物。風和日麗下發生無妄之災，一下子弄得一團糟，她驚惶失措，當場嚎哭。在旁的母親也手忙腳亂，急忙丟掉食物，為女兒拭抹潔淨，並加以安慰。女兒安靜下來，隨母親進入香港會議展覽中心。

　　未幾，母女折返廣場，女孩拉長了臉，遙遙指着美食車，母親會意。

　　「老闆，來一個油糍。」

　　「還要其他東西嗎？春卷、炸番薯、炸魷魚鬚……」

　　「不用了。」母親付錢，一包油糍及一杯飲品同時放上櫃面，她看看身後沒有其他顧客，問老闆：「沒購飲品！」

　　我回答：「送給妳女兒喝，酸梅湯生津解渴，適合哭後潤喉之用。」

「謝謝！但她不是我的女兒！」

「對不起！送給——」

「她是我的姨甥女。」

我覷覷腆腆，「妳倆像姊妹花。」

「多謝叔叔！」女孩自發答謝。

「怎麼叫人家叔叔？」

女孩會意，「謝謝！哥哥。」

她的聲音清脆，跟姨媽一樣悅耳動人。

三

　　捉弄女孩的老鷹仍舊在上空飛翔，牠以銳眼目送兩「姊妹」遠去，然後停留在會展的上蓋，視線沒有離開過廣場，彷彿是一部安裝在蓋頂的活動式鏡頭，監控場內一舉一動。

　　門可羅雀，我仰起脖子，面對着貌似烏龜的會展，不期然想起一則寓言。貼地緩進的龜小子羨慕老鷹可以翱翔萬里，故央求老鷹先生幫牠一把，教授飛行本領。老鷹指小子並無羽翼，沒法高飛，龜小子改求鷹先生帶牠共赴天際。老鷹向來不懂拒絕的社交技巧，怕龜誤會自私自利，惟有奉陪。小龜難得騰雲駕霧，沾沾自喜，還以為憑其凌霄之志，凡事都能，故要求老鷹放爪讓牠飛得更暢快。老鷹同樣不懂拒絕，就讓小子自決，聽命行事。一張開鷹爪，龜小子迅速下墜，拉直手腳也不能乘

風而起，趕緊收起四肢和頭尾作龜縮狀。老鷹見勢色不對，俯衝而下，伸長雙爪在半空猛掏。可惜龜殼太小又太滑，老是抓不緊、捉不穩。臨近地面，老鷹趕快冒起，不然便跟龜小子一樣粉身碎骨。故事寓意世人要腳踏實地，不可好高騖遠。寓言畢竟是寓言，我猜想烏龜葬身源於語言障礙，彼此溝通不清不楚，令老鷹誤解龜小子的心意吧。回歸現實，大龜從沒隨老鷹而去，一直俯伏在香港島北岸長達 29 年，期間兩度發育，變成今時今日的龐然巨物。按其主人的心意，未來尚有發育的空間。

從天空傳來轟轟隆隆的聲音，蓋過雪糕車的音響，同時中斷我起伏的思潮。一輛直升機劃破長空，從西面疾飛而至，瞬間降落在廣場外圍的停機坪。下機者似乎是達官貴人，在私人保鑣護送下緩緩步入會展大樓，可能前來參與國際性會議或蒞臨展銷會。雖然不時見識到富豪的氣派，但不曾嚮往過榮華，只因明知求之不得。自幼閱讀寓言，明白烏龜和老鷹的故事教訓，所以我從不妄想擔當飛機師，甘願腳踏實地，安份當 5.5 噸貨車司機，兼經營新興的美食車。

四

「姨姨，飲品酸溜溜，難喝！」七歲的梓淳把酸梅湯推讓給我，換走我手上的小食。我接過飲品，喝了一口，覺得酸甜比例恰到好處。在山楂和甘草的甘甜之中滲透出烏梅的味道，

比一般同類型自家製作的飲品味道濃郁得多，又比超級市場貨架上提供的大量生產飲品來得天然和清新舒暢，甜而不膩。

「姨姨，怎麼多了一件東西？」

我瞄一瞄，紙袋內有兩件金黃的油糍，怪不得比前一袋重。我拉下紙袋口，「吃一個好了，小心熱燙。」

梓淳要張口大吃，我放心不下，急忙搶回紙袋，試咬一口。

「嗯，溫溫熱熱，慢慢吃吧。」我調換另一個完整無缺的油糍予梓淳。我回味剛才的飲食，以及老闆的人情味。霎時，腦海裏浮現出一個情景，老闆早前遞上食物時，他的左手無名指上並沒有婚介，而中指頭也沒了一小截，長度與無名指相若。怪可憐！憐恤之心驀然湧上心頭，何以不幸降臨在愛心老闆身上？傷口疼嗎？越想越黯然，感受到切膚之痛，不禁神傷。

「還要其他東西嗎？春卷、炸番薯、炸魷魚鬚……」老闆一開腔就攝人心魄，嗓音磁性、吐字清晰、語調溫柔動人，猶如外語電影中男主角配音的腔調令我着迷。

「好味道！」梓淳吃得狼狼，嘴唇膩膩，沾上油的手伸向裙子，我即時為她拭嘴抹手。「那哥哥真糊塗！連數目也不曉算，姨姨回去付錢？」

「哥哥並非糊塗，他知道妳給老鷹欺負，看不過眼，故意免費補償一個。」

「若然，哥哥請我多吃一個。」

「夠了，夠了，剩一個給姨姨。」

梓淳頓足，開始撒野，想討回小食。

「姨姨吃完才有力氣帶妳四處逛。」

「好！姨姨快吃。」

油糍餡料豐富，酥炸的圓餅狀蛋黃粉漿包含蘿蔔絲、甘筍絲、蝦米和花生粒，香濃味美，吃一個確實不夠。

五

兒時父母忙於生計，每朝給我一點零用錢，放學後可以買東西充饑。零錢不足以到食店用膳，但在路邊攤檔消費則綽綽有餘。當年街頭小販蓬勃，單單在學校區，車仔檔堆滿整條街。日灑雨淋下經營的攤檔總會高舉款式各異的太陽傘，以色彩繽紛的傘陣佔領繁華鬧市的街道，堪稱雨傘運動的先驅。由於無牌小販如雨後春筍充斥大街小巷，嚴重阻街，又造成衛生及火警等問題，一律被政府強硬取締，以致「運動」告終。

猶存留湮遠的記憶，「走鬼！走鬼呀！」小販似倒瀉籮蟹，未及收錢和收拾家當便落荒而逃。販子推着木頭車橫衝直撞，湯水、滾油翻騰蕩漾，部分沾濕地面，有部分更飛濺到途人的衣服上。不消一刻，攤檔幾乎完全絕迹，除了個別被拿下的檔主在現場求情之外，其他都竄進附近的後巷。小販管理隊沒有步步追逼，清場過後就撤退。

在縱橫交錯的後巷，攤檔星羅棋布，計有：生煎包、鍋貼、

葱油餅、豉油炒麵、栗子、魚蛋、韭菜、大腸、豬紅、生菜魚肉、芝麻糊、油條、臭豆腐、魷魚、夾餅，蘿蔔糕、粉果、燒賣、砵仔糕、白糖糕、粢飯、牛腩、牛雜、滷水雞腳、鴨腎、生腸、齋滷味、番薯、粟米……煎炒煮炸、燒烤煎蒸、炆滷燴焗等等美食包羅萬有，還有涼茶、椰子汁、甘蔗汁、豆漿、菠蘿冰和涼粉等清爽暢快的飲品。食物溢出的香氣在陋巷內氤氳不去，受到誘人的美食召喚，我的嘴角垂涎欲滴，轆轆的饑腸不停作響，鼓吹投入窄巷找回那舌尖頓然失落的感覺。恍如老鼠為了尋覓心儀的芝士而墮入迷宮，完全失去方寸。

　　後巷轉角的車仔檔老闆認得我是常客，只收取數塊錢，就在鐵碟上鋪上一張牛油紙，盛滿咖喱魚蛋和豬皮。我把碟子放置在巷側一支矮小的圓型鐵桿上，興奮地用竹籤朝着碟邊一粒特別巨型的魚蛋戳下去，豈料整碟東西一翻，叮叮咚咚撒落到腳尖，咖喱汁更濺進我的左眼。眼睛輕微刺痛，在旁的老闆見狀，馬上擱下生意，用一塊濕毛巾為我抹去汁液，又囑咐我在旁閉目休養。當不適舒緩後，老闆已為我清理現場，他不單止沒有怪責我的冒失，反而慰問我的傷勢，又幫我察看眼眸。雖然沒有大礙，但不甘平白浪費了金錢，內心戚戚，黯然垂頭離開。善解人意的老闆着我不要走，再奉上一碟滿載的美食。我喜出望外，連聲多謝，進食時加倍小心，享受口福之餘，感覺到咖喱汁中蘊含着濃濃的人情味。受人恩惠至今未有忘懷。

六

　　姐夫籍貫中山，與姐姐應邀回鄉出席親戚的婚宴，交託女兒給我料理。梓淳自少由我協助照顧，今年入讀小學，我倆感情蠻好，關係猶如母女般密切。她在廣場上東奔西跑，見我亦步亦趨，一面叫囂，一面加快腳步，闖入前方的動漫海濱樂園。海濱長廊擺設了三十個動漫角色的塑像，他們都是本地原創作品，形態栩栩如生。以為置身武林大會，各路英雄，如：步驚雲、華英雄、李小龍和郭靖等雲集面前。此外，老夫子和 13 點也來亮相，還有許多新派動漫角色登場，其中漫畫《百分百感覺》主角許榮最惹人注目。許榮端坐長椅，側起臉、翹起嘴，引來無數狂風浪蝶。女孩子總愛坐在其身旁，含情脈脈把臉兒貼近，甚至熱情地翹起嘴唇假裝接吻。大嬸們也來湊湊熱鬧，輪流向「嫩男」投懷送抱；「同志」則不同凡響，在眾目睽睽之下一親香澤。我偷笑之餘，亦把握機會，趁着人去「椅」空，趕急上前自拍。照相後暗自高興，在旁的梓淳笑個不停。

　　「來！梓淳，姨姨幫妳與哥哥拍照。」

　　她忸忸怩怩不從，越叫越走。

七

　　「救人呀！有人跳海，快救人呀！」

　　岸邊突然傳來連串急促的求救聲，此起彼落，數名呼叫者並排憑欄觀看。附近一群傳道人正在向內地遊客免費派發簡體版聖經和福音單張，立即停下手頭任務，一同閉目祈禱。遠處的釣魚客比較進取，找來一個救生圈，隨手拋出。情急之下出了亂子，救生圈垂直降落，與蹈海者相隔很遠，他折回更遠處去張羅另一個救世圈。

　　當時我正在美食車上打點，聽到求救聲及目睹一切，覺得形勢危急。心想，若然蹈海者是自殺的話，相信不會主動倚傍救生圈。故此自告奮勇，擱置工作，迅速跑到現場。眺望到有人快將沒頂，來不及脫去外衣，便跳入海裏，以最快的速度游了約二十公尺，靠近遇溺者。他已經筋疲力盡，並沒有反抗，讓我拯救。一邊托着他的下巴，一邊游回岸去。上岸後，見他奄奄一息，於是用心肺復甦法搶救。未幾，救護車駛至，由救護員接手處理。

八

　　傳媒報道有關灣仔海旁救人的新聞，整個過程被圍觀者拍下，在網上瘋傳。標題為美食車胖老闆勇救酗酒墮海漢，焦點落在胖子救人不惜親吻老翁，一夜間老闆成了城中英雄，也成了網民茶餘飯後的佳話。

　　從電視和網上觀看到美食車老闆，我覺得分外親切，兼敬

佩他待人以愛。相由心生，一見面便知道他是一個善良忠厚的男人，情不自禁再三翻看有關他的新聞報道。縱使他肥胖，然而個子不矮，像雪人般值得細心欣賞。兩腮圓潤藏着梨窩，短小而彎曲的濃眉配上笑眯眯的小眼睛，實在可愛有趣。至於親吻醉翁，倒不以為意，捨「唇」救人的義舉，正好反映出其高尚品德情操，彷彿他的頭上冒出一道光環，照耀人間。

九

周末，我又霸佔了姐姐的女兒，結伴到灣仔。太原街開設了不少玩具商店和攤檔，玩具五花八門，有益智的、新奇好玩的，也有懷舊的，不單止吸引兒童和家長們，而且招徠成年玩具迷和遊客，令淺窄的街道擠得水洩不通。同路人帶着童心，單單瀏覽玩物，足以樂透半天。逛「玩具街」似玩尋寶遊戲，梓淳和我都樂在其中，逐家店舖、逐個攤檔去尋尋覓覓，想據為己有的東西著實太多，只得從琳瑯滿目的貨品中挑選個人喜好。梓淳愛看圖書，特別是幾米的繪本，她爽快作出決定，選擇了一款以幾米作品為畫面的砌圖。我讚姨甥女獨具慧眼，她沾沾自喜。自身卻猶疑未決，因為既想買公仔，又想買音樂盒，始終拿不定主意。

「姨姨，那個音樂盒很漂亮啊！」

朝梓淳所指的方向望去，飾櫃角落有一個圓型音樂盒。拿

出來端詳，磨砂的玫瑰金盒面中有閃亮的「麥兜」公仔和背景圖案，盒蓋花邊精巧，配上浮雕花紋的盒身，盒底鼎足而立。重贅的盒子內壁墊上紅色絲絨，可以用作存放小飾物。蓋底有一個扣子，上鏈後播放出舒伯特的《音樂瞬間》，即是《麥兜的故事》主題曲《麥兜與雞》的音樂。一聽便聯想到其歌詞：「……但現實就似一隻鴨，吓吓一定要 Duck。唔得！唔得！點算嘞？點樣令隻雞變做鴨？……」驟覺麥兜就在左右。

　　打開精緻盒蓋便送上輕快趣致的樂聲，還可收藏珍品，實在令我愛不釋手，不過動輒要數百塊錢，真要命！渴望由男友送給我，可惜他至今未曾在我的生命中出現。最終，不捨地把音樂盒放回原位，轉身帶梓淳離開。

　　「姨姨，妳不喜歡嗎？」

　　我不懂回應，駐足盯着音樂盒，忽然想起美食車胖老闆，認為他的樣貌和身材與麥兜相近，連性格都一樣純良可愛。

　　我堅定回答：「喜歡，很喜歡！」意亂情迷下毅然拿起盒子，逕直前往付款，並喃喃自語，「值得，物有所值！」

　　梓淳好奇地問：「姨姨，妳說甚麼？」

　　「姨姨用音樂盒來交換妳的砌圖，好嗎？」

　　「嘿，我才不換！」

十

　　灣仔食肆林林總總，各方美食應有盡有。梓淳愛吃油糍，偏偏灣仔以至全港各區都搜羅不到，故我向梓淳建議順道前往金紫荊廣場美食車惠顧，她很肚餓、我很期待，兩人不約而同加快步伐，迅速抵達廣場。隔別一周，金紫荊一絲不動，然而對出的兩輛美食車竟截然不同。「麥兜」美食車哪裏去？雖然肥老闆的美食車有其名稱，但上次沒有留心，今次留意也不管用。我們十分失望，隨便光顧駐場的美食車，並乘機打聽一下「麥兜老闆」的下落，方知道每隔兩個星期，美食車就要轉換經營場所，而「麥兜」車已經轉移到「起動九龍東一號場」。甚麼「起動九龍東」？這麼奇怪的名稱，相信不可能是香港的地方，正正常常的特區政府怎會如斯命名！也許是尋寶提示，美食車的營運安排是一場社區追蹤遊戲。莫說梓淳不曉得「九龍東」，我又何嘗懂得甚麼「起動」來？真想問身旁土生土長的路人甲、乙、丙，可知「起動九龍東」？

　　「姨姨，漢堡不及油糍好吃。去找胖哥哥？」梓淳搖着我的手，把吃剩的半個包給我。

　　「我也想找胖哥哥，」我悶悶不樂，領她前往碼頭，只想乘坐渡海小輪，讓海風吹散悶氣，「下次吧。」

十一

　　明知道九龍東動不起來，也要按協議到場營業。一如所料，人影疏落的情況沒有改善。相比金紫荊廣場，這兒明顯遜色，簇新的觀塘海濱花園只有華而不實的木板路和木欄竿，人跡罕至。啟德郵輪碼頭從舊機場跑道冒起，漫長的建築物徹底遮蓋對岸中西區的風光，喪失原本飽覽維多利亞港兩岸的開揚景觀。郵輪碼頭長期沒有郵輪停泊，只得內海零散的遊艇；跑道長期沒有跑手，只得零星老叟；美食車營運地點長期沒有顧客，只得疏落的生意。鄰近工廠區的上班族群鮮到這偏遠隔涉的公園，「打工仔」寥寥可數，兼且自備食物到來用膳。專誠遠道而來的朋黨，在園內各據一方席地野餐。

　　作為美食車老闆，如同古代發配邊疆，境況堪虞。兩星期的流放生涯不算長亦不算短，面對淡薄的生意，只得慘淡經營，亦惟有淡然處之。我好想把握空閒時間去享受清新空氣和藍天白雲，可是身處與凡塵俗世隔絕的「反轉天橋底」一號場，其實另有一番景象。面向觀塘繞道天橋底部，眺望不到油塘和港島東區，在暗角裏自生自滅，前景黯淡。

十二

　　生意跟天氣一樣冷清，偶爾看到身穿校服的青少年三五成

群在公園裏擾攘，男孩子暢所欲言，相隔很遠仍然聽得清楚明白；女孩子則喁喁細語，在面前經過也探聽不到片言隻語，或許她們説話太輕柔，給颯颯的清風吹散了；情侶學生總是談笑風生，笑聲比風聲更響亮，肢體動作比情話更纏綿。

司空見慣的場面勾起了自己學生年代的記憶。考試期間廢寢忘餐地溫習，傍晚從自修室出來時感到胃部塌下，連腰間的皮帶都鬆了一截，要扣上一個位置。雖然家中預留了飯菜，但饑餓令雙腿軟弱無力，攙扶不起我這個大胖子在凜冽的寒風中徒步回家。慶幸迎面有一檔臘味糯米飯，飯粒如同纍纍的黑珍珠，飯面堆起臘腸、潤腸和臘肉，恍若晶瑩剔透的寶玉，合起來成了一座寶山。面對寶山，我怎會空手而回？立即上前購買。老闆被縷縷炊煙半掩，窺不清全貌，矇矓中瞄到他黝黑而乾癟的臉頰。即使他好像糯米飯般黑黑實實，而且渾身沾上濃烈的臘味油香，然而皮膚被無情的冷風吹掉了潤澤。為了生計，他甘之如飴，保持着迎人的笑臉。老闆豪爽，應我的要求加了很多炸花生和葱花，跟連鎖快餐店的作風，真的不可同日而語。大集團只着眼成本、看重營利，而街頭小生意則蘊含地道風味，老闆更親自與食客互動，在交易中增添情感上的交流。正如我家附近的食檔老闆看着我長大一樣，我何嘗不是看着他們老邁！

我喜歡吃喝，以致我加倍肥胖？還是我肥胖，以致我加倍吃喝？在循環不息的處境中，我不必探究前因後果，不過我經營美食車總有前因。剛大學畢業，與同學一起到韓國濟洲旅行，

並遊覽當地著名的龍頭海岸。臨海砂岩層層堆積，久經侵蝕後形狀怪異，岩土蜿蜒伸延起伏，猶如海中打轉的蛟龍。沿岸風高浪急，猛力拍打沉睡的龍頭，翻起千層浪花，隔岸觀龍依然感受到懾人的氣魄。

　　海岸風勢強勁，在岸上逗留片刻已有幾分寒意，振奮的是不遠處有一輛流動餐車。餐車外型普通，色彩單調，但售賣的酸辣墨魚飯卻令人垂涎。在岸邊的寒風中可以品嚐到暖洋洋、香噴噴的美食和香濃咖啡，欣賞韓國的醉人美景，不愧是人生一大樂事。再者，濟洲島盛產海鮮，墨魚新鮮甜美，讓食客齒頰留香，回味無窮。我立時許下一個心願，願望有朝一日在香港經營流動餐車，將地道美食送到香港的街頭。

十三

　　禮拜日梓淳跟從父母前往教堂，我獨自起動到九龍東。由牛頭角地鐵站徒步前往，經過工廠區到達觀塘海濱花園。在海濱木板路上來回搜索也未見美食車的蹤影，園區欠缺指示，利用定位追縱才找到「麥兜」的下落。穿越花園和天橋底，在遠處暗角「反轉天橋底」一號場終於發現目標。「反轉天橋底」？根本無法相信是地方名稱，如此命名簡直荒謬絕倫！

　　沒有姨甥女相伴，我站在名謂「夢想號街車」的車身外望而卻步。車輛色彩繽紛卻不鮮艷，以粉色系列為主調，若配合

周遭環境，例如戶外婚禮的宴會場地，來賓可以在溫馨浪漫的氛圍下享受美食多好。可惜，放逐到一個叫天不應、叫地不聞的幽閉空間，等同生意上的自我滅絕，真替老闆捏一把冷汗。

我假裝緩步跑，碰巧在美食車前歇息，佇立在車旁張望。

老闆問：「小姐，想吃甚麼？」

我答：「一杯酸梅湯。」

「雜錦天婦羅是這兒的招牌菜，可要品嚐？」

「嗯，給我一份吧。」

「謝謝！盛惠……即叫即製，請稍候片刻。」他給我找贖及飲品，「小姐看來有點面善，妳曾經在灣仔惠顧？」

「老闆記性真好！」

「有這麼年輕貌美的女孩子光臨，當然印象深刻。」

「老闆真會說笑，逗人開心。」我怕喜形於色，強行壓抑內心的興奮，故作從容。

「上次誤以為那小妹妹是妳的女兒，原來是——」

「姨甥女。」

「外甥多似舅。姨甥女多麼似姨媽，樣子跟妳一樣漂亮。」

我終於把持不住，喜上眉梢。

「妳不帶她前來。」

「她跟隨父母上教堂。」

「妳沒同往？」

「我沒有宗教信仰。你呢？」

「也沒，」並無其他顧客，老闆喋喋不休，「妳在附近居住、上班？」

「不！路過而已。」

「過路？」

「喲，探訪朋友之後，途經這兒。」我結結巴巴，怕他識破。

伙計傳上一盒剛炸好的天婦羅，老闆建議，「外面風大，反正沒客人，如不介意，請入內進食，多聊一會。」

「打擾你們？」

「不，」老闆開啟車尾大門，「進來，請坐。」

一邊吃喝，一邊聊天，知道肥老闆與麥兜姓氏相同，名叫璟晞。大學唸工商管理，現嘗試創業，誠如其招牌「夢想號街車」，實踐其營運街頭美食的夢想。

十四

面前的女孩子叫蔣沚榆，任職平面設計師。在金紫荊廣場初次見面，她嬌小玲瓏、娃娃臉、額前劉海，架着一副圓型大眼鏡，外表清純秀麗，令我眼前一亮。當時沚榆牽着一個與她貌似的小女孩，內心頓然一沉，嘆惜這麼年輕貌美的女子已經結婚，連女兒也這麼大。後來知道她們是姨甥關係，雀躍不已。可是，美食車是一門守株待兔的行業，想姨姨再次光顧，必須做到食物味美、物超所值和富有人情味。以往我與人情味濃的

食檔老闆結下不解緣，今日我當上老闆，也希望將人情味融入美食之中，讓食客感受和領會，然後再度光臨。此刻泚榆出現，我並不感到意外。

「麥老闆，請兼職嗎？」

我側臉一瞅身旁兩個伙計，「我們三個男丁時常比客人還多！」

「我下班可以過來，傍晚義務幫手亦不成問題。」

「為甚麼？」

「沒甚麼，興之所至。」

「還是一時興起，轉瞬即逝的念頭？」

「不！真的興致勃勃，誠意來親身體驗。璟晞哥，就讓我與您一起追夢吧。」

「——泚榆，歡迎加入！」與她一見如故，加上「哥前哥後三分親」，甚麼請求一律應允，更何況來幫手。

「叫我魚子醬，我的渾名。」

「嗯，魚子醬。」

十五

由於「九龍東一號場」無法起動，為免浪費人力，璟晞建議我隔一週才開工，下班後前往尖沙咀藝術廣場。黃昏六時左右，金黃的夕陽和層層變幻的彩霞與寫字樓職員一樣不想超時

工作，趕忙下班。他倆形影不離，我猜夕陽奪取了彩霞的芳心，一同躲在後山幽會。我不甘示弱，追尋我的「夢想號街車」。它停泊在藝術館的前院，旁邊尚有一輛美食車為伴。

　　毗鄰天星碼頭，人流如鯽，連帶美食車都受惠，雙雙出現輪候人龍。我走近車側的大窗口，璟晞正忙於入單和找贖，為我開門之後繼續忙碌。他着我稍坐一會，旁觀運作。待人潮散去，他介紹伙計。同事們真的熱情，即時擱下工作來與我握手，弄得我手掌沾上油污，璟晞建議我開工前潔淨雙手。

　　「魚子醬，先吃點東西，飲品隨便喝。」

　　「璟晞哥，謝謝！讓我自己動手。」他向我點頭。

　　下班時段，市民湧現，生意暢旺起來。同事都忙個不停，我來不及吃完，匆匆穿起圍裙、戴上帽子和口罩，參與飲食團隊工作。璟晞安排我做輕省的工作，如協助出餐、飲品和包裝。如此這般勞碌了三個小時。入夜，沒有多做一樁生意。

　　「魚子醬，多得妳來幫手。讓我們善後，妳辛苦了一整天，早點回家休息。」

　　「不用客氣，明晚見。」

　　「再見，」同事仨異口同聲，「再見！」

十六

　　連續五個晚上，我都在街車內度過。工作並不辛苦，但有

時會忙得不可開交，一時又冷冷清清。同事之間相處融洽，說說笑笑、吃吃喝喝。星期六我不用上班，可以提早到場協助開檔。早上十一時前，環晞已經駕車到達，停泊妥當便打開車尾大門、撐起車側窗門當作簷篷、搬運不鏽鋼台階、接駁電源、預備食材及清理爐具等足足忙了逾半個小時。準備就緒之後，同事開始教授我使用爐具及烹製食品，並安排我新任務——炸作食物。至於各類飲品，早上在工場已經備妥，入杯便可。

　　週末，本地顧客和遊客都增添不少。紅色開篷觀光巴士引來外國旅客，他們喜歡到地標尖沙咀鐘樓一帶流連，或多或少過來美食車品嚐地道美食。一旦旅遊巴士出現，遊客數目更多，以內地客為主。同胞豪情壯語，喧喧鬧鬧，音量不時失控，部分膽小市民可能會被嚇怕而走避，以致生意流失。音量越大，食量不一定越大，他們大都自備乾糧和水，實際上只得一小撮人買一小撮東西。食客喜歡輪流在美食車前作勢拍照，香港美食對他們而言，只是用作照相的道具。看大叔和大嬸鯨吞小食，難以想像會吃出滋味！

　　內地同胞來港自由行，鍾愛出門到哪兒都挾持旅行篋，招搖過市。難道香港的酒店和旅舍房間狹窄得容不下一個篋子，要夾帶私逃？在美食車上環顧四周的眾生相，比自己從事的平面設計工作來得生動有趣。尚未看夠，身旁的環晞說要教我使用電腦和收銀機，以便彼此替換崗位，我惟有按照老闆指示而行。生意寥落的時候，環晞怕我納悶，建議我下車走動，舒展

筋骨。我反而不捨得分開，總想留在他身邊一齊賞美景、觀世態。

十七

有沚榆相伴，感覺好比挽清風、攬明月，縱使鬱悶在車廂中，依然身心舒泰。她溫柔婉順，對指派任務言聽計從，幹活又勤快俐落，尤其在生意暢旺時幫了我一大把忙。全車男性的圈子中增添異性，加上她秀色可餐，擦亮了工作人員和食客的眼睛。再者她的普通話和英語同樣了得，有她助陣，同事做事加倍投入，外地客和男顧客的數目都有增長。沚榆還招徠其他生意，她的公司同事、朋友和舊同學陸續來臨光顧。他們讚賞食物之餘，並表明將會推介給親戚朋友來品嚐，為這街車增廣客源。

一雙夫婦帶着女兒在車前左顧右盼，小女孩遠遠大叫：「姨姨！」原來是小梓淳來探望姨姨。剛巧客人取食物散去，沚榆出門迎接，小妮子熱情地緊緊摟着姨姨的大腿，好像小樹熊攬着樹幹一樣，牢牢不放。沚榆抱起梓淳來到窗口，着姨甥女跟我打招呼，「哥哥。」

「乖孩子！哥哥請妳吃東西。」

「好啊！」

背後父母上前阻撓，「她剛吃完午餐。」

　　沚榆趁機介紹其姐夫和姐姐，然後陪小梓淳到車旁吃東西，讓我們寒喧。姐姐卻之不恭，於是伉儷也來品嚐一下沚榆參與製作的小食，不停答謝又不斷稱讚。他們怕妨礙生意，不一會便離開。我好似見完家長，感覺就像相親，沚榆看來如沐春風。

　　「魚子醬，來幫我手，犧牲了妳與梓淳玩樂的時機？」

　　「那又如何？有失必有得。」

　　「得？」我裝作不解。

　　她沒有闡釋，忸怩迴避，故意打開雪櫃門來掩藏和冷卻脹紅的臉蛋。

十八

　　星期日沒有約會，我又去做幫工。陽光普照、天氣和暖，遊人特別多，生意應接不下。我和璟晞兼前顧後，忙得沒時間如廁。其間，一名女顧客領取食物時側起腦袋夾着手機通電話，一不留神，手機丟下來，慌亂中翻倒了食物和飲品，弄得台階和地面髒亂不堪。她惱羞成怒，要求我們賠償整份套餐。璟晞向來大方，打算開口，我趨前搶先發言。

　　「小姐，妳自己疏忽打瀉東西，弄得一塌糊塗，留給我們善後，還向我們索償？那麼妳遺失剛找贖的金錢，豈不是也要我們償還？哪有這道理？」

　　「大集團快餐店招呼周到，定必補償！」她冥頑不靈。

「我們小本經營，還要做生意，妳不要在這兒撒野。」

她忿忿不平，高聲叫嚷：「誰希罕妳的臭東西？送給我也不吃，」轉身慫恿其他顧客，「千萬不要光顧這家黑店。」

客人皆不值其所為，「瘋婦！去看病吧。」

婦人憤而離去，走不遠再回頭咒罵，「等着瞧，你們結業為期不遠！」

清理場地之後，璟晞終於開聲，「多一事不如少一事。」

「豈可縱容刁婦無理取鬧！」

「明知她刁蠻潑辣，更加不要招惹。」

「怕甚麼？」

「寧得罪君子，莫得罪小人。怕她向食物環境衞生署投訴，訛稱食物有問題。一旦要暫停營業及銷毀食物，就得不償失。」

話雖有理，我仍然堅持己見，「虛報屬違法，我們光明正大，沒甚麼好怕。」

他沒爭辯，垂頭工作。

十九

我發覺璟晞善良背後，其實膽小怕事、懦弱又是非不分，令我對他的好感大打折扣。由於失望，好一段日子沒去幫手，終於他來電找我。久休復出，開工地點改為迪士尼樂園。遊客眾多，難怪璟晞要我幫忙。他並沒讓我白幹，反而厚待我，薪

金遠超市價。我並非為求賺取外快，卻樂於兼職。

久別「夢想號街車」，重逢時興奮莫名，相信她同樣惦掛着我。我遙望車廂，發現添了一名女成員。她身影苗條，架着太陽鏡，在車廂內與璟晞交頭接耳。我止住腳步，免得大家尷尬，還是靜觀其變。直至她離去，我方才踏入車廂，焦急地問：「璟琋，剛才有一位陌生女士？」

「她是新鄰舍，旁邊美食車的老闆。她出售的飲品太暢銷，水廂儲水不敷應用，趕不及派員購買，來商借食水，我已經答允借助。」言猶在耳，鄰車伙計過來取水。我如釋重負，驅走了酸溜溜的感覺。

「璟晞，只不過兩星期沒見面，怎麼肥胖了？」

同事插嘴，「按道理，老闆應該消瘦，但他睹物思人，寄情飲食，結果弄成這副模樣。」

我問：「甚麼睹物思人？」

另一同事偷笑，指向我的圍裙。

璟晞斥喝：「胡說！還不去工作。」

同事們齊齊點頭，「是，老闆。」

我暗中非議，「肥璟，還不去減肥！」

雖然壓低音量，但車廂狹窄，同事聽到，禁不住竊笑。肥璟無奈，只得裝聾扮啞。

二十

　　街車生意經常聽天由命，營業額向來不穩定。要「好天斬埋落雨柴」，卻不宜太好天，酷熱天氣下人流稀疏，生意一落千丈；雨天，尤其是暴雨或雷暴警告，景況更堪虞，既做不成生意，解凍的食材亦要棄掉；遇上颱風，連檔也開不成。有時車輛或器材需要維修，不單止暫停營業，還要付上高昂的維修費。總而言之，好景不常，一定要把握好天氣多做生意。

　　伙計尚可以每週休假一天，然而肥璟要做足七天，開檔前先到工場收貨和準備食材，收檔後又要清理爐具和洗車。他每天工作超過 12 小時，凡事親力親為，根本無暇消遣和運動，幾乎一年 365 日在車廂中度過。肥璟終於消瘦，我得償所願卻不高興。他操勞過度病倒，駕不了車，迫不得已暫停營業。他起初打算休息一天就復工，因他不想錯過週末及星期天的生意黃金檔期；加上營運地點為黃大仙廣場，鄰近黃大仙廟，善信和遊客特別多，顧客也多，勝過平日做五天生意。

　　星期五晚，我去中山臺探望璟晞。中山臺對我來說非常陌生，是姐夫的鄉下嗎？究竟在港島、九龍、新界抑或離島？原來在九龍荔枝角。既然荔枝角可以沒有荔枝，中山臺不在中山自然不奇怪。

　　我按下門鐘，璟晞以沙啞微弱的聲音回應，踏着虛浮的腳步來開門，我扶他到梳化安坐。

「喝茶？」

「你自身難保，還跟我客氣。」

他的住所十分寬敞，卻很陳舊，留意到我東張西望，他主動釋除我的疑惑，「這單位入伙逾半個世紀，比我倆的年齡總和還大。」

「嗯，你的家人？」

「父母都移民新加坡。」

「患病期間無人照料，難怪你一臉倦容。」

璟晞軟弱無力地背靠梳化，我觸摸他的額角，感到燙熱，連他呼出的氣息也熱烘烘。

「身體不適？」

「因感冒和腸胃炎均未痊癒，發冷及腹瀉。」他連聲咳嗽，裹着厚衣裳，渾身汗味，屋內所有窗戶緊閉。

「空氣要保持流通，」我微微張開一兩扇窗，然後倒一杯溫水給璟晞，「多喝水。」他接過水杯。

「可有吃晚飯？」

「哪有精力？手軟腳軟，整天吃即食麥片充饑而已。」

「真荒謬！經營美食的老闆竟然無東西下肚，我去煮粥。」

「勞駕！」

「榮幸之至！」我走進廚房尋找食材。

弄了好一會，我端出一碗肉碎粥，餵他也沒推卻。

璟晞吃過幾口，聳聳兩肩、舉高雙手、扭動粗腰，「睡一覺，

明天開檔。」

「不成！即使明天好轉，也要多休息一天。」

「手停口停，怎能休息下去？」

「患病期間不宜受風吹，何況你咳嗽，客人豈敢光顧？再者，怕你賺到錢卻沒命享用！」

「按照妳的意思，只好暫停營業。」

「姨姨最愛聽話的孩子，我會幫你知會各方。」

「謝謝！姨姨，來親親孩子！」

「姨姨最怕傳染，病倒就照顧不了孩子，您好好休息。」我臨別回望，「明天再來探您。」

「再見，姨姨。」

「乖！」

二十一

沚榆烹煮的粥真好吃，落到肚腹後精神一振，好像「粥」到病除。一覺睡來，門鐘響起。我腳步穩健，迎接她再度造訪。

「早晨！姨姨。」

「早晨，瘦璟！看來精神奕奕。」

「全賴妳悉心照料。」

她買來新鮮脆肉鯇魚片為我煲粥，加上芫茜，芳香四溢。

「過來吃粥。」

「一起吃，」她陪我吃粥，用柔滑的手掌輕撫我的額角，「嗯，退燒了，腸胃如何？」

「整晚沒有不適。」

「多吃點粥，有助調理腸胃。」她舀粥，我在旁默默盯着她的優雅姿態。

「瞪甚麼？一好轉就色迷迷！」

我連忙把頭埋在碗裏，任由她取笑。

我服藥後繼續休息，她忙於打掃和執拾東西。到中午，我要出外抖擻精神，聯同沚榆前往位於荔枝角的工場參觀，並在工廠區一家茶餐廳享受一頓久違的午餐。

「魚子醬，明天一早我又要到此準備食材和製作飲品。」

「我過來幫你。」

「不用了，有伙計幫手，妳直接前往黃大仙廣場吧。」

「嗯，翌日重出江湖，今晚早點休息。」

「妳也一樣。預計星期日的生意應該不錯，相信大家都會很忙碌。」

「但願如此！」

二十二

拖着疲倦的身軀回家，草草沐浴便上床蒙頭大睡。午夜被塌樓般的雷聲戳破酣夢，屋外風雨欲來，趕快起床關窗。一道

接一道的寒光在漆黑長空穿插，夜幕換了一片靛藍，幕上散落數枝光禿的白椏。椏梢抖落的枯葉幻化成傾城的雨露，隨風翻飛，濺到窗戶，穿透矇矓的玻璃，落入我的心扉。隆隆巨響驚天動地，同時震懾我的心神，動搖我的思緒。眼前風雨交加，腦海波瀾暗湧，乍現的虹光擾人清夢，無法再入睡。

「雲散天自晴，夜盡天自明。希望璟晞睡醒，天氣放晴，順利開檔做生意。」我守在窗邊，無眠。

「神未曾應許天色常藍，街車生意只得望天打卦。算吧，緊張也沒用，希望沚榆睡好，醒來不致失望。」我守在窗邊，無眠。

二十三

風雨連綿不絕，沒有消減的迹象。早上短短數句鐘，雷暴警告由無到有，由黃色轉紅色，經紅色轉黑色。風倒不急勁，雨勢卻傾盆而下，一發不可收拾。昏天暗地之間，新聞媒體重覆廣播，報道黑雨淹蓋鄉郊河道，浸沒市區道路，癱瘓了城市的命脈。

平日的話，大部分市民都會興高采烈，因毋須出門上班或上學。換着星期日，他們嘆惜暴雨來不逢時，平白浪費放假的機會，還要犧牲好一個玩樂的星期天。至於老闆，則嗟怨天意弄人，倒楣的我亦不例外。因病已經停業兩天，錯過了寶貴的

星期六，連星期日的商機也要流失。街車生意天天都在開銷，我別無選擇，只有自求多福。

　　儘管中午天氣開始放晴，然而街車出發前例必要花時間預備一番。若趕到工場籌謀而所剩營業時間不足半天，並不符合經濟效益，為免得不償失，無奈一再停業。

二十四

　　翌日，「夢想號」終可出動，但營運地點改為海洋公園。跟迪士尼樂園的停泊點不同，並非設在出入口必經之路，而是位於大門外圍下層。自從「海洋公園」地鐵站通車以來，巴士乘客大幅減少，地鐵乘客只要經過天橋便可直達公園的大門口，因而與美食車根本無緣碰面。縱有不少乘坐旅遊車到訪的客人在美食車前掠過，然而總被其領隊催促，來去匆匆，沒一個可以留步消費。遭政府局限在「死位」經營，我作為營運者不知如何謀生？一伙人由早上營業至下午五時，收入不足一千元，嚴重入不敷支，比起停業更不堪。預計未來兩星期只會徒勞無功，還要賠上數萬元。

　　「璟晞，怎麼星期六、日不用過來？」沚榆愕然，「生意不理想？」

　　「嘿……唉……」

　　「噢……哦……嗚！」

二十五

在海洋公園的死穴營業多兩天，情況未見好轉，結果停業十一天，損失固然慘重，總好過白忙。

二十六

平日工作纏身，趁休業期間出外散心，考慮到遊覽旅遊景點也沒心情好好欣賞，故索性獨個兒飛往台灣自由行。我在台北逗留五天，天天乘搭不同捷運路線到各站遊歷，在街上流連，感受一下台灣生活的氣息，最吸引我注意的是當地十分普遍的流動餐車。

台北的餐車由早餐至「宵夜」都有供應，價廉物美，成為市民日常飲食的一部分。我作為遊客，也經常光顧這些街頭車檔，因為感覺特別親切。跟老闆搭訕，了解到異地的經營模式，原來台灣跟香港的美食車營商大大不同。在台灣，初創成本低，毋須繳付租金，而且營業地點和時間彈性大，吸引青年創業。市面上食品種類多元，卻不失本土特色的飲食文化。其實，台灣流動餐車成功在於銷售佳餚之外，還看重人與人之間的互動交流。誠如我年少時與咖喱魚蛋、臘味糯米飯等等檔主之間的交往，當年情至今仍然在體內發酵，促使我經營街車美食。

可惜，香港政府為免美食車打擊飲食業的既得利益者，把

美食車的經營門檻定得很高,而營運範圍則收得很窄,所以大大削弱小本經營者的競爭能力。自從香港美食車先導計劃推出以來,新鮮感轉瞬即逝,食客數目不升反跌,之後生意一直低迷。

二十七

回到香港,我設法自救。一方面,集中製作本地特色美食,款式多元而新穎;另一方面,大幅減價,以求薄利多銷。同時,抽空增進與食客之間的感情交流,旨在以食會友,朋友會重臨惠顧,也會以口碑宣傳推廣。此外,與行家聯手呼籲政府開放旅遊景點以外的公共空間,將營運地點擴展到商業區和工廠區之內,以至學校區,並容許為派對場所提供到會服務。惟有擴闊客源,到處招徠食客,街車才有生存空間。

二十八

一年以來,我們虧本也要向政府繳付租金或場地管理費,而政府卻無動於衷,政策維持僵化,並沒有作出任何實質扶持。結果「夢想號街車」未及計劃屆滿便失敗告終,我付上沉重的代價,換來一個沉痛的噩夢。

二十九

經歷生意失敗，璟晞容顏憔悴、心情落寞。我怕他一蹶不振，陪他消愁解悶，一同觀看電影，嘗試從殘酷的現實中抽離，投入銀幕的光影世界去。其間，我握着他的手，碰巧觸及其斷指。他想迴避，我沒讓他縮手，反而握得更緊。他明白我不介意，也就安心下來。我敢肯定，璟晞傷心之處不再是斷指，而是剛斷送的夢想。我伏在他的肩膀低語，「我已經辭掉工作，陪你到他方延續夢想。」

春秋

一

　　白眉老頭子蓄着白色「八」字型鬍子及長鬚，穿上白色過膝長衫及寬鬆褲子，神態飄逸。他以橙色及綠色頭巾包裹腦袋，赤腳盤膝坐在地上，吹奏着一支「中」字型笛子，竹笛中間一節龐然隆起，形狀如芥蘭頭。隨着靈活的手指舞動，嘹亮而詭異的樂聲在空氣中飄蕩，兩條粗壯的眼鏡蛇分別從兩個竹簍冒起，「飯鏟頭」好像披上古埃及法老的衣領，莊嚴肅穆。蛇眼凌厲、蛇舌靈巧伸縮、蛇腰左搖右擺，胸膛保持挺直。兩蛇翩翩起舞，如韻律泳般同步升降旋轉。

　　我在旁看得興起，落力鼓掌，兩蛇竟然脫韁縱身而出。老叟重奏老調，已經喚不回失控的蛟蛇。雙蛇疾撲過來，我不假思索便轉身走避，發足狂奔。牠們尾追不捨，衝着我的屁股來啜吻。說時遲、那時快，一頂花轎從天而降，落在兩條平行的蛇身上，令牠們動彈不得。轎上有一位披着白色面紗的女郎，古銅色的水嫩肌膚顯露出一雙水汪汪的明眸，伸出玉手牽我上轎。我答謝恩人，知道她叫春秋。雙蛇乖巧貼服在地上，一直向前延伸，花轎在「路軌」上滑行，駛進隧道，眼前驟然一黑。

　　黑暗中，我聽到一把婦女的響亮聲音，她用福建話呼喚愛兒。我從夢中醒來，身旁小孩急忙由上層車廂拾級而下，我由車窗外望，他跟一名個子圓潤的婦人下車。電車前行不遠，在行人天橋前左轉，到達北角總站——春秧街。我下車回望乘坐

的電車，形狀恰如「百」字，形態活現出架空電纜下分成上下兩層的車廂。

二

　　黃昏，我在春秧街閒逛。兩旁商舖燈火通明，並列的鮮紅燈罩之下，商販出售剩餘貨品。肉枱上的鮮肉所剩無幾，滿地油脂；魚兒被投進冰箱，盛器擱置一旁，腥臭濁水傾瀉路面；腐爛蔬菜瓜果散落地上，招惹蒼蠅垂涎；凍肉舖、雜貨店和藥房外堆滿紙盒；粉麵舖、餅店和包點舖都在清理食物。遲下班的街坊趕忙買餸，攜着一袋袋菜肉回家；店主做了一整天生意，換來一桶桶金錢，攜着一包包營利歸家。喧鬧的街市漸漸靜下來，寂靜中只有吱吱的鼠聲，黑漆漆的鼠輩橫行無忌，還有結黨的蟑螂靜悄悄出沒。

　　馬路兩邊售賣衣服、飾物、玩具、公仔和旅行篋等的攤檔都已收市。短短的街道竟然有兩家酒店，其中一家大門外垃圾桶旁堆滿垃圾。垃圾桶頂的煙灰盅有未熄的煙蒂點燃起紙屑，釋放濃濃白煙。拾荒老人正在旁翻動垃圾，發現桶頂冒煙，於是利用剛拾獲的水樽剩餘的蒸溜水撲熄火種，盡其公民責任。

三

舅父在春秋街生活，地舖經營生意，居住大廈頂樓。回到舅父家，他已經關舖，一家人預備晚膳。我的母親是福建人，舅父為我遠道歸來洗塵，每頓飯都盡善盡美。昨晚吃過福建菜，今餐是地道菜色，舅母和藹又熱情，怕我客氣，老是把餸菜往我的碗裏送。舅父吃飯時無酒不歡，餸菜還未下嚥，舅父又為我添酒。

「表哥，你在大學修讀甚麼？」表妹好奇。

「旅遊及酒店管理。」

表妹追問：「春秋街也有酒店，你留在香港，不，留在春秋街工作？」

「表哥在外國留學，怎會屈就這裏的小酒店差事？」舅父插嘴。

舅母夾了一大塊芋頭扣肉給我，「勤，不要停口。」

表妹大吵大嚷：「妳偏心！」

舅母慌忙夾起一箸青菜過去，表妹仍舊嘟嘴。

「喬，別在表哥面前失禮，」舅父舉起酒杯，「勤，乾杯！」

「乾杯！」

四

外公入住附近私營護老院,把早年創辦的店舖交予舅父、舅母打理,表妹間中幫手。我兒時舉家移民到英國,一直沒有回港,剛大學畢業,隻身歸來探望親戚,希望重拾失落的兒時記憶。

表妹坦率開朗,面孔與身材並不相稱。體型小巧,兩條腿纖幼如茄子,臉蛋卻異常飽滿。她老是笑口常開,小眼睛瞇成一線,從薄唇中露出狡兔一樣的牙齒,外貌不似一個中五學生。

喬下學年要考文憑試,她覺得競爭激烈、壓力很大,擔心考不進大學,渴望出國留學。既可多一個升學途徑,又可體驗海外留學的生活,擴闊視野。可是,她恐怕家庭負擔不起外地升學的龐大支出。喬想當營養師,我十分支持她的理想。

「喬,如果妳到倫敦升學,在表哥家食宿,可以大大減輕生活開支。」

「成真的話,你屆時多多關照。在香港,先讓我們做東!」

表妹帶我到舖頭參觀,陳列的貨品十分陌生,她逐一介紹,觸目皆是福建特產,如:福州魚丸、貢丸、海產乾貨、興化米粉、甜粿、筍餃和餡餅等。由於福建人匯聚在附近一帶居住,社區被冠以「小福建」之稱,同鄉一般都會嚮往傳統家鄉食品,故不乏顧客問津,然而同行都集中在春秧街經營,一起瓜分生意。福建鄉親喜歡用福建話閒話家常,分外親切。自少在家,父親

和母親慣常夾雜廣東話和福建話交談，所以我對福建話耳熟能詳。

五

　　春秧街上途人比車輛還多，在馬路上踱步的途人又比行人路上更多。面對叫賣的商販，琳琅滿目的貨品，途人都會左顧右盼、討價還價，以致街市人聲鼎沸。主婦和外傭挽着菜肉、拖着手拉車、帶着小孩、推着嬰兒車、載着小狗，擠在人羣之中推進。電車在單程路上徐徐行駛，司機對於行人擋路已經司空見慣，滿不在乎，連叮叮的開路聲也沒精打采、軟弱無力。乖巧的行人欺善怕惡，不慌不忙地散開。相比電車司機，搬運工人兇狠得多，硬使手推車長驅直進，強行驅散人群，迅速卸下貨物予商販。偶爾私家車也來爭路，一輛黑色平治開篷跑車在舖前行駛，因路堵塞而停滯不前。驟見車上俏麗的女司機好像夢中的春秧，我上前察看，車牌為「100」。我從「100」聯想到「百」、聯想到電車、聯想到花轎，最終聯想到我的春秧。可惜，馬路恰巧暢通，只望到她的背影，跑車便絕塵而去。

六

　　週末，喬陪我探訪外公，即她的爺爺。護老院很近，只相

隔兩條街，位於商住樓宇二樓。我初次踏足，嗅到濃烈的消毒
藥水氣味，以及掩蓋不了的酸臭味，訪客尚且渾身不自在，長
期居住的院友景況堪憐。

院舍寬闊，床子卻密密麻麻，以屏風分隔。通道兩旁的老
人家，躺臥的躺臥、坐立的坐立，碰見一名年老院友在面前推
動助行架前往大廳看電視。電視機巨大、聲音響亮，好讓長者
看得清楚、聽得明白。

到達外公的「房間」，他坐在床側的扶手椅上閱讀報章。

「爺爺，我帶勤表哥來探您。」表妹俯身搖動外公的臂彎。

他摘下老花眼鏡，向我端詳。

我迎上前道：「公公，我是勤，從英國回來探望您。」

「勤？你是勤！我的乖孫。」外公興奮地說：「坐下，讓
公公看清楚。」

喬坐在床上，我挪開櫈上的雜物，坐在外公身旁。他老邁，
但雙目炯炯有神、臉色紅潤、皮膚光滑。頭髮尚未凋零，與其
他雞皮鶴髮的院友大相逕庭。他的耳朵長長、耳珠圓潤寬厚，
聽力則稍遜，我們對話得要提高聲線。

「勤，你移民時才兩、三歲，現在長得這麼高大，因為天
天吃麵包？」外公聲音沙啞。

「倒不是，我家吃中國菜居多。」

「父母好嗎？」

「他們安好，託我問候您。」

「何不一起回港？」

「外賣店的生意一直很忙，所以他們抽身不下。」

「你幫我告訴母親，公公很掛念她，忙碌也要回港一趟，公公恐怕沒時間等下去！」

「公公長命百歲，我回去催促她來探您。喬說您喜歡茶點，專誠購買皮蛋酥和老婆餅來給您品嚐。」我打開紙盒。

「爺爺，我幫您沖茶。」表妹從床上一躍而起，拿茶具往茶水間去。

「公公，您居住這兒多久？」

「一年了。公公去年跌倒，腳部做過手術，行動不便，在家無人料理，惟有遷入護老院舍。」

「習慣嗎？」

「嘿！不慣又如何？」外公老淚盈眶。

喬捧茶回來，「爺爺，你喜歡的安溪鐵觀音。」

「嗯，乖孫兒，一齊吃酥餅。」

七

自從外公入住護老院，他在天台種下的盆栽交給舅母料理，品種和數量不算多，倒也不少。對我而言，它們都是一些不知名的植物，嫩綠色彩帶給我清新舒暢的感覺。早上開舖前，舅母總會淋花，有時在中午休息的時候上去修剪。我間中上天台

欣賞外公的嗜好，以及遙望四周林立的大廈，從樓宇之間的空隙可以瞥見九龍東部。

「北角有碼頭，你可以乘船去紅磡或九龍城遊覽。」舅母提示。

「我想前往兒時居住的地方，看看現時的模樣。」

「去回顧也好，然而我嫁給你的舅父時，你一家已經移民，連你們的住所也不知道。」

「不要緊，相信舅父知道。」

八

晚飯後，陪舅父上天台喝啤酒聊天。

「舅父，我家移民前居住在荃灣四季大廈？」

「對。」

「我想重遊舊地。」

「四季樓早於二十多年前拆卸，興建成大型商場及私營屋苑，即現在的荃新天地一期和萬景峯。」

「太可惜！」

「的確可惜。四季大廈是荃灣早期的公共屋邨，包括：春明樓、夏雨樓、秋趣樓和——還有一幢叫冬隱樓，區內人士稱之為四季樓，當年你們一家人住在秋趣樓。除了名稱雅致，建築亦頗具特色，而且與香港近代歷史可算有一段擦身而過的淵

源。」

「有趣！説來聽聽。」

舅父呷一口啤酒，説下去：「在 70 年代，香港作為越南難民的「第一收容港」，大量越南船民湧至，問題更跨越九七。期間香港接收人數多達 20 萬，財政支出超過 100 億港元。」

「那跟四季大廈何干？」

「正因為越南船民人數眾多，以致當時的禁閉營都爆滿，港府擬利用騰空了的四季樓收容難民。由於涉及治安、人權和自由等問題，遭到當區居民強烈反對下而擱置。」

「我家放棄家園，移民英國，追求較佳的生活。越南人因政治因素而放棄家國，長途跋涉來到香港，淪為難民。天下之大竟無處容身！」

「勤，你可算身在福中，自幼在西方先進國家成長，接受良好教育。反觀當下，多少人漂泊天涯、不得溫飽？」

「不錯，幸福就在手中，有家人養育、有親朋關懷，還有天使在守望。」

「天使？」

「對！天使。無論幸福或潦倒的人，天使同樣會守護在旁。」

「看不見！」

「要用心去感受。」

「人太清醒反而感受不了。來，飲勝！」

九

縱使當年不曾移居外國，四季大廈始終保不了、住不下去，分別只在於多一點在秋趣樓生活的軼事回憶。可惜，年幼的我連一點兒記憶也不保，對香港、荃灣、四季樓完全淡忘，經歷一段隱隱的混沌和虛空。明知道荃灣四季樓不復存在，但我偏偏要重遊舊地，見證消失的空間，見證虛無的所在。

荃新天地果然是「全新」天地。在一片故土之上，偌大的商場和雅觀的住宅已經取而代之，完全找不到一絲舊家園的痕迹！荃新天地是老地方的新景象，移民後千里迢迢回來，初次踏足的露天園林廣場竟然異常面熟，Citywalk 的外觀、大電視的位置，以及園林布局等都似曾相識。我不禁訝然，夢中相遇過？還是宿世的潛意識？可是，前生尚未有這片天地，我也不諳輪迴之說。在內園反覆踱步，百思不得其解。

在商場隨意而行，經過一家金行，我向來不屑一顧，但廚窗的云云陳列品中有部分金飾彷彿懂得呼喚，引我注目。著眼點不在飾物的款式，而在於一系列十二生肖的設計，令我茅塞頓開。唸中學期間，每逢大除夕例必在家收看香港的直播賀歲節目，好幾個年頭都在這露天廣場舉行，倒數迎接新春。生肖的更替具有象徵意義，如送猴迎雞，好比夏去秋來一樣。舞獅和歌星助慶的熱鬧場面忽然歷歷在目，原來觀看多年的畫面湊巧是我初生成長和朝思暮想的地方！

十

　　舅父推介荃灣名勝「圓玄學院」，建議我順道遊覽，於是按圖索驥到達老圍。在沿途的小店品嚐馳名的腐竹糖水，老闆強調自家製作腐竹，配合山水而成。難怪吃起來額外味美，需要加添一碗。

　　見識學院，先要拾級而上，穿過石級頂上品字型的牌坊，一座形同天壇的大殿在面前出現。建築物古色古香，引人入勝。大殿底部的正中央掛着一塊題為「入德之門」的牌匾，我又覺得似曾相識！我深信相識非偶然，源於過往的閱歷。快思慢想之後，我記起一幀黑白相片。我家的相簿有我兒時的相片，其中一幀的背景正是這個地方。記憶中父親擁着母親、母親抱着我，站在這座香港的小天壇前合照，現在親歷其境，感到莫名的興奮。我自幼知道自己在香港出生，卻欠了一絲憶念、缺了一點憑證，香港只是一個遙不可及的陌生地方。當我確實來臨過這片土地上，感覺就不再一樣，日後敢誇口：我來自香港！

十一

　　在倫敦，父母不時緬懷香港生活的歲月，對於天災橫禍的印象特別深刻，憶述當年十號颱風襲港和居住的寮屋區大火，他們難忘橫風橫雨和橫禍的情景，還有「制水」時每天限時供

應食水的景況等。雖然父母是英國公民，但從不引以為榮，總自稱香港人；我也是英國公民，同樣是香港人嗎？

在香港回歸的歷史時刻，我遠在他方；沙士（嚴重急性呼吸系統綜合症）期間人人自危，我沒跟香港市民共度時艱；雨傘革命的時候，社會嚴重撕裂，我卻置身事外，還算是香港人嗎？

沒有在現場見證過、經歷過、參與過香港的大小事件，又沒有香港人的集體回憶，處於地球的另一面過日子，還算是香港人嗎？

十二

表妹主動提議陪伴我遊覽旺角，出發後方知道她想購買運動鞋，找我陪同。我們喝過茶、吃過點心，她帶我到附近的朗豪坊。喬介紹，該商場猶如一座山，一層又一層的商場、一家又一家間的商店，商品五花八門。商場中庭有長長的電梯直達高處的食肆，藍色的天花頂散布白色的矓曨投影，營造出藍天白雲的景象，而電梯則名謂「衝天梯」。

「表哥，我們先乘衝天梯。」喬挽着我的臂彎亦步亦趨。與她踏上電梯，不多久便感覺到腳下輕微顫動，以為是長電梯的必然現象。電梯向上推進，梯級猛烈震動，在腳底下吱嘎作響，繼而煞停，霎時掉轉方向，倒後向下急速降落。上上下下

同時傳來一連串受驚尖叫聲，我們慌忙轉身扶穩，朝見電梯底部人群爭相走避，也有人絆倒在梯口。下方已經無路可逃，千鈞一髮之際，腦海瞬即湧現出眼前面臨骨牌式倒下的驚險場面。我不假思索喝令：「喬，快往上跑。」我倆急忙掉頭向上走。可是，電梯下滑的速度比跑上的步伐快得多，我們陷於長電梯的中段位置，情況岌岌可危。我意識到形勢不妙，馬上呼喊：「喬，停步！」情急之下不容分說，硬抱起她，也不管毗鄰電梯的情況，半推半扔地把她送過去。表妹脫險，我則步入虎口，不用張望，早已聽見淒厲的呻吟聲。臨近梯口的人堆，我單手按着扶手，躍到鄰梯，腳尖尚未著地，半邊身子掛在鄰梯的扶手上，立刻俯身撲進電梯。我和表妹，以及其他乘客惟恐未夠安全，繼續往下疾走，直至跑到商場大堂，才算逃出生天。

十多秒後，出事電梯終被按停，鄰梯相繼停止運作。事件中，有人滾下浴血、有人被壓暈倒，梯口出現人疊人的混亂場面，驟看十多名傷者枕藉當場，其中一名男子被擱在地上，部分頭皮裂開，血流披臉。慘況令人毛骨悚然，加上迭起的痛苦呻吟和哀號嚎哭，表妹情緒激動，渾身顫抖又不停抽泣。

「喬，可有受傷？」

表妹翻起衣袖和褲管仔細察看，「小腿輕微擦傷而已，並無大礙。你呢？」

「沒事。」其實，我的腰部疼痛，左腳跟亦有點刺痛。

傷者等待救援，嚴重受傷的動彈不得，輕傷的退到一旁。

春秋 ‖ 355

我和表妹見證過慘不忍睹的實況，感受到慘劇的痛苦和無奈；經歷過生死一刻，體會到生命的脆弱，以及領悟到幸免於難並非必然的道理。

「表哥，謝謝你！感激你救我，不然──」

「喬，最重要是妳安然無恙。我們獃在這兒，既幫不了忙，反而加重救援人員的工作負擔，倒不如離去。」

「不是應該到醫院徹底檢查傷勢嗎？」

「可免則免。」

「反正無礙，走吧。」

我忍着腳痛和腰患離開，表妹混混沌沌，看不出我受傷。我回頭一望，現場有不少途人熱切地利用手提電話拍下電梯意外的片段，以及記錄傷者的苦況。

不幸事件令愉快的心情一掃而空，即使表妹還未買運動鞋，卻已喪失逛「波鞋街」的興致。我們實在不該在別人到醫院治療時，苟且偷安，依然逍遙自在，好應該為倖存感恩，為傷者送上祝福。我們提早結束行程，返回春秧街。

十三

晚飯的時候，舅母從電視新聞看到有關旺角衝天梯意外的畫面，不禁嘩然，體恤不幸的傷者。

「你們今天逛旺角，慶幸平安回家。」舅父欣慰。

喬打算回應，我恐怕長輩擔心和責怪，連忙搶話：「幸而沒遇上，否則後果堪虞。」

「真的幸運，」表妹瞄到我的眼色，會意和應，「我以後不到旺角，到旺角也不到朗豪坊，到朗豪坊也不乘衝天梯！」

舅父驚愕，「妳好像在場，留下陰影，患上創傷後遺症？」

舅母不以為然，「我觀看完也有陰影，正如害怕乘搭飛機一樣，難道又患上甚麼創傷——創傷甚麼——症嗎？」

我插嘴：「當然不是 P.T.S.D.（創傷後壓力症）！」

十四

翌日，表妹向我憶述其噩夢。喬夢見自己攀山時被兩條蛇追趕，牢牢纏住雙腳，然後扯她下山。她伏下滑落山坡時，伸手抓緊一塊石碑，蛇拉她不下，並未罷休，直至她唸出石碑上的經文，兩蛇立即退卻。

我問：「甚麼經文？」

「——藉祂的靈使天有妝飾，祂的手刺殺快蛇。」

「好像來自聖經？」

「或許。可惜經文未能令我忘懷膽顫心驚的震撼場面，短期內我不想踏足朗豪坊。」

「連電梯也不敢乘搭？」

「對！真的有點恐慌，電梯的扶手彷彿是夢中的兩條黑

蛇。」

「嗯。」我忽然思憶起夢中的春秧。

十五

　　不愉快的經歷令表妹對朗豪坊心存畏懼，她認為人生無常，生死只差一線，朝不保夕。喬不願再到旺角，抗拒乘搭電梯，改用梯級。她覺得拾級而行比較安穩，而且可以鍛練腿部，強健心肺功能。

　　我到過旺角，但對這個廣為香港人熟悉的地方幾乎完全陌生，稱不上遊歷過，所以我獨個兒再去一趟，由太子地鐵站起步。花墟名符其實，通街都是花店，擺滿萬紫千紅的花朵。雀鳥街則雀聲處處，出售窘悶、不懂雀躍的籠中鳥。水簇店遍佈金魚街，到處都是水簇箱。綠油油的水草、七彩的珊瑚和貝殼、艷麗的熱帶魚，還有活潑的小龜、龍鍾的老龜、變幻的透明水母、金魚、銀色的龍吐珠、黑摩利……令我目不暇給。逛完街，打消了吃「鮮蝦」雲吞麵的念頭，因為牠們太可愛，實在於心不忍。接着到女人街，的確滿街女人，無論小販抑或顧客，均以女士為主。女人的聲音遍地，還以為停留在雀鳥街，聽到百鳥在爭鳴。

　　遊走到西洋菜街，街道兩旁的商店主要售賣電子產品，此外，有化妝品、時裝和流行飾物等，整條街道上都是婦女，當

中以內地婦女居多，這兒比女人街更加「女人」！

十六

　　Camden Market——倫敦著名的大型市集，我是常客，習慣在拱橋上飽覽寧靜的運河遊船往來，信步踏入喧鬧的市街。在古舊的建築物穿梭，感覺截然不同。近入口以食肆為主，經過夾道的食檔，進入寬敞的中心地帶，迎面盡是店舖和檔攤，出售潮流服飾、二手和懷舊東西、人手製作的皮革製品，琳瑯滿目的飾物，單單售賣帽子的商店和檔攤就不下數十家。此外，馬廄市場佈置極具特色，比商品更吸引。在市集足以流連半天，盡情購物，然後吃炸魚薯條、喝啤酒，有時還可欣賞酒吧表演者高歌。偶爾我會轉換口味，吃漢寶包、薄餅或西班牙炒飯，配以鮮搾雜菜汁已經樂透。

十七

　　香港的女人街同樣是吃喝購物的地方，同樣熱熱鬧鬧，感覺完全不一樣。Camden Market 是一片小天地，可以輕鬆閒逛、逍遙自在；女人街則狹窄凌亂，擠得水洩不通，置身其中，渾身侷促不安，沒有情趣可言。

　　適逢西洋菜南街闢作行人專用區，途人集結，駐足圍觀街

頭表演。在人群中央，一名小丑裝扮的大叔踏在小型蹺蹺板上左搖右盪，一方面保持平衡，另一方面用雙手拋接球和樽，又脫帽、戴帽，令我聯想到 Covent Garden──倫敦著名的跳蚤市場。

夜幕低垂，街頭表演者紛紛出動，展現才華。有的高歌、有的跳舞、有的演奏。在聖保羅教堂前空地，雜技表演者不管天寒地凍，僅穿著單薄的衣服和緊身褲，踏着高聳的獨輪單車，在觀眾面前左搖右擺，雙手同時不停拋接數件形狀參差的東西，最引入注目的環節是拋接電鋸。藝高人膽大的表演者輕鬆地將一把開動着的電鋸、一把刀和一個球輪流拋接，反而包括我在內的觀眾都捏一把汗，擔心他為了刺激我們的視覺神經而受傷。最終，雜技人化險為夷，順利完成項目，引來熱烈的掌聲，以及踴躍的賞錢。

相比之下，香港的街頭賣藝只是雕蟲小技，然而他們受到場地所限，確實難以充分發揮。香港的表演者較著重互動，吸引群眾注視和交流，賣弄技藝之餘，營造氣氛，帶動觀眾的注意力。

十八

欣賞過、開心過、打賞過，我移步到另一個表演場地。街知巷聞的歌詞、不一樣的演譯。女歌手高唱 Beyond 的歌曲，用

清脆甜美的嗓音取代沙啞粗獷的呼號，滄桑味不及原唱者黃家駒的濃烈，卻換來清新脫俗的感覺，同樣悅耳。聽眾在場圍觀、拍照、說笑，算不上認真聆聽，有人中途離場，也有人半途加入，人數不減。演唱完畢，換來不少掌聲，但獎賞不成正比。

街頭賣藝者沒理會眼前回報，繼續演出，站立的琴師雙手垂在身旁，女歌手拿起結他獨自彈奏。樂曲的前奏調子十分熟悉，她唱下去：「…… In his eyes you see no pride, hands held loosely at his side …… In our winter city, the rain cries a little pity for one more forgotten hero and a world that doesn't care ……」從她口中唱出經典民歌 Streets of London，饒富韻味，相比原唱的英國歌手 Ralph McTell 較幽怨，更加動聽。

動聽還動聽，現場的音量太高。近在咫尺的揚聲器肆無忌憚地呼嘯，使原本動聽的歌聲變得吵耳。再者，附近不僅一檔歌唱表演，聲音同樣過大，累積起來的聲浪便成駭浪。在倫敦人來人往的街頭、隧道或地鐵站內，唱歌賣藝十分普遍，然而他們不會阻礙通路，也不放縱音量，適可而止。途人擦身而過，感覺到賣藝只不過是生活的一部分，平實無華，不用偽裝、浮誇、肆意轟炸耳膜。可是，香港文化迥異，講求競爭，必須先聲奪人，佔領群眾的聽覺。若聽下去，肯定震耳欲聾，我被迫遠離。

十九

　　遠離還遠離，本地街頭文化有其攝人的魅力，我不捨得走遠，在行人專用區之內流連。未幾發現一名很面善的女畫家，相識但不熟悉，相遇但不相知。上次與她在倫敦泰晤士河畔邂逅，她為遊客即席素描，我在旁觀看，躍躍欲試。她猜透我的心思，聲稱不相似的話，不用付錢，而費用並沒定額，隨意賞賜。我應邀坐在路旁，讓她為我畫了一幅人像素描。她定睛望着我，令我有點尷尬，大概一刻鐘完成畫作。換言之，我被這女孩子盯了 15 分鐘，即 900 秒之久。臉頰上的緋紅竟然在我的黑白素描中顯露出來，足以證明她觀察入微，而且鬼斧神工。她畫得維肖維妙，我不敢少付畫費，卻沒領取畫作，因為我有個人照片，況且樣貌掛在頭顱上，隨時可以照鏡子，毋須收藏。她無可奈何保管下來，我樂意讓她留念。我記得她，我也肯定她認得我，因為其畫檔陳列的作品中有我的肖像。

　　我在畫家附近徘徊，她聚精會神為一對老邁的夫婦素描，用纖長的手指拿起炭筆在畫架的白紙上落筆，一舉手、一投「筆」都輕描淡寫，手法純熟又乾脆俐落，輕快的手部動作本身就是一種肢體藝術，舉止優雅悅目，與舞蹈不遑多讓。至於繪畫，是肢體藝術的延伸，使三維空間中的揮動軌跡化作平面圖像。她寓工作於娛樂，作畫時神情相當陶醉。我也欣賞得津津有味，她的作品超乎由電腦列印出來的素描效果，感覺到人

手描畫上的非凡造藝，彷彿賦予人像生命氣息，令我刮目相看。回望跟前自己的畫像，何嘗不是灌以神韻，比照片更真實傳神。若然如此，這些年來，我豈不是一直活現在她的眼前？

畫家手起筆落，不消二十分鐘，便把兩位長者的輪廓和神態活靈活現在畫紙上，再利用擦膠在人像上輕輕抹擦，如同將生氣吹進其鼻孔裏，他倆即成了有靈的活人。她在畫紙的右下角灑脫地揮筆寫上大名，然後放下工具，嘴角立時泛起一絲笑容，看來她十分滿意自己的畫作。卸下來的不再是一張白畫紙，對畫家來說，是一條小生命的誕生；對於畫中人而言，是一幅鶼鰈情深的不渝印記。

她向兩老道歉，「對不起！畫得緩慢，連累兩位久坐，疲倦嗎？」

「客氣！不累，遠不及妳辛苦。」

「怎麼會辛苦？畫畫並不花力氣，從容自在。」她向兩老展示畫作。

「真的一樣，比照片更生動好看。」老翁讚賞。

「過獎！」

老太太問：「多少錢？」

她把作品交給老婦，「送給您們留念，最緊要喜歡。」

「不成！怎能要妳白幹？」老翁從口袋掏出兩張一百元鈔票給畫家，「做蝕本生意！」

「真的免費，」她指着畫架上的紙牌，上面標示：「免費

人像素描，無任歡迎！」她懇辭老夫婦的心意，他們明白卻之不恭，答謝畫家贈畫，愜意而去。

二十

圍觀素描的群眾隨畫作完成陸續散去，惟獨我仍然留守，畫家友善地向我微笑點頭，然後欠身從工具箱中取出一個保溫壺，輕輕地鬆開蓋子，淺嚐了兩口，她一邊鎖緊壺蓋，一邊望過來。她蹙起眉頭，瞪大雙眼、張開嘴巴，對於我流連不去表示詫異。我用指頭點向自己的肖像，她恍然大悟，伸一伸舌頭，迎過來。

她熱情地呼喚：「Hello！」

「Hello！妳好嗎？」我同樣雀躍。

「So far so good，坐下聊天？」

「打擾妳工作？」

「不！」她打算搬動椅子。

「讓我來。」

大家安坐，她問我：「上次在倫敦相遇？」

「對！泰晤士河畔。」

「要不是你沒取回素描，我可忘記了。」

「怕妳忘記，所以沒帶走。Sorry！說笑而已。」

「嘴巴不及肢體行為誠實，虛假不了。」

　　不愧藝術家，觀察力特別強，見微知著，一眼識破端倪。被她一語道破，我直認不諱，她卻一笑置之，即轉話題，「你來香港遊玩？」

　　「不！我是香港人。」我衝口而出。

　　「你在香港生活？」

　　「雖然我在香港出生，但舉家移民英國。妳呢？」

　　「上次見面時，我正在英國唸書，業餘以素描賺取外快，一年前回港工作。」

　　「工作？免費素描？」

　　「對，就是素描。逢週六、日及公眾假期到這兒擺檔，並非靠賣畫、賣藝維生，旨在當眾展露畫功，為畫班招徠，平日在畫室任教。」

　　我笑納她的名片，「現在才知道妳是岳楚萍，」她盯着我，「我叫邱漢勤。」

　　「勤，有興趣學習素描嗎？」

　　「我沒有畫畫的天分。」

　　「不用擔心，名師出高徒。只要你有興趣？」

　　「確實有興趣。」

　　「明天休息，星期二辦公時間內，你可以抽空上我的畫室。」

　　「好！跟妳拜師學藝。」

　　「言重了！」

二十一

　　表妹提及爺爺（即我的外公）日前不適，院舍已安排人手陪診，診斷患上感冒，需要服藥。舅父母工作忙，我倆先行探訪。外公身體虛弱，表妹端來一碗湯，「爺爺，今晚爸媽收舖後會過來探望，您先喝湯。媽媽煲了龍脷葉蘋果甘筍瘦肉湯，清熱潤肺，爺爺多喝有益。」她舀湯到爺爺嘴裏。

　　外公喝了一口，「喬，真甜。」

　　「湯甜還是我甜？」

　　「當然是妳，乖孫女。」外公笑逐顏開，「當年由我為妳命名，早該叫妳：孫嘉甜。」

　　「爺爺，孫嘉喬不是最好嗎？我才不要『酸加甜』，給同學取笑一輩子！」

　　爺爺笑得合不攏嘴，接着連聲咳嗽。我忙遞上紙巾，「公公，抹抹嘴，喝喝水。」

　　外公的氣管暢順之後，對我說：「勤，聽聞英國的墳場好像公園一樣幽雅。」

　　「對，您安心休養，他日我陪您去參觀。」

　　「勤表哥，你說甚麼？帶同爺爺去──去──」

　　「So sorry！」

　　「甚麼？老人家最終要去一趟。」

　　「公公真的豁達！」

「爺爺，您有甚麼未了心願？」

外公登時一怔，「要看你們嫁娶，未免遙不可及。實際一點，我想拍照留念，不久將來用得着。」

「爺爺，我下次帶備相機來拍照。」

「公公，倒不如讓我為您畫素描？」我一時興起。

「素描？素描更好，毋須太真實，美化一點。」

「表哥，你懂得素描？」

「我下星期開始上課。」

外公目瞪口呆，表妹說話圓滑，「有心不怕遲，十月都是拜年時。」

「公公，待我學成，為您素描。」

外公喜上眉梢，「公公長命百歲，來日——方長。」說話時有氣無力，句尾聽得不甚了了。

二十二

據岳楚萍的名片所載：她，Venus，畢業於英國皇家藝術學院（R.C.A.），其「丘山畫室」設於紅磡，我應約參加。由北角前往紅磡十分方便，乘坐渡輪可以直接抵達，兩岸的旖旎風光盡入眼簾，加上海風送爽，令我心神蕩漾。踏上碼頭，經過地標「黃埔號」，被其陸上郵輪的外觀所吸引，在黃埔新天地漫步，穿越住宅區才到達工廠區。工廠大廈冷冷清清，連貨車

也不多，我似是稀客。出奇的是，畫室內居然擠滿學員，十多人各據一方，老中青也有，各自安靜地練習素描、油畫。

楚萍引領我到角落，簡介素描初班的內容和收費，她指學費較市價廉宜，因為她不會奢望教畫致富，只求推廣藝術，怡情養性。我從未接觸過素描，她單獨教授，簡介入門知識、素描工具，以及示範基礎技巧和筆觸。她着我首先不停練習畫線條，包括：橫、直、斜、彎、長短、粗幼、深淺、輕重、疏密、平行、交錯等，落筆時著重平穩自然、輕巧靈活和流暢，線條輕鬆、虛實得當，畫面才會生動。我重重覆覆練習了半天，手腕和膀臂都酸酸軟軟，而且眼花繚亂。她建議我休息一會，回家繼續練習。

相隔兩天，我再到畫室上堂，跟大夥兒一起學習靜物素描。同學中最年長的是一名退休人士，之前任職點心師傅，憑藉其職業所長，對物件的拿捏特別敏銳和準確，他的畫作明顯比其他同學出色。我猜他學習素描的年期較長，出乎意料，他上課尚未夠一季。同學以女孩子居多，當中有一對戀人，他們就讀理工大學。上堂時大家各自專注畫畫，甚少溝通，氣氛寧靜，唯獨情侶眉來眼去，不時竊竊私語、打情罵俏。

岳老師靈活調配畫班的教學，讓初學者、舊學員，以及不同年紀的同學同時同地接受不同的訓練，而課堂安排亦極具彈性，毋須硬性規定上課時間，只要在辦公時間之內，學員可以自由參與。她會逐一檢視學員的學習進度，悉心教導、陳述要

訣，並且示範所需的技巧，協助優化畫作之餘，提升學生的繪畫能力。

　　在平面上建構立體形象，我起初興致勃勃，後來發覺到素描立體幾何圖形著實易學難精，尤其是球體，輕易勾畫出圖形的輪廓，卻不立體。老師從旁循循善誘，教導光影的運用，利用提亮加暗的技巧去增強立體感。她又提示，素描必須用眼觀察、用手描畫、用腦思考和用心投入，缺一不可。掌握到立體素描的要訣之後，我開始得心應手，趣味盎然。

二十三

　　每星期兩堂的素描班持續了一個多月，期間不乏寫生訓練，如結構素描和石膏像素描，同時從臨摹作品中學習細緻的素描技巧。岳老師稱讚我勤力，進步得快，我亦自覺漸入佳境，拿取畫作回家向表妹炫耀，她沒彈沒讚，只稱不過不失，頓時醒悟老師只稱讚我進步而從未直接讚賞過我的作品。

　　之後，老師教授速寫的繪畫方法和要點，以及人物肖像的畫法。雖然我熱切期待老師教授人像素描，但我發覺她的臉色和嘴唇都十分蒼白，連聲咳嗽，輕微嬌喘。

　　「妳身體不適？」

　　「不要緊，操勞過度而已。」

　　「那妳歇息一會，我畫好後給妳過目。」

「嗯。」

週二至五及週六上午,老師教授畫班,週六、日下午到旺角擺檔招收學生,工作緊湊又欠缺運動和休息,積勞成疾不足為奇。當我看到她的倦容,憐惜之心油然而生,原來她薄施脂粉的淡妝素顏如若蕙質蘭心,清純雅致。

看得人也獃了,連畫也不曉得畫,草草完成畫作,交老師審閱。她批評我退步,草率了事,下次要重畫。我無奈告辭,囑咐她好好休息。她輕叩我的額頭,「勤,回家好好練習!」

二十四

即使翌日不用上素描班,然而我記掛楚萍老師,所以我到畫室探望,她對我的出現感到愕然。

「昨天遺下手錶,故來取回,」我慌張解釋,「順道帶來湯水給妳。」

「順道?」她瞪着我,「湯水?」

「嗯,是龍脷葉蘋果甘筍瘦肉湯,清熱潤肺,好適合妳飲用。」我把保溫壺交予她,「妳的臉色稍見好轉,喝多一點湯水以恢復體力。」

「謝謝!」

「我要走了,再見。」

「你不是來取回手錶嗎?」

「噢！忘了。」

「入去找回？」

「我的確忘了，忘記了昨天忘記戴手錶，相信留在家中。」

楚萍表情木然、張口結舌，我匆匆話別。

二十五

平日在畫室不以為意的石膏像，今天上堂再度擦身而過，我愣住退後張望，一尊是愛神維納斯（Venus），另一尊是小愛神邱比特（Cupid），Venus 與 Cupid 是母子關係。邱比特固然不是姓邱，但我姓邱；而楚萍的英文名就是 Venus。我認為 Venus 的兒子叫邱比特似乎暗藏玄機，正當我凝神貫注，聽到一聲：「Hello！」石膏像曉得説話！不，是楚萍叫我，我連忙點頭，「老師！」

「勤，你想入非非？」

「——我以為 Venus 對我説話。」

「不錯！我就是 Venus。」

「果然是妳！」

「怎麼古古怪怪，快上堂。」

「是，老師。」

上堂畫人像素描的時候，我情不自禁偷望老師，發覺女模特兒的五官和輪廓都不及她標緻，難以作畫。最終，完成的畫

作只是平凡不過的人像軀殼，辨認不出是眼前的少女。直至老師過來提點和修飾，加工之後脫胎換骨，簡直無懈可擊。

下課前，老師着我留步。同學散去，她交還保溫壺，「看我精神煥發，真的要多謝你的湯水！你煲湯給我？」

「我親自——找舅母煲的。」

「請幫我向她道謝。今晚有空嗎？陪我吃晚飯。」

「平日很忙，碰巧今晚有空，可以奉陪。」

「忙就不要勉強！」

「忙也要吃飯。」

「大忙人，出發吧。」

我們步行到附近的海逸坊，她說喜歡商場以前的名稱「漁人碼頭」，配合威尼斯風格的建築，比較浪漫，縱使沒有碼頭。在西餐廳閒話家常，享用完豐富的晚餐之後，她建議到海濱長廊散步。

二十六

在海濱並肩而行，楚萍想起泰晤士河，我亦然。

她在倫敦留學，課餘時到泰晤士河畔為遊客、途人寫生賺錢。

我在倫敦生活，課餘時到泰晤士河畔消費，每每遇上街頭賣藝者提供娛樂，有幸遇上她，為當年的我寫生，留下永恆的

印記。

　　楚萍懷念倫敦春天綻放的櫻花和爭妍鬥麗的花朵、夏天如茵的綠草和活潑的松鼠、秋天的落葉和寫意的天鵝、海鷗和烏鴉、冬天短促的白日和陰晴不定之間的陣雨，以及淒迷的濃霧和鬱鬱沉沉的天色。

　　我卻懷念倫敦夏天超長的白日，天氣不太熱，躺臥在青草地上享受日光浴，以及觀賞溫布頓網球錦標賽和古典音樂會；又懷念冬天超長的黑夜，洋溢着聖誕氣氛的廣場，酒吧、啤酒、炸魚薯條，以及不知鹿死誰手的英格蘭超級足球聯賽。

　　「同是天涯『倫敦』人，相逢何必曾相識。」我們分享時皆有同感和共鳴，因為彼此擁有相近的際遇和經歷。儘管興趣各異，也能交流互通。

　　她問：「你在倫敦見證過甚麼大事？」

　　我答：「我見證過『佔領倫敦』。2011 年 10 月，我站在聖保羅大教堂前，逾百名示威者不滿金融霸權，在鄰近股票交易所的教堂廣場上駐紮，抗議社會不公，以致教堂被迫關閉一週。妳呢？」

　　她答：「我在香港見證過『和平佔中』。2014 年 9 月下旬，我站在添美道，逾萬人參與以公民抗命形式爭取香港「真普選」的政治運動。當晚警方施放 87 枚催淚彈，用武力驅散示威人士。政府暴力對待和平示威群眾，激起民憤，引發市民聲援。他們無懼警方的胡椒噴霧，擴散至金鐘、銅鑼灣和旺角，癱瘓主要

交通樞紐，也曾短時期佔領尖沙咀，演變成「雨傘革命」，歷時 79 天。」

「可惜，我當時在英國，不然也會到場，見證香港史上黯淡無光的時刻。」

「當年的佔領運動，如同倫敦的冬天，長夜漫漫。置身其中，只會留下傷痛的記憶。」

楚萍提起倫敦的黑夜，令我心領神會。「他鄉遇故知」，其實不是他鄉，香港是我的故鄉家園！

二十七

晚飯的時候，電視播放新聞簡報，頭條是一則「高空擲物」新聞。傍晚，西洋菜南街有人從高處擲下腐蝕性液體到行人專用區，適逢週日，遊人如鯽，引致數十人受傷，其中兩名傷勢嚴重，需要留醫。螢幕上播出有關情況及訪問，舅母責怪他人喪心病狂，傷害無辜。我突然心緒不寧，立即放下碗筷，致電楚萍。

「看電視新聞，旺角有人投擲『潑水』，妳沒事？」我期望她回答安然無恙。

可是她回應：「不幸被濺中——」

我禁不住插嘴：「傷勢如何？」

「輕傷而已——」

我無法按捺，「究竟怎樣？」

「不必擔心，濺傷右手背。」

「真無辜！狂徒太過份！」我情緒激動，「我現在來探望妳。」

「不必了，我已經出院。」

「我放心不下，我們見面？」

「謝謝你的關心！留待上堂會面。」

「嗯，妳好好休養，再見。」

「再見。」

我掛斷電話，吃不下嚥。

二十八

我提早到畫室，看到楚萍，急不及待上前慰問，她向我展示傷勢。她的右手背蓋上紗布，裹着繃帶。

「放心，沒大礙。」她輕彈指尖。

「不幸中之大幸！不再到行人專用區？」

「不成，還得繼續。」

「意外可一不可再，不值得為招生而犧牲！」

「不算犧牲。為了招生，受點傷也值得。」

「值得為此而留下疤痕？」

「當然值得！受傷是小事，疤痕只是生活的印記。招生才

是大事，行人專用區是街頭文化的搖籃地，我一直苦心經營，怎可輕言放棄？」

「受傷可大可小。今次事小，下次事大！」

「區議會已促請機電工程署安裝「天眼」閉路電視系統監控行人專用區的一舉一動，對滋事份子起阻嚇作用。」

「旺角始終危險！」

「倫敦何嘗不一樣？人來人往的街頭隨時發生恐怖襲擊！」

我無法勸服她，反而被說服。事實上，英國並不比香港安全，難道我不回倫敦？

二十九

當我接到父親主動撥來的電話，心知不妙！得悉母親日前中風，由於腦血管栓塞，造成半邊臉麻痺乏力，引致吞嚥困難。她的病況算輕微，只需服藥。雖然母親並無大礙，但言語不清，不便通電話。父親表示，院方將會安排母親短期內出院，回家休養，之後定期覆診及接受言語治療。他囑咐我盡快回家，探望及協助照顧母親。

舅父全家人都掛念母親，可惜未能抽空到倫敦一趟，惟有祈求她早日康復。我擔憂母親的病情，急切訂機票，然而最快也要三天後才有機位，著實無奈。反正急不了，我趁未離港，打算到護老院探訪外公。他年邁力衰，恐怕承受不了刺激，故

我只會去辭行，至於母親患病之事，隻字不提。

　　星期日上午楚萍有空，我邀請她同往，好幫我一個大忙。

　　「公公，看您精神奕奕，心情比今天的天氣更佳美。」

　　「乖孫來探望，心情特別好。」

　　「公公，我還帶來一位朋友。」我的視線轉向房間門口，「楚萍，進來吧。」

　　「公公，她叫楚萍，專誠來探您。」

　　楚萍站在外公面前，「公公，您好！」

　　「楚萍？」外公盯着她，同時瞄着我，「你真好眼光！」

　　「公公，別誤會！她是我的畫班老師。上次應承為您畫素描，我尚未學成，明天卻要返回英國，所以找老師出手襄助。」

　　「老師，請坐。」

　　楚萍答謝，坐在床邊。

　　「勤，怎麼急趕回去？」

　　「畢業已久，是時候回去找工作。」

　　「留在香港發展，可以陪伴老師，豈不是更好嗎？」

　　楚萍困窘，我不多作解釋，「老師很忙，現在開始素描？」

　　「沒問題。」

　　外公毋須下床，按照老師的指示，靠在床頭。楚萍備好畫具，即動手素描。當我發現她的白皙手背上加添一道礙眼的傷疤，不禁黯然神傷，替她不值，希望予以撫慰。

　　外公十分拘謹，屏氣凝神，瞳仁卻不停晃動。

「公公，放鬆一點。」

外公嘗試從容，楚萍即時讚賞，「對！保持自然。」

楚萍恐怕外公勞累，加快畫速。十分鐘時間便完成素描，但一絲不苟。

她讓外公觀看畫作，外公讚不絕口，「好！好！栩栩如生！」

他如獲至寶，眼睛發亮，對不久將來可以派上用場而沾沾自喜。

「最緊要是您喜歡，公公。」楚萍視外公為家人般親切。

我們逗留良久，終要離去。

「公公，要好好保重身體！」我不捨地擁抱外公，「他日再來探您。」

「公公，我會再來探您！」楚萍握着外公雙手，言辭懇切。

外公和顏悅色，「好！公公等下去。」雙眼泛起淚光。

三十

星期一楚萍休息，到機場送別。

「幫我問候伯母。」

「謝謝！妳會來探我嗎？」

「當然會。」

「預計何時？」

「春天，順道觀賞繽紛綺麗的櫻花。」

「屆時我們到浪漫的康河泛舟暢遊，欣賞那著名的河畔金柳和榆蔭？」

「好！撐一支長篙在康河的柔波裏蕩漾，一起穿越數學橋、嘆息橋……」

臨別前，楚萍送了一幅素描給我，是我倆的肖像。確實喜出望外，在香港留下了甜蜜的印記。期待春天快臨，在那遙遠的他方重遇。

此刻心情異常輕鬆，只因「輕輕的我走了，正如她輕輕的來……」

朱顏改

一

　　鏡子中的她，眼眸水汪汪、耳朵纖巧、小鼻子筆挺、鼻尖微翹、唇紅齒白。大概從八歲開始，她每朝對着鏡子梳理秀髮；十三歲時，每朝「裝扮」不下半小時；十八歲起，每朝花上一小時來「妝扮」，不惜為此犧牲睡眠時間，提早起床，又或寧可延誤約會。持續十多年的習慣一下子改變了，她整日也不願張望自己的臉容。

二

　　鏡子前面的他，右臉顴骨位置，有一塊胎痣，形狀不規則，面積與雞蛋相若。他的頸項、胸口和背脊都有傷疤，盤纏上身。不消一分鐘，他已經整裝待發。

三

　　早上八時半，又一城的室內溜冰場剛開門，空蕩蕩的白皚皚冰面上只得寥寥數名人士享用，其中一名穿著藍色閃亮短裙的女孩子額外奪目。她甫踏入溜冰場，輕輕用力一蹬，向前滑行，四肢如招展的花枝，嬌媚動人。她的步履輕快，瀟灑自如。時而放緩，到處縱橫闖蕩，時而急勁，玉腿如開合的剪刀，偶

爾提起右腿向前伸直，左腳壓腿蹲下，右腿保持平直，在冰面上推進。她站起來，身子靈活擺動，由前溜變成後溜，動作流暢連貫，比前溜更俐落。她在場中央「8」字型規行矩步，其間輕輕提起右腿後撐，上身前傾，雙手張開，以燕式旋轉，接着改為前溜。

她輕鬆地前後交錯滑行，並不時躍起，接連在空中轉動多圈，姿態靈巧平穩。半晌，她縱步向前跳躍，兩條腿前後分開，騰空做出「一字馬」的動作，著地後來回穿梭。之後，她直立轉體，扭動軀幹，舉起右腿，與左腿成直角，以單腳站立，單手握着右腳尖，急速旋轉。過程中，她改為蹲轉，屈腿時雙手緊抱，迅速蹲下，又迅速站起。繼而右腳朝天挺直，擺出一款垂直「一字馬」的風姿，不停極速打轉。透過無數的姿體幻變動作和強烈的節奏感，展露其不凡的造詣。

她氣定神閑停下來，輕拂手臂，交疊小腿，令人嘆為觀止的花式溜冰隨着她的弓身告終。她的舉手投足都非常優雅，猶如在白玉上翩翩起舞的藍蝴蝶。她成為全場的焦點，感染在旁圍觀的人士。縱使並非表演或比賽，純粹個人練習，足以奪得無數掌聲。

臉上的胎痣令看相有點礙眼，然而他毫不介懷，不遮不掩。途經溜冰場，他聽到熱烈的掌聲，他看到一個苗條的背影離場。曲終人散，他隨人潮散去，逕自前往旁邊的戲院觀看廉價早場電影。

　　她操練完畢，獨自到高級餐廳享用豐富早餐。

四

　　烈日懸在半空，驕陽照耀下每個角落都炙熱，閃閃生光，發光的地面上一群螞蟻如落入熱鍋，拚命逃亡。狗兒比較幸福，伏在手推車帳篷下養尊處優。畢竟暑氣炎炎，牠不禁伸長舌頭來消暑氣，嘴角掛着一絲絲唾液。主人疲於奔命服侍小狗，東奔西走也在所不辭。懶狗的四肢早晚會退化，變成臘腸狗的模樣。

　　他從九龍城廣場出來，眼鏡首當其衝，鏡片添上迷霧，看不見前路。馬上放下一大袋沉重的東西，拭抹眼鏡。接着重挑重擔，落在肩膊上，向停泊在附近的電單車邁步。不管衣服濕透，卸下擔子，跨上鐵騎，戴起頭盔便啟動引擎。馳騁過後，在九龍塘又一居下車。

五

　　門鐘響起，她懶洋洋地從米白色的梳化貴妃椅下來應門。
　　「送外賣。」
　　她打開大門，讓速遞員入屋放下食物。
　　「多少錢？」

「承惠 260 元。」

「這裡 300 元，不用找贖。」

「謝謝！」

枱上有龍蝦湯、蒜茸包、黑松露海鮮意粉和凱撒沙律。

他佇立門外，念念不忘：她很漂亮！

關上門，速遞員的容貌，她已經忘記得一乾二淨。打開黑松露海鮮意粉的蓋子，聯想起他的臉上有一塊胎痣。

六

暑假當外賣速遞員特別辛苦。每次速遞美食總是汗流浹背，回到餐廳，連隨又要出發，應付下一張訂單。平日他負責大約十多張訂單，生意暢旺的日子，訂單多達三十張。夏日時頻密進出清涼的商場和暑熱街頭，起初不適應，不時生病。

人工得來不易，真的是血汗錢。速遞快捷不一定得到打賞，若有延誤卻隨時被辱罵，指責食物涼了，甚至要求退回，白幹一場。差池總有因由，可能是馬路上或大廈門口出現阻滯、升降機故障等。有時冒雨駕車，風吹雨打兼路面濕滑，連頭盔和風檔都沾滿雨水，當然快不了。有時急於為客人送上美食，不等候升降機，寧願徒步跑上高樓。縱使客人沒有因速遞員氣喘吁吁而稱謝，倒可免卻責難。

七

氣溫酷熱，即使她足不出戶，也感受到火燙。空氣調節可以消暑，卻沒法解窘悶。窗台的蝴蝶蘭盛放，與七朵淡黃色及十一朵米白色的蘭花相伴，朝夕相依，不愁寂寞？她——蝶翎，把蝴蝶蘭幻化成自己與男伴的身影，在溜冰場上出雙入對。可惜，蘭花未能釋懷，於是她孤身到會所室內泳池暢泳。試圖在池水中忘卻愁煩、冷卻孤寂。她一口氣接連游了幾回，泳客開始增多，不假思索便離去。她出水時好像芙蓉，秀麗清新。沐浴時，她喜歡對着鏡子自我陶醉，略嫌兩腮飽滿，有點美中不足。她自小渴望整容，如同在溜冰場上力臻完美。

八

對他——若谷而言，外賣速遞員只是一份暑期工，既可賺錢，又可趁機駕駛電單車在馬路上奔馳。暑假過後，他重返大學校園，完成傳理學院最後一年的學業，便可實現他成為突發記者的夢想。

外賣速遞是高危的工作，因交通意外而造成的死傷司空見慣，勤奮上進的速遞員送外賣枉死，又或人仰車翻而壓傷腿部的意外時有聽聞。若谷並不害怕，只管謹慎工作。每逢休假，例必返學校游泳，因為粗重工作令他筋骨扭傷和肌肉勞損，希

望藉「水療」舒展身體，以免患上職業病，得不償失。

　　若谷赤裸上身，沒有健碩的胸膛，也沒粗壯的臂彎，只有
纍纍的傷痕，頸項、胸口和背脊袒露出受過燒傷而結痂的疤痕。
他若無其事，也不羞怯，盡情游泳。男泳客見怪不怪，女泳客
有的膽怯，有的嘖嘖稱奇，或許傷疤增添了雄性的魅力，吸引
異性注視。

九

　　蝶翎夥拍圳鵬合作無間，彼此建立了深厚的默契。兩者的
姿態時而平行，時而凹凸互補，在溜冰場上相輔相成。兩年前，
圳鵬由教練作配對安排，他樣子俊俏，體格魁梧。雖然蝶翎與
圳鵬長期相處，而且肢體緊密配合，但大家結識時，圳鵬早已
心有所屬。他的女友不時在溜冰場外出現，來觀看男友練習，
偶爾進場相伴溜冰。她的溜冰技巧與相貌同樣平庸，然而她溫
柔體貼。圳鵬與女友的感情牢不可破，未能與蝶翎另生情愫。

　　蝶翎是溜冰好手，也是溜冰導師，逢週二、四、六，她教
授溜冰，學員以小童為主，薪酬從學費中拆賬。暑假為旺季，
學員眾多；考試時期則是淡季，因學員暫停而收入大減。她間
中兼職攝影模特兒，並非為了幫補收入，而是打發時間，因她
害怕寂寞。她的父親是飲食業鉅子，生活從來無憂。

＋

　　「槿蕙，塗上防曬霜？」蝶翎拿取護膚用品。槿蕙是蝶翎的知心好友，她在小學任教，熱衷運動，相約在九龍仔公園打網球。

　　槿蕙笑稱，「謝謝！不過我始終喜歡多曬陽光，營造維他命 D，有助骨骼吸收鈣質。」她的古銅色肌膚散發天然美。

　　「不要過度暴曬，出現色斑才後悔，屆時用遮瑕膏也補救不了。」

　　「我倒不擔心，雀斑增添幾分趣致，比妳更可愛。」

　　「恐怕妳只是一個可愛的老婆婆，滿臉老人斑。」

　　「當然無可跟妳媲美！」

　　「別誇獎，老師。預備，開球。」

　　穿上網球裝的蝶翎，與溜冰場上的綽約風姿不遑多讓。若說蝶翎是偶像派的表表者，那槿蕙便是實力派球手，在網球場上揮灑得淋漓盡致，各領風騷。

　　「太曬，我投降了！」蝶翎伸一伸舌尖，丟下球拍，到球場旁邊抹汗喝水，「下次較量改在晚上吧。」

　　「好！別曬壞我們嬌生慣養的千金小姐。」

　　「槿蕙，別揶揄。」蝶翎從球袋取來一盒東西，「送給妳滋潤肌膚、淡化色斑。」

　　「蝸牛美白保濕面膜，」槿蕙接收禮物，「太破費！」

「朋友在韓國購買，價錢相宜。」

「謝謝！」

　　兩人提早離場，槿蕙有事先行，蝶翎在網球場外流連，發覺山邊有一條小徑。她好奇走近，鑽進小巷尋幽探秘，沿途樹木林蔭，適逢洋紫荊綻放，舉頭觀賞燦爛的花朵。心無旁騖之際，突然傳來凶狠的狗吠聲，始知牠正在對面的小山丘上狂嚎。蝶翎嚇得花容失色、拔足狂奔，野狗見狀窮追不捨。危急關頭，她躲在清道夫後避過一場災劫。慌忙向救命恩人道謝，倉促離去。

十一

　　若谷居於樂富公屋，抄捷徑到九龍仔公園與朋友踢足球。經過樂富公園時，他聽到駭人的狗吠聲，以及淒厲的女人叫聲，好奇上前察看，清道夫正用掃把驅逐惡狗，遠處有女孩子落荒而逃，她的背影似曾相識。小徑回復恬靜，若谷輕鬆上路，仰望樹上茂盛的洋紫荊，心情豁然開朗，連枝頭上的鳥兒亦雀躍不已。

十二

　　槿蕙時常陪伴蝶翎逛街購物、看電影，蝶翎也間中伴隨槿

蕙緩步跑、遠足。蝶翎不怕運動吃力，卻嫌紅日太熱情，惟恐受不了。她特別著重遠足的防曬護理，塗抹防曬霜之外，戴上闊邊帽子、偏光眼鏡，以及長袖的輕便行山裝束，以求肌膚受損程度減至最低。

　　她倆從鷹巢山出發，槿蕙慣性地推辭蝶翎提供防曬霜的好意，認為不用多此一舉，好讓陽光沐浴其肌膚，迎合她心目中的健康之道。目的地是紅梅谷，尚未到達筆架山，蝶翎已經多次使用保濕噴霧灑遍全身。

　　「蝶翎，遠足排汗正好去除身體的毒素，妳毋須過分緊張。」

　　「行山一趟，做十次美白美容也補救不了，排毒清除不了色斑。」

　　蝶翎邊行邊分享其美容心得，苦口婆心地勸喻槿蕙要好好護膚。槿蕙則大談養生之道，話題總離不開運動，她的嗜好比蝶翎廣闊得多，上山下海的活動皆精通。兩人十分注重飲食，槿蕙是蝶翎家中常客，不但吃飯，有時會留宿。槿蕙要反客為主，遠足後帶同蝶翎回大圍家吃飯。

　　正當考慮登上獅子山頂，抑或繞路而行的時候，她們在岔口駐足。槿蕙從背囊拿出一袋食物，打算與同伴分享，冷不及防一隻猴子從旁攫奪而去。蝶翎嚇得尖叫，躲在一旁；槿蕙則怒不可遏，窮追猛打猴賊。猴子機靈，翻動一下身子便躍到樹上，在枝頭上再攀附兩下，已跳過別枝，槿蕙眼巴巴看着賊子

吃完香蕉又咀嚼蘋果。

「可惡的馬騮，山賊！」

「不要也罷，取回也不敢吃。」

「枉費我的氣力，便宜了這小賊。」

「幸虧我還有食物，」蝶翎在探囊取物。

「住手，妳嫌猴子吃得不夠！」

「對，」蝶翎停手，抱緊背囊，「我們快走。」

慌不擇路，她們繞路而行，直到望夫石才歇息。

十三

　　若谷獨個兒遠足，由慈雲山起步，擬往大圍。途中，他登上獅子山頂，同時飽覽九龍及新界區的景色，頗有大地就在腳下的感覺。下行到達山腰，有猴子蹲在路邊，從一個超級市場的膠袋中掏出一盒飲品。他對猴子使用飲管感到好奇，故留步觀察。猴子不懂得從盒面抽出飲管，牠胡扯又未能撕破，最終牠咬爛紙盒，喝得津津有味。

　　從「獅子頭」下來，一直朝西面而行，若谷不想繞到北面，向筆架山前行，最終到達鷹巢山。離開時經過大埔道，他發現馬路中間有一隻猴子躺臥在血泊中奄奄一息，恐怕牠被車輾過，趁沒有車輛往來，急忙上前。他打算撿起猴子到行人路上，剛俯身動手，一大羣猴子即時簇湧過來。路旁有數名年長的行山

人士，發覺勢色不妙，爭相挺身而出。他們衝出馬路，用行山杖驅趕猴群，護送若谷返回行人路。若谷有驚無險，向眾救命恩人答謝，反被他們責備行為魯莽，妄顧衞生去處理動物屍體，又不懂猴群的習性，以致險象橫生。總算避過一場災禍，恩人教訓得合理，他只有唯唯諾諾，恭順受教。

十四

　　為了應付亞洲溜冰錦標賽之雙人花式溜冰，蝶翎連月來夥同圳鵬加緊練習。兩人同步前溜、同步後溜，又同步轉體，身體線條與姿勢一致，擺頭、甩腿和踢腿都非常合拍。其間，圳鵬用雙臂甚至單臂把蝶翎托到頭頂上，泰然自若地撐舉和旋轉。拋跳過後，兩人聚在一起，用單手互相緊握，蝶翎傾側，身體貼近冰面，僅以單腿圍繞男伴循螺旋軌跡滑行。他們配合着明快的節奏，充分展現出雙人花式溜冰結合而成的優美肢體藝術。

十五

　　蝶翎終日愁困家中，不再溜冰，不出外，連會所也不去。她空虛苦悶、容顏憔悴，窗台上的蝴蝶蘭亦鬱鬱不展。她不再做溜冰導師，更加做不了模特兒。母親經常煲燕窩和花膠湯來給她養顏，饑餓的時候，蝶翎致電外賣店。她掛上口罩開門，

速遞員送上龍蝦湯、蒜茸包、黑松露海鮮意粉和凱撒沙律，接過食物，付了錢，沒留意速遞員臉上有無胎痣。是否跟上次同一人手，她毫不在意。

十六

隱居避世的日子，仍有不速之客，一縷縷的木棉絮飄然而至。它們不請自來，打擾了蝶翎的清靜。飄絮紛紛從窗口闖進來，到處飛揚，降落在茶几、梳化、飯枱、睡床……蝶翎從頭髮上摘下一團飛絮，初時不以為意，及後想起木棉樹即是英雄樹，一時感觸。她認為英雄為她的不幸而難過，淒然流下英雄淚。

十七

在亞洲溜冰錦標賽中，雙人花式溜冰發生嚴重意外。蝶翎和圳鵬沒有保持足夠的距離，當彼此同時伸腿旋轉的時候，圳鵬左腳下的冰刀，不慎割破蝶翎的鼻樑和右邊臉頰。她應聲倒下，起初並不覺得痛楚，直至她看到灰白的冰面霎時染上一片血紅，其嬌嫩的粉臉披上鮮血，肉體的痛楚即刻湧現。她撫摸臉蛋，感覺到皮開肉綻，鼻子劇痛。全場觀眾無不嘩然，音樂停止播放，比賽腰斬。

　　蝶翎呼吸困難，幾乎暈厥。她泣不成聲，淚水奪眶而出，與血液交融，傷口更疼。圳鵬在旁安慰，醫療輔助隊成員上前護理。蝶翎父母在場觀看賽事，親睹女兒受傷，母親僵坐在觀眾席上，父親撇下妻子，率先察看女兒傷勢。

　　救護員為蝶翎的傷口止血及消毒，連隨送往醫院，父母隨行。在急症室檢查和治理，醫護人員為她長達 10 厘米的傷口縫上 80 多針，以及注射破傷風疫苗。醫生指稱鼻子骨折，以致鼻樑輕微塌陷，兩側腫脹。由於有碎骨，多少影響呼吸，醫生建議進行矯型手術，父母無奈同意。

十八

　　「成也溜冰，敗也溜冰。」蝶翎熱愛溜冰，透過溜冰衣著，她獲得女孩子的自豪；透過溜冰運動，她獲得滿足感；透過溜冰賽事，她獲得成功感。溜冰帶給她無限的喜樂，可是溜冰亦為她帶來不可磨滅的傷痛，破壞了她的美好人生。

　　自小注重儀容，注意到下巴略為飽滿，略嫌美中不足。她曾經考慮過整容，卻不想人工修飾，守護自然美而放棄念頭。造物弄人，溜冰意外導致她毀容，不得不整容。刮花的冰面剷平後可以恢復原貌，平滑如鏡，但激光磨皮無法挽回昔日的容貌。修復的鼻子比之前更挺直，鼻尖又比之前更高更翹，可惜，虛假得很！臉上的傷疤太深，復原不了。

　　新臉孔令蝶翎自慚形穢，不想照鏡子，不想妝扮，更加不想與人碰面。除了讓父母和槿蕙前來探望，其他人一律拒諸門外。她不能再擔當模特兒，也不願繼續做溜冰導師，以免嚇怕小孩，更要緊的是她對溜冰場存在心理陰影。對蝶翎而言，溜冰場是刑場，毀人一生的地方。血淋淋覆蓋白皚皚，不願想起，不敢再踏足，放棄至愛的溜冰是她不二之選。圳鵬為失誤而歉疚不已，一直想當面道歉及慰問，多次致電都被掛線。蝶翎耿耿於懷，拒絕與圳鵬和教練溝通。

　　蝶翎不習慣後天加工的臉孔，即使不照鏡子，也無法釋懷。偶爾出街，帽子和口罩成了必需品。

十九

　　若谷畢業後順利當上突發記者，剛上任，採訪一樁毀容女子自殺的新聞。事件中的女孩子早前專誠飛往首爾，在狎鷗亭一家整形外科診所先後注射玻璃質酸及肉毒桿菌，前者用來隆鼻，後者令臉部瘦削及皮膚光滑。回港後，女子的鼻子紅腫，臉部肌肉無力、表情僵硬、口齒不清、吞嚥及呼吸困難，而且眼皮下垂、暈眩。延醫診治後，過敏症狀得以舒緩。花錢美容變成毀容，令她深深不忿。她沒法討回公道和損失，又無法恢復容貌，萬念俱灰下憤而跳橋自盡。面對撈起的浮屍，若谷為她自尋短見而惋惜，驚訝女士重視外貌過於生命。

二十

　　蝶翎考慮過輕生，然而她不認同自殺是解決問題的好方法，只會將問題擴大和加深，留給親人去承受，於是她外遊散心。槿蕙要上課，抽身不暇，最終她選擇到哈爾濱過冬。她的內心仍舊嚮往冰天雪地，在中央大街上昂然闊步，說不出的輕鬆自在，彷彿把痛苦的經歷擱置在香港，一絲也沒有帶走。

　　俄羅斯風格的建築群前散布維肖維妙的冰雕，她特別喜歡蹲在街頭的狐狸冰雕，因為《雪山飛狐》家傳戶曉，如今活現眼前，好像在他鄉遇到老朋友，倍覺親切。街尾的豐收女神冰雕同樣賞心悅目，但仔細一看，女神的鼻尖有點崩缺，憐惜之情油然而生。蝶翎認為完美的女神雕塑居然破相，著實罪無可恕，一尊美輪美奐的雕刻藝術品慘被摧毀，她感同身受，心頭驟然一沉。

　　懷着沉重的心情踱步，盡頭是一個半圓型古羅馬式回廊，廣場中央矗立着哈爾濱市人民防洪勝利紀念塔，面向寬闊的松花江。江畔是斯大林公園，樹木換上銀白色的衣裳，樹掛猶如翡翠配飾，使蝶翎眼前一亮，精神抖擻起來。

　　隆冬的松花江，江面連同一艘大船一同被冰封，在蔚藍的晴空下，冰面沒溶解分毫。雪白的江上承載着眾多的七彩冰帆，以及十數輛由老人策騎老馬的古老篷車。「馬照跑、泳照游」是當地恆久不變的特色，松花江外灘厚厚的冰面開鑿了一個泳

池，泳客以中年人士為主、男士居多，在冰冷的江水中暢游冬泳。他們的皮膚白裏透紅，好像冰鎮荔枝，泳客異口同聲：「江水不冷！」他們的熱血沸騰，遠勝垂頭喪氣的老馬。

松花江面本身是一個天然的溜冰場，然而溜冰人士並不比泳客多，寥寥可數。蝶翎禁不住誘惑，毅然租賃一雙溜冰鞋，踏上凹凸不平的冰面。外在因素限制了她的全面發揮，但憑她的超卓技術，足以駕馭不利的環境。在松花江上，她如同下凡的仙子，溜動得出神入化。夕陽斜照，她的倒影特別長，碰巧被別人的冰刀輾過，一股寒氣立時直透她的脊髓。明明身體絲毫無損，偏偏心如鹿撞。

逃避只是一時之策。帶着傷痛的記憶同行的話，無論到哪兒，景況都一樣。一個平常不過的畫面足以觸景傷情，腦海中再度浮現出毀容一刻天昏地暗的場面。

二十一

離開過、逃避過，始終要回歸香港。

蝶翎回家發覺電腦中了病毒，向好友求助。槿蕙也不熟悉電腦，協助聯絡朋友上門維修。

門鐘一響，蝶翎戴着口罩出迎。

「妳好！是蝶翎嗎？我是若谷，槿蕙的朋友。」

「若谷，請進來。」

對若谷而言，這地方和女主人都不陌生。女主人比上次親切，熱情款待，尚未檢查電腦，先奉上一支法國有汽礦泉水。他一邊喝水，一邊思量：她不認得我！

「你很面善，來過我家？」

「一年前來送外賣。」

「你轉行？」

「外賣速遞是暑期工，現在從事記者工作。妳呢？」

蝶翎沒回應，若谷改口，「在家掛上口罩，不適？」

「──鼻──鼻敏感而已。」

「宜找出致敏的源頭，盡量避免接觸。」若谷覺得口罩特顯出蝶翎的優點，一雙眼睛明媚動人。

「對。」

「妳的電腦？」

「在書房，跟我來。」

書房布置簡約樸素，一台電腦放置在清雅的窗帘下、書桌上，旁邊牆上的層架放置若干獎座和獎盃，刻着甚麼溜冰、溜冰甚麼之類的字樣。案頭還有一個用陶瓷造的溜冰「公仔」，手工精巧。

「看來妳是溜冰高手？」若谷瞄一瞄架上的獎項。

「嗯──」她欲言又止。

若谷明白她有難言之隱，識趣不多問。蝶翎開啟音響，播放純音樂，緩和一下沉寂的氣氛。他開始維修電腦，蝶翎一直

在旁守候。

「妳有備份嗎？」

「有。」

「不幸中之大幸！」若谷朝向蝶翎，「檔案已經被電腦病毒毀壞，修復不了。」

「清除了病毒？」

「對，還要重新安裝軟件，多花一點時間。妳的軟件？」

蝶翎奉上一盒東西，「勞煩你！」

「不必客氣。」

若谷埋頭埋腦工作，不敢發聲，直至任務完成。

「蝶翎，過來試試。」若谷移開椅子，讓蝶翎坐近。

她隨意按按鍵盤、看看螢幕，「你辦事真俐落，多少錢？」

若谷一怔，「不用，當然不用。」

「累你外勤，車馬費也要吧。」

「不，真的不用。」

「謝謝你！」

「不必言謝，我告辭了。」若谷拿出一張名片，「需要幫手的話，隨時找我。」

蝶翎接過，「你在大報館任職？」

「大報館的小記者。」

「需要駕駛電單車？」

「經常要。」

「很危險，路上要加倍小心。」

「溜冰何嘗不危險？」

蝶翎語結，若谷知道正中要害，急忙告退。

二十二

蝶翎怕悶，槿蕙專誠登門慰藉。

「若谷來修好電腦？」

「全賴他仗義襄助。」

「他一向樂於助人。」

「想請他吃飯慰勞，由妳安排？」

「沒問題。」

「妳的右邊嘴角有一塊紅斑？」

槿蕙用指尖觸摸，「近日出現，也許是唇瘡。」

「找醫生檢查。」

「塗抹藥膏便可，暫不求診。」

「看妳的樣子，貪圖幾分嬌俏。」

槿蕙故意搔首弄姿，蝶翎忍不住發笑。

二十三

槿蕙於九龍站圓方一家西餐廳訂座，座位間隔疏落，枱上

只得小燭臺。昏暗的環境中倚仗柔和的燭光照明，相信連牛扒的生熟也難辨認，大家對望也不會清楚。

　　若谷提前到達，蝶翎隨後而至，坐下方知槿蕙臨時爽約。

　　蝶翎的口罩加上甜筒雪糕模樣的貼紙，若谷好奇：「妳喜歡吃雪糕？」

　　「要視乎味道和香滑程度，特濃朱古力和芝蔴雪糕，必須濃滑；鮮菓味雪糕要甜而不膩。」

　　「換言之，喜歡美味可口的高品質雪糕。」

　　「只是基本要求。」

　　「明白。」

　　兩人點選完食物，蝶翎除下口罩，喝水。

　　她神情凝重，留意着若谷的反應。

　　他心情緊張，留意着蝶翎的舉動。

　　登時，彼此瞪着對方。

　　他不知可否查問，故作若無其事。

　　她奇怪對方若無其事，故作從容。

　　她發現若谷除了臉上的胎痣，圓型衣領上露出頸項上一道傷疤，忍不住發問：「你的頸項受過傷？」

　　「是舊患。中學年代與同學露營，負責煮早餐的同學貿然為酒精爐加添燃料，因為溫度高，造成搶火及爆炸。爐具即時爆裂，發出隆然巨響，冒出的火球波及附近的帳篷。當時我正在睡覺，被爆炸聲驚醒，來不及走避。困在着火的營幕內，全

靠露營人士前來營救才脫險。我的上衣質料易燃，以致上身前後及頸部被嚴重燒傷。」

「太無辜！留下永不磨滅的陰影？」

「有。曾經連面前的一點燭光都驚怕，更加不敢出席維園的燭光晚會。」

「怕甚麼？」

「不知道，見到火光，心裡就害怕。」

「現在？」

「克服了，每年都出席悼念晚會。」

「怎樣克服？」

「靠時間來淡化思想中的妄念，靠接受現實來釋放心靈上的桎梏。」

「怪責肇事的同學？」

「曾經責怪，後來沒有。」

「原諒了？」

「不原諒也得原諒。他主動為我們預備早餐，傷勢更惡劣。」

侍應呈上頭盤，「請慢用。」

「蝶翎，不必客氣！」若谷低頭謝飯祈禱。

二十四

「太甜！」只吃了兩口，蝶翎便擱下焦糖蜜棗香蕉布甸，另要一件柚子芝士蛋糕。

「把布甸給我？」

「你不介意！」

「有甚麼好介意？當妳經歷過苦痛，其他事物都是甜美。」

「我也經歷過——」蝶翎撫摸右臉，「——像你一般的創傷！」

若谷輕拍蝶翎落在枱面上的右手，她沒有縮回，感覺到一股暖流，讓她有勇氣說下去。

「跟你一樣，我無辜受傷，」蝶翎引頸舒了一口氣，「在溜冰比賽中被男伴的冰刀毀容！」

「意外？」

「當然是意外。」

「意外中沒分誰對誰錯。」

「不管對錯，獎項落空，而且面目全非！」

「美貌從來不會長久。」

「你不是女孩子，不會明白。」

「妳看我臉上的胎痣，豈不是更不堪入目？」

「男孩子毌須介意。」

「我是男人，但不是和尚，也渴望結婚。儘管我不在乎，

女方會介意，我要終日怨天尤人？」

「你天生如此，沒辦法！跟你不同，我後天才破相，十分不值！」

「看我出生以來就是這副臉容，那麼妳應該為這二、三十年來的美貌而感恩，何況妳依然俏麗。如果妳不主動提及，我根本看不出那微不足道的傷痕。」

蝶翎忸妮，「甚麼二、三十年？我比你年輕得多！」

侍應端來甜品，她品嚐柚子芝士蛋糕，他吃剩下的布甸。若谷並不在意甜品的甜度，蝶翎倒覺得蛋糕更甜，相信與其甜度無關，味道來自她過往的人生甜度。

蝶翎不自覺甜笑，「我想找你一起游泳──」

「真聰明！用我的醜態來彰顯妳的美態。」

「何用你來襯托？縱使我不完美，尚有缺憾美。找你陪同，只因彼此同病相憐。」

「對！完美的確令人神往，然而缺憾美更能觸動心靈。」

二十五

與若谷吃了一頓飯，蝶翎的心懷豁然開朗。此後，她如常照鏡子，又如常約會朋友。出乎意料，好動的槿蕙謝絕一切活動，只應允蝶翎在室內會面，相約到九龍城一家素食館茹素。

蝶翎毋須戴上口罩出外，槿蕙卻掛着口罩出現。

「妳怎麼了？」

槿蕙拉開口罩，露出嘴唇上一顆滲血的小結節。

「疼痛嗎？」

「不，少許痕癢。之前的斑點演變成這樣子。」

「看過醫生？」

「一星期前去看皮膚科醫生，做了活組織切片檢查，下午覆診。」

「一會兒陪妳去？」

「好！」

二十六

醫生面有難色，神色凝重地交待檢驗結果，槿蕙作好心理準備和最壞打算。

「診斷結果為鱗狀細胞瘤，一種惡性皮膚腫瘤。」醫生僅僅兩句說話，足以令槿蕙陷於崩潰邊沿。蝶翎搭着槿蕙的肩膊，感受到其身體的冰冷和抖顫，隨即從手袋中取出一條圍巾，披在槿蕙的肩膀上。

醫生表示，大部分鱗狀細胞瘤可透過外科手術切除，並轉介其個案予醫院有關部門。槿蕙欲哭無淚，黯然離開診所。蝶翎在旁安慰，陪伴到廁所洗臉。槿蕙泣不成聲，緊緊摟着蝶翎。為求及早診治，即日前往伊利沙伯醫院臨床腫瘤科排期候診。

　　來不及會見「伊院」醫生，一星期後槿蕙嘴唇及口腔開始潰爛，急不及待到浸會醫院腫瘤中心求診，詳細檢查和化驗。醫生聲稱，癌細胞迅速增長，建議盡快進行手術，以免腫瘤進一步侵害其他器官。首先切除皮膚腫瘤，然後安排放射治療。由於傷口範圍大，預計無法縫合，需要植皮。槿蕙如臨大敵，方寸大亂。蝶翎早已走出人生低谷，好友卻墮入無底的深淵。

二十七

　　基於病變，槿蕙入院等候做手術。蝶翎與若谷一同探望，父母看到女兒的朋友到訪，先行退下。槿蕙儀容整潔，床頭有一本翻開了的聖經。

　　蝶翎在床頭櫃面放下一包東西，然後雙雙坐下，「妳消瘦了，閒時多吃一些莓乾，有助抗癌、抗氧化和補血。」

　　「謝謝！」

　　若谷問：「睡得好嗎？」

　　「失眠。」

　　「胡思亂想？」蝶翎追問。

　　「我向來重視飲食健康，經常做運動，忽視防曬而已。竟然落得如斯田地，為時已晚，後悔亦太遲，抱憾終生！」

　　「兩者不一定關連！」

　　「既成事實，追朔源頭也於事無補，惟有向前看，勇敢面

對。」

「我知道，我的健康和平安已全然交託給神。可是我是家中獨女，擔心自己如有不測，父母未必承受得起。」

若谷引用聖經金句，「當將你的事交託耶和華，並倚靠祂，祂就必成全。」

「話雖如此，我畢竟懼怕，彷彿一條腿已經踏上死亡路。」

「若然如此，妳必須靠另一條腿支撐下去，方能拔回那條腿，抽身而退。」

「不錯，妳要多吃有益的食物，增強抵抗力，打一場勝仗。」

「讓我為妳祈禱？」

「嗯。」槿蕙閉上眼目，心境回復平靜，側耳傾聽。

二十八

做完手術，槿蕙無法正常飲食，靠胃喉輸送營養。她氣若游絲，說話困難，蝶翎湊近聆聽；她口唇乾涸，蝶翎用紙巾蘸水來為她滋潤。手術前，槿蕙精神尚可；手術後，她虛弱無力。蝶翎親睹好友惡疾纏身，聽見痛苦的呻吟聲，病房的空氣好像不敷應用，令她窒息。

槿蕙的父母寸步不離，守護女兒。蝶翎幫不了忙，到戶外尋求喘息的空間，不覺漸行漸遠。沿聯合道南下，經過石屋家

園，踏入懷舊冰室，叫了一份甜品。朱古力蛋糕和雪糕都不濃滑，極甜且膩。蝶翎竟然一反常態，沒有丟棄它，全部吃下。她若有所悟，不再那麼計較美醜、執着好壞。人生苦短，要吃便吃，世間根本沒有吃不下嚥的食物，只有吃不下嚥的病人！想起槿蕙躺在床上，吃不下嚥的苦況，她覺得身體健康已經是無比恩賜，毋須討厭甜膩的食物，甜品畢竟是令人開懷舒暢的恩物。

<h2 style="text-align:center">二十九</h2>

窩打老道發生交通意外，一名浸會大學傳理學院學生被涉嫌衝紅燈的貨車撞倒，捲入車底拖行。若谷即時到場採訪，目睹一條十多米長的血路，以及頭部重創昏迷的女傷者，送院時情況危殆，搶救後轉住深切治療病房。眼見小師妹身受重傷，半邊容顏盡毀，若谷嗟嘆紅顏多薄命，工作之餘，暗中為她祈禱。

出入醫院採訪是日常工作的一部分，見證災禍也是一部分；惋惜並不是工作的一部分，卻是生命中的大部分，幾乎沒有一天沒有惋惜。

<h2 style="text-align:center">三十</h2>

又在醫院出現，若谷探訪槿蕙，為她失去健康而惋惜。

　　她的病情改善，拆去胃喉，可以吃流質食物。精神稍煥發，
槿蕙首先做的事情：閱讀聖經。

　　「為何不多加休息？」

　　「我要趁有精力多看一兩篇。」

　　「康復才閱讀。」

　　「我怕——」

　　「怎麼？交託給神，還有甚麼要害怕？」

　　「對！畢竟擔心。」

　　槿蕙是一個忠於信仰的女孩子，順服堅強，心情保持平靜
舒坦，還要在病患中去關懷來探病的朋友。

　　「若谷，突發記者的工作辛苦又危險，千萬要注意安全。」
疾病加速槿蕙衰老，入院後變得婆婆媽媽，「抽空找蝶翎，幫
我好好照顧姊妹。」類似的叮嚀不絕於耳。若谷明白她的心意，
但不置可否，祝福槿蕙早日康復。

　　若谷離開時在病房外遇到蝶翎，他趕上班，只寒暄一會。
回到報館，收到最新消息，交通意外中受重創的小師妹剛剛不
治，終年二十歲。

三十一

　　槿蕙定期接受放射治療，引致臉部浮腫發紅、膚色變深、
口腔潰瘍、口乾。她咀嚼困難又味覺退化，飽受煎熬，體重下降。

槿蕙的意志有點消沉，擱下聖經，閱讀報章，其中一則新聞為厭病女子家中自縊亡，她合上報紙沒看下去。半天睡覺，半天渾渾噩噩，除了父母，今午沒親友到訪，百無聊賴，又睡一覺。

三十二

受盡治療的苦頭，病情並沒好轉，反而更差。醫生解釋，癌細胞擴散到顎骨，形成惡性纖維肉瘤，建議進行化療。槿蕙和家人都十分徬徨，起初以為漸露曙光，怎料前景黯淡無光。槿蕙無奈接受院方的安排，化療的副作用比電療更甚，她噁心嘔吐、食慾不振，而且嚴重脫髮。由於下顎骨壞死，部分牙齒脫落，她需要進行顎骨整形重建手術。同樣，槿蕙無可奈何被送進手術室。

一項接一項的治療擊敗癌魔，同時擊倒槿蕙，她元氣大傷，好像油盡的枯燈，之前祈求醫治可以讓她繼續發光發熱，偏偏事與願違。病人任由醫生宰割，招致遍體鱗傷，獨自承受身上萬般痛楚。雖有家人、朋友風雨同路，並不孤單，但只能相伴到黃泉路口。

槿蕙沒有出院回家，因為醫院有秘密通道直達黃泉，她偏走上。彌留期間，若谷忙於工作，蝶翎則守候在病房外。臨終的一刻屬於槿蕙一家，然而哀慟並非家人的專利，蝶翎痛失摯友，不管旁人的耳目，坐在長椅抱頭痛哭。她低頭垂淚，模糊

的淚眼中出現一對熟悉的鞋頭。抬頭一看，若谷站在面前，他拿着紙巾。未及拭淚，淚水已經沾濕若谷的鞋頭。

沒看槿蕙的最後一面，因沒勇氣去看沒有生命氣息的知心好友，在若谷陪同下，蝶翎拖着沉重的腳步離開一個令她傷心欲絕的冰冷地方。外面的天氣酷熱，蝶翎往常最討厭炎熱，如今覺得非常受用，驅走一身寒意。兩人都有心事，都沒有啟齒交談，並肩漫步到又一城。

三十三

又一城既熟悉又生疏，蝶翎久未在此露面。昔日經常陪她來這兒的是槿蕙，可惜今後她不會再出現。以往，無論何時何地，蝶翎只要接通槿蕙的手提電話，立刻聽到她的甜美嗓音和爽朗笑聲。

「我想致電給槿蕙，如果可以接通的話。」蝶翎望着若谷。

「我也想聯絡她，如果可以『三人視像會議』的話。」

「嶄新款式的電話也不行。」蝶翎倚着欄竿，瀏覽手機中槿蕙的相片，「她老是笑容可掬，雙眼瞇成拱型，配合梨渦淺笑。」

「對，她真的很迷人！」

「妳可知槿蕙渴望攀登珠穆朗瑪峰？」

「早聽她提及，可惜壯志未酬便撒手塵寰。」

「世事難料，而且往往未如人意。當我溜冰受傷，槿蕙勸我不要輕易放棄熱愛的運動、專長和夢想。其實，她不了解我。」

「妳重視樣貌多過溜冰？」

「不錯。我喜歡溜冰，因為可以展示出我的美態。毀容之後，我不想暴露醜態。」

「美醜並非單單在於容貌，而在於全面的體態和內在的涵養。」

「同意。昔日自我中心，想法流於表面。透過槿蕙和你，令我徹底改觀。」

「妳會否重出江湖？」

「溜冰？」

「嗯。」

「我也想重返溜冰場，透過溜冰，讓自己宣洩壓抑的情緒。」

「坐言起行，現在去換鞋。」

「不，沒有全副裝備兼且人多，下次吧。」

「那去看電影？」

「好主意！」

三十四

蝶翎的梳妝枱上有一副眼罩，形狀特別，蝴蝶型通花設計，

線條優美，色彩艷麗，它是槿蕙生前送贈的禮物。

蝶翎溜冰發生意外之後一直足不出戶，槿蕙不時探訪慰問，得知好友因而放棄溜冰，覺得十分惋惜。雖然一再鼓勵蝶翎康復後復出，但她心灰意冷，不為所動。槿蕙專誠送上蝴蝶眼罩，希望可以藉此掩蓋傷疤，令蝶翎重新振作。當蝶翎接獲這份禮物，覺得很諷刺，毀容是既定事實，竟然要掩飾事實，自欺欺人！蝶翎並不領情，把禮物丟在一隅，不屑一顧。直至槿蕙罹患重病，蝶翎發覺她用心良苦。事實上，槿蕙並非不了解好友，而是太了解蝶翎，怕她從此一蹶不振。

蝶翎找回眼罩，並且珍而重之，說不出的感謝和思念。她戴上眼罩，恰巧覆蓋她的鼻樑和上半邊臉孔，隱隱顯露出她的美貌。

三十五

在槿蕙的喪禮上，她的父母最傷感，也最令人傷感。「白頭人送黑頭人」是人間慘事，永別年輕獨生女兒更添幾分淒慘。出乎意料，殯儀館靈堂內並不是一片愁雲慘霧，而是洋溢着動人的詩歌聲，教人放下心頭重擔，為槿蕙在主的懷抱安息而欣慰。曲終人散，槿蕙的肉身化作縷縷青煙和飛灰，湮沒人間。

沒遇上若谷，蝶翎獨自離開。她背負溜冰裝束，朝着又一城而行。面對溜冰場，她不再退縮，戴着蝴蝶眼罩踏入溜冰場，

在冰面上揮灑自如。蝶翎克服了恐懼，重拾信心，摘下眼罩，因她知道傷疤掩蓋不了自己的鋒芒，毋須偽裝。

三十六

風聞九龍城聯合道有一座白鶴山，蝶翎曾經路經。初次踏足，她禁不住唏噓一聲。蝶翎到槿蕙家作客多不勝數，到訪她的「新居」畢竟是首次。位於白鶴山的華人基督教墳場，正門好像一所小學校舍。穿過「校舍」地下的停車場，裡面有一座小山，山崗的四周都是墓地和骨灰龕，陰宅滿滿。

槿蕙的居所座落山丘，朝向西方，可以眺望其母校及熟悉的九龍仔公園，緬懷前塵種種。龕位與時下「格子店」的陳列模式一樣，講求實用。確實「室雅何須大」，容納骨灰已綽綽有餘。它的雲石面載有槿蕙大學畢業時拍下的彩色照片，與鄰居的黑白照片相比，明顯「格格不入」。左鄰右里大都上了年紀，又或住上半世紀，蝶翎擔心槿蕙不習慣陌生環境和鄰里。當她看到石碑刻上「父母立」三字，感觸萬分！為心愛女兒立碑，父母的傷痛不言而喻。環顧四周的「碑情」，白鶴山是一個充滿悲情的地方，相信毋容置疑。

蝶翎垂頭嘆息，發現碑上尚有兩行細字：求祢教導我們怎樣數算自己的日子，好使我們得著智慧的心。（詩篇90章12節）她覺得很有哲理，只是一時三刻未能參透。盯着槿蕙的遺照入

神,感覺是這麼近、那麼遠。

夏日炎炎,蝶翎逗留片刻已經香汗淋漓。她埋怨烈日煎熬蒼生,槿蕙卻鍾愛艷陽天。如今正合乎故友的心意,不必驚怕皮膚癌,可以盡情享受日光浴。「花香不在多」,蝶翎獻上一枝好友生前至愛的百合花,衷心希望她滿室幽香。白鶴山離家不遠,日後可常來探望,不管陰天、雨天。

槿蕙不再是當年的槿蕙,相對已經無言。烏鴉在晴空掠過,投下身影和叫聲。聲音好像嬰兒哭哭啼啼,似在告訴蝶翎,生死更迭本是自然不變的定律,不願接受也要面對現實。

三十七

離開墳塋,迷惘的蝶翎信步南行,橫過馬路,被賈炳達道公園內蟬鳴震撼耳膜,引進公園。周遭都是長者、孩童和婦人的蹤影,偏偏遍尋不獲蟬蹤。穿越舊城牆,踏入寨城公園,景色截然不同。寨城公園保留昔日城寨的古舊餘韻,賈炳達道公園則略具城市的新風貌,一牆之隔,區分今時往昔,恍似人生與往生陰陽永隔一樣。經過寨城公園長廊,回到賈炳達道公園,再次聽到夏蟬作聲。牠們生命短促,倒怕是絕唱。離別依依,木棉絮漫天紛飛,與上次入屋作客,恰好一年。

彷彿逍遙　恍惚縹緲

作　　者／　孜扶

出　　版／　陳湘記圖書有限公司

新界葵涌葵榮路 40-44 號任合興工業大廈 3 樓 A 室

電話 /2573-2363

傳真 /2572-0223

印　　刷／　新設計印刷有限公司

出版日期／　2017 年 11 月

國際書號／　978-962-932-174-1

定　　價／　港幣 100 元